C
dans u

Critique dans un souterrain : la préhistoire d'une pensée. Ou plutôt, pour être plus juste : la préhistoire d'un système. Et en effet, l'essentiel est déjà là. Encore mal dégrossi, bien sûr, et encore mal structuré, mais clairement perceptible, et c'est cela qui importe, l'essentiel de ce qui va s'affirmer dans *La Violence et le Sacré, Des choses cachées depuis la fondation du monde,* et *Le Bouc émissaire,* qu'il est maintenant convenu d'appeler : le « système-Girard ». Une anthropologie nouvelle, fondée dans la théorie du désir mimétique.
En apparence, pourtant, *Critique dans un souterrain* semble fort éloigné de préoccupations anthropologiques. Recueil de textes centrés sur l'investigation d'œuvres littéraires, on pourrait croire que c'est uniquement le René Girard première manière qui se montre au travail. Le Girard de *Mensonge romantique et vérité littéraire* : tout à la fois maître de lecture, homme de la fine dissection de l'écrit et théoricien du littéraire.
Et toutes les interventions du recueil paraissent devoir conforter l'impression. Une étude sur *Dostoïevski, du double à l'unité,* publiée d'abord à part, et ensuite reprise pour cet ensemble, qui fouille les profondeurs de l'œuvre du romancier russe. Un réexamen de Camus, revendiquant *Un nouveau procès de l'« étranger ».* Une généalogie, qui prend appui sur Dante et forge des clés nouvelles pour comprendre le cheminement ayant conduit *De La Divine Comédie à la sociologie du roman.* Une radiographie des *Monstres et demi-dieux dans l'œuvre de Hugo.* Et enfin, *Système du délire,* une réponse, parmi les plus pertinentes qui aient été données, aux réaménagements de la psychanalyse freudienne avancés par *L'anti-Œdipe* de Gilles Deleuze et Félix Guattari. Au total donc, les apparences jouent bien dans le sens indiqué, dans le sens de la critique littéraire *stricto sensu* : quand analyses de textes succèdent au déchiffrement d'œuvres et à l'interprétation.
Or, et René Girard le signale dès les premières lignes de sa présentation, alors qu'il relisait « ces essais qui ont paru à des dates et dans des circonstances diverses », il a été « frappé » par la continuité qui s'en dégageait et par leur cohésion « avec ses efforts les plus récents ». En clair, il lui est apparu nettement une cohérence pro-

(Suite au verso.)

fonde qui liait non seulement les textes les uns après les autres, mais encore les inscrivait directement dans son entreprise de fondation d'une anthropologie nouvelle.

Ainsi à propos de Dostoïevski. S'il respecte la logique de *Mensonge romantique et vérité romanesque,* si donc il continue à explorer l'œuvre dans ses moindres méandres, cherchant à pointer les moments de rupture, quand elle bascule du « romantisme » dans le « romanesque », et que l'auteur passe d'une perception confuse du réel à une révélation claire et consciente, s'il persiste à passer au peigne fin chaque roman, et en particulier ceux postérieurs à *Sous-sol* — qu'il considère comme le texte de rupture —, pour ramener à ses données les plus simples et les plus fondamentales le déchirement intérieur de Dostoïevski, il s'attache aussi à relever certains des éléments théoriques que l'on retrouvera ensuite remodelés, précisés, affinés, dans l'architecture de son anthropologie. Par exemple « la rivalité mimétique », la concurrence entre les désirs. Un rapport essentiel, grâce auquel il est possible de décrire et comprendre quelques-unes des modalités qui régissent les relations entre les êtres d'un même groupe, bien mieux qu'avec l'éclairage de l'Œdipe freudien. Cette rivalité, il la perçoit notamment dans *Les Frères Karamazov.* Le roman de la haine entre père et fils, qui inspira Freud et le porta vers l'examen du parricide, jusqu'à sa terrible conclusion de la fatalité œdipienne et du désir de mort. De fait, explique Girard, la structure conflictuelle dans le roman n'a qu'une « ressemblance superficielle » avec l'Œdipe. Car Dostoïevski ne met pas en scène des rapports inconscients. Non, « la rivalité (qu'il décrit) est parfaitement consciente, même si certaines conséquences ne le sont pas. (...) En dépit de son titre de père et de son rôle de géniteur, le père Karamazov n'est au fond qu'un mauvais frère, une espèce de *double.* Nous sommes dans un univers où il n'y a plus que des frères ». Et c'est précisément la notion de « *double* » qui éclaire le « mimétisme » selon Girard, à savoir : la nécessité pour l'individu de s'affirmer par rapport à un modèle concurrent qu'il tente d'imiter.

Textes après textes, *Critique dans un souterrain* exhibe les « deux » Girard, les deux versants d'une recherche, les deux manières d'avancer et de converger vers un seul but, celui qui sera exposé avec la force que l'on connaît dans *Des choses cachées depuis la fondation du monde.* Et c'est cela qui fait la valeur de ce recueil : on y voit à l'ouvrage le maître de lecture et le fondateur d'une nouvelle conception de l'homme.

RENÉ GIRARD

Critique dans un souterrain

GRASSET

ŒUVRE DE RENÉ GIRARD

Dans Le Livre de Poche :

DES CHOSES CACHÉES DEPUIS LA FONDATION DU MONDE.

PRÉSENTATION

L'OCCASION m'est offerte, et j'en suis reconnaissant, de rassembler des essais qui ont paru à des dates et dans des circonstances diverses. Les plus anciens, c'est inévitable, me donnent une légère impression d'archaïsme. Je suis néanmoins frappé par la continuité avec les efforts plus récents. Dans les travaux de ce genre, la conception des œuvres n'est jamais séparable de la manière dont on les aborde. C'est vrai ici mais c'est vrai en un sens si particulier et de façon si essentielle qu'il n'est peut-être pas inutile d'y insister.

Au lieu d'apporter du dehors une méthode déjà faite, je voudrais demander aux écrivains eux-mêmes de me la procurer, non pas à tous sans doute mais à quelques-uns qui me paraissent supérieurs. Je ne m'adresse ni aux écrits théoriques de ces écrivains, s'il en existe, ni aux correspondances et autres contributions marginales mais aux œuvres elles-mêmes ou plutôt à certaines d'entre elles qui me paraissent les plus grandes.

Une carrière d'écrivain, de même qu'une carrière de chercheur scientifique, se déroule en général sur de nombreuses années. Souvent, elle tourne tout entière ou elle paraît tourner autour d'un petit nombre de thèmes et de problèmes que l'auteur ne cesse de reprendre. Il ne jugerait pas ces reprises nécessaires s'il n'avait rien à dire de neuf. C'est là, au moins, ce qu'il est naturel de penser. On peut supposer que les modifications successives se font sous la pression d'œuvres déjà faites qui ne satisfont plus l'écrivain ou ne l'ont jamais satisfait. Par rapport à ces œuvres, donc, l'œuvre nouvelle aurait une face négative et critique qu'on peut essayer de tirer de l'ombre, pour en dégager les principes.

Cette hypothèse encore abstraite se heurte à une conception aujourd'hui très répandue. On reconnaît volontiers que beaucoup d'écrivains tournent toute leur vie autour des mêmes thèmes mais on veut que ce soit, invariablement, à la façon des obsédés. S'il y a *progrès*, autre que purement technique, on le situera sur le plan de l'obsession elle-même qui renforce toujours ses effets. Le critique compare les œuvres successives mais il ne prétend pas tirer de cette comparaison le principe de ses analyses. Ce n'est pas à l'obsédé qu'il faut demander le fin mot sur son obsession.

Pour illustrer cette perspective, on fait appel à des œuvres, et il n'en manque pas, qui finissent de toute évidence comme elles ont commencé. Le point d'arrivée est l'épanouissement du point de départ, sa confirmation, éclatante ou parodique. C'est un mérite de la critique récente que d'avoir montré ceci en suivant certaines de ces œuvres pas à pas. Les thèmes, certes, ne se répètent jamais exactement de la même manière mais les divergences successives ne sont pas définissables en termes de rupture.

J'accepte ce schéma pour la grande majorité des œuvres modernes, et sans réticence aucune puisque j'en ébauche un exemple ici même ; on pourra le juger plus ou moins heureux, sans doute mais là n'est pas la question, au moins pour le moment. Plus Victor Hugo vieillit, plus le caractère obsessif de son génie, présent en germe dans les premières œuvres, se révèle. Les symboles du bien et du mal s'inversent en chemin mais ce n'est pas là une vraie révolution ; elle va dans le sens général de l'obsession ; elle est en quelque sorte « programmée » depuis le début. Les structures ne se modifient que pour se simplifier, pour détacher leurs lignes de force et se rendre de plus en plus lisibles, pour devenir, en somme, leurs propres caricatures dans l'univers qu'elles s'annexent, tout entier réduit au manichéisme exaspéré d'une symphonie en noir et blanc.

Le cas de Dostoïevski me paraît tout autre. Dès les premières œuvres, ici, une obsession impérieuse se dessine. Partout le même schème reparaît, le même rapport triangulaire de la femme désirée et des deux rivaux. De ceux-ci, on ne peut pas simplement dire qu'ils se disputent celle-là. Le héros principal se conduit de façon obscure et complexe. Il s'affaire auprès de la femme aimée mais c'est pour travailler au succès du rival, pour faciliter son union avec la bien-aimée ; ce dénouement le désespère, certes, mais pas complètement : il rêve de se ménager une petite place, en tiers, dans l'existence future du couple. Vis-à-vis du rival, les marques d'hostilité alternent avec les gestes de la servilité, avec les signes d'une attirance fascinée.

Le premier Dostoïevski interprète ce genre de conduite dans le cadre de l'idéalisme romantique ; il n'y voit jamais que « grandeur d'âme » et « noble générosité ». Le lecteur le moins du monde attentif, éprouve des soupçons que confirme pleinement le rapport triangulaire entre Dostoïevski lui-même, sa future femme et le rival Vergougnov, tel qu'il émerge de la correspondance sibérienne. Écarter cette correspondance sous prétexte qu'elle n'a pas à intervenir dans la considération des œuvres littéraires est un geste futile. C'est à peine si on distingue certaines lettres des œuvres littéraires. S'inquiéter d'une confusion possible entre la « réalité » et la « fiction », c'est tomber soi-même dans la fiction, c'est ne pas voir que tout ici relève de la fiction. Partout, les mêmes fascinations se présentent sous les dehors du devoir et de la moralité.

Même devant des cas aussi peu discutables que celui-ci, certains champions de la souveraineté esthétique se refusaient naguère, se refusent encore aujourd'hui, à s'avouer battus. Ils craignent d'avoir à concéder à des disciplines extra-littéraires, la psychanalyse notamment, un droit de regard sur l'activité littéraire dans son ensemble. Ils ferment donc héroïquement les yeux et maintiennent jusqu'au bout le postulat de l'œuvre « autonome » ; ils déclarent intouchables même les textes les plus visiblement pétris de méconnaissance, les plus évidemment gouvernés par des mécanismes qui leur échappent.

Ces champions de l'œuvre d'art ont déjà succombé, au fond d'eux-mêmes, au prestige de ce qu'ils nomment la science. Ils sont persuadés que la maîtrise des mécanismes obsessionnels, si elle existe, ne peut être que leur ennemie, vouée à une *démystification* sans nuances, avide d'établir sa domination totalitaire sur les décombres fumants de ce qu'ils aiment. Il faut avouer que ce qui se passe autour de nous ne peut guère les encourager à penser autrement.

Les rapports triangulaires et la hantise du rival ne disparaîtront jamais des œuvres dostoïevskiennes mais, à partir du *Souterrain*, l'écrivain renonce brusquement à la lecture idéaliste. Il fait lui-même ressortir le caractère obsessionnel des rivalités. La « grandeur d'âme » et la « générosité » sont toujours là mais la lumière est satirique.

Au malaise vague que causaient les premières œuvres, à la question vague qui en émanait mais qu'elles ne posaient pas elles-mêmes succède le malaise et le silence non plus des œuvres mais des personnages, un malaise et un silence qui possèdent cette fois, l'épaisseur et la consistance d'un véritable objet, l'objet même de la recherche dostoïevskienne. Même si son art lui inter dit de s'expliquer directement, Dostoïevski éclaire ce malaise, il répond à nos questions. Les recoupements sont si nombreux et précis, les correspondances entre les deux types d'œuvre si parfaites qu'aucun doute ne reste possible. Les obsessions qui montent en scène dans le second type sont les mêmes qui gouvernaient le premier sans jamais sortir de la coulisse.

Personne ou presque ne lit les œuvres qui précèdent *Le Souterrain* et ce n'est pas, là, une injustice à déplorer. Le « vrai » Dostoïevski commence après ; il commence avec une rupture dont il faut reconnaître le caractère essentiel même si la continuité des thèmes la dissimule. A partir du *Souterrain*, l'écrivain retourne sous toutes ses faces et parvient peu à peu à enfermer dans ses œuvres le rapport obsessionnel dont il ne fut longtemps que la victime. Il ne cesse de créer des personnages qui ressemblent à l'écrivain qu'il a été. Ce n'est plus la vaine répétition des premières œuvres, c'est une démarche toujours plus assurée dont les livres successifs marquent les étapes, une entreprise dynamique où se forge un instrument romanesque toujours plus puissant.

Dans les œuvres d'après la rupture, en somme, un *savoir* se constitue et il porte sur un univers obsessionnel non pas révélé mais reflété dans les premières œuvres. Avant d'en appeler à des disciplines extra-littéraires pour éclairer « le cas Dostoïevski », c'est la moindre des choses, il me semble, que de s'interroger sur ce savoir, de le rendre pleinement explicite afin de le comparer à des savoirs non littéraires comme la psychanalyse.

Or, c'est là, curieusement, ce que personne ne fait. Ceux qui championnent toutes les œuvres littéraires indistinctement n'y peuvent pas songer puisqu'ils n'admettent pas qu'il existe des œuvres obscurcies. Ceux qui admettent les œuvres obscurcies n'y songent pas non plus car ils n'en admettent pas d'autres. Ils entendent se réserver le monopole de leur éclairage. L'idée de céder à des œuvres littéraires la moindre parcelle de lumière leur paraît scandaleuse.

Aveuglés peut-être par leurs divisions, tous ces critiques font preuve d'une confiance excessive aux étiquettes. Pour eux, la science, c'est toujours la science, et la littérature, ce n'est jamais que la littérature. Il ne faut surtout pas *mélanger les genres.* Si la frontière du savoir scientifique n'est pas aussi arrêtée qu'on se l'imagine, on pourrait bien, en effet, n'avoir affaire qu'à une distinction de genre, aussi débilitante que le seraient de nos jours celles de Boileau si l'opinion intellectuelle s'obligeait à les respecter.

Prise dans la trame des grandes œuvres, une conception rigoureuse du désir se fait jour, chez Dostoïevski. La systématiser n'est pas sans péril mais c'est d'autant plus séduisant qu'à côté des dernières œuvres, qui sont ici les sources directes, on dispose des premières qui permettent de les contrôler. Ce ne sont plus ici des ébauches mais des sujets d'expérience, des cobayes d'un nouveau genre qui n'ont jamais été utilisés que par Dostoïevski lui-même et qui attendent que nous les utilisions nous-mêmes.

Le désir, chez Dostoïevski, n'a pas d'objet originel ou privilégié. C'est là un premier et fondamental désaccord avec Freud. Le désir choisit des objets par l'intermédiaire d'un modèle ; il est désir selon l'*autre*, identique pourtant à la soif furieuse de tout ramener à soi. Le désir est déchiré dès son principe entre le soi et un autre qui paraît toujours plus souverain, plus autonome que le soi. C'est là le paradoxe de l'orgueil, identique à ce désir, et son échec inévitable. Le modèle désigne le désirable en le désirant lui-même. Le désir est toujours mimétisme d'un autre désir, désir du même objet, donc, et source inépuisable de conflits et de rivalités. Plus le modèle se transforme en obstacle, plus le désir tend à transformer les obstacles en modèles.

A force de voir cette transformation, en somme, le désir l'assume lui-même ; il croit aller plus vite au but en adorant l'obstacle. Il s'enflamme, désormais, chaque fois que les conditions d'un nouvel échec paraissent réunies. Au regard incompréhensif du psychiatre, le désir paraît viser cet échec. On va donc inventer pour ce phénomène incompris une étiquette, masochisme, qui en voile définitivement la transparence. Ce n'est pas l'échec que vise le désir, c'est le succès de son rival.

On saisit, dès lors, l'importance, dans *Le Souterrain*, d'épisodes qui paraissent au premier coup d'œil simplement burlesques ; la bousculade dans la rue, par exemple, fait aussitôt de l'inconnu insolent cet *obstacle* fascinant que je viens de définir, rival et modèle tout à la fois. La rivalité ici est bien première ; il n'y a plus d'objet pour masquer cette vérité ; la rivalité n'est pas la rencontre accidentelle sur un même objet de deux désirs indépendants et spontanés. Tout ici est mimétisme mais mimétisme négatif que nous méconnaissons et que l'art caricatural de Dostoïevski réussit à rendre manifeste. Nietzsche a pressenti l'importance de ce livre mais, malheureusement pour lui et pour nous, il n'en a jamais rien fait.

Les sentiments qu'inspire l'obstacle-modèle, haine et vénération mêlées, sont ceux qu'on dit « typiquement dostoïevskiens ». Rien de plus intelligible, dans la perspective mimétique, que les impulsions alternées d'abattre l'idole monstrueuse et de « fusionner » avec elle.

Tel est bien le jeu du désir chez le dernier Dostoïevski. Et la vision devient plus contraignante si on la retourne contre les premières œuvres ; si on la pose comme une grille sur l'interprétation romantique et idéaliste on vérifie que cette grille vient remplir à merveille les lacunes des textes, rectifier les décalages perpétuels entre les intentions avouées et la façon dont elles se concrétisent. Pour expliquer les premières œuvres de façon satisfaisante, pour en dissiper le malaise, il faut donc bien voir en elles non un début de déchiffrement mais les traces symptomatiques d'un désir que seules les grandes œuvres parviennent à déchiffrer. A cette loi, il n'y a qu'une exception, partielle, et c'est *Le Double*, première percée en direction du génie futur, vite colmatée par Bielinski et ses amis.

Si le désir est mimétique par nature, tous les phénomènes qu'il entraîne tendent forcément à la réciprocité. Toute rivalité a déjà un caractère réciproque au niveau de l'objet, quelle qu'en soit la cause ; la réciprocité interviendra aussi au niveau du désir si chacun devient obstacle-modèle pour l'autre. Le désir va repérer cette réciprocité. Le désir observe ; il accumule toujours plus de savoir sur l'autre et sur lui-même mais jamais ce savoir ne peut rompre le cercle de son « aliénation ». Le désir s'efforce d'échapper à cette réciprocité qu'il repère. Sous l'effet de la rivalité violente, tout modèle, en vérité, doit se muer tôt ou tard en anti-modèle ; au lieu de ressembler, il s'agit désormais de différer ; tous veulent rompre la réciprocité et la réciprocité se perpétue sous une forme inversée.

Deux marcheurs voient qu'ils s'avancent l'un vers l'autre. Ils veulent s'éviter et ils s'engagent chacun dans la direction opposée à celle qu'ils voient prendre à l'autre.

Le vis-à-vis se reproduit... Tout exemple aussi facile relèvera forcément d'un domaine où l'investissement du désir est à peu près nul ; il suggérera mal, par conséquent, la sournoiserie du mécanisme, sa ténacité, sa puissance de diffusion et de contamination.

Après Dante, il n'y a guère que Dostoïevski pour révéler comme proprement infernale non l'absence, la privation, l'impuissance à rejoindre son objet, mais le fait de rester attaché et collé à ce *double*, de se modeler et de se calquer d'autant plus invinciblement sur lui qu'on cherche plus à s'en détacher. Même là où toutes les données positives semblent s'y opposer, le rapport de rivalité tend irrésistiblement à la réciprocité et à l'identité. C'est bien ce qui cause l'angoisse de l'Éternel Amant, modèle et rival de l'Éternel Mari, chaque fois qu'en dépit de lui-même, il entre dans le jeu de ce dernier ou ce dernier dans le sien. Toujours les *doubles* entrent l'un et l'autre dans la répétition obligée d'un seul et même jeu.

Ce retour déconcertant de l'identique là où chacun croit engendrer le différent définit le rapport des *doubles* qui n'a rien ici d'imaginaire. Il faut y insister, plus et mieux que je ne l'ai fait dans l'essai sur Dostoïevski. Les *doubles* sont la résultante finale et la vérité du désir mimétique, vérité qui cherche à se faire jour mais que les principaux intéressés refoulent du fait de leur antagonisme ; ce sont les *doubles* eux-mêmes qui interprètent le surgissement des *doubles* comme « hallucinatoire ».

La pensée moderne presque unanime, de la littérature romantique à la psychanalyse, ne voit dans le rapport des *doubles*, qu'un phénomène fantasmatique et fantasmagorique. Elle expulse sa propre vérité afin d'accréditer une différence qui la fuit de plus en plus mais qu'elle ne renonce jamais à étreindre. C'est le mécanisme de la mode et du moderne tel que Dostoïevski ne cesse pas de le décrire.

La lecture hallucinatoire est une véritable ruse du désir qui doit bien aller vers la folie puisqu'il tient à se faire passer pour fou dans le seul domaine où en réalité il voit juste. En s'obstinant à faire du *double* soit un

« reflet narcissique », soit le signe inintelligible d'un état pathologique sans rapport avec le réel, toute cette pensée reste tributaire et complice des aliénations qu'elle prétend combattre.

Dans les premières œuvres de Dostoïevski, les rivaux sont déjà des *doubles* mais — le seul *Double* une fois de plus excepté — le jeune écrivain cherche toujours à contredire cette vérité, déjà inscrite, pourtant, dans la structure des textes ; il entend différencier les rivaux, se convaincre chaque fois que *le sien* est le « bon » et l'autre le « mauvais ». Dans les grandes œuvres, au contraire, le rapport de *doubles* devient de plus en plus explicite.

***

La Chute correspond, dans l'œuvre de Camus, à une rupture analogue à celle de Dostoïevski. De même que le premier Dostoïevski, le premier Camus s'efforce de différencier un rapport qui permet à la rivalité mimétique de se représenter et de s'investir dans cette représentation. Dans *L'Étranger*, par exemple, le « bon criminel » fait ressortir la « méchanceté » des juges. Toute la passion de l'œuvre se concentre dans ce message différentiel.

Il ne faut pas s'étonner si l'expérience de *La Chute* s'annonce par des phénomènes dans le style des *doubles*, par des incidents bizarres qui contredisent trop impudemment l'image flatteuse de lui-même que Clamence a longuement élaborée pour ne pas être rejetés avec indignation. Clamence se veut fidèle au dogme de la différence mais son système s'effondre comme un château de cartes ; tout se réorganise, fort solidement et sans contestation possible cette fois, en fonction des *doubles*.

Si les juges sont coupables de tuer et de juger, il en va de même du « bon criminel », coupable, lui aussi, de meurtre et de jugement puisqu'il a tué et puisqu'il n'a tué que pour donner aux juges une bonne occasion de le condamner, pour se mettre en posture de juger ses propres juges. Plus Clamence s'efforce de rompre la symétrie, plus il l'accomplit.

De même que les grandes œuvres de Dostoïevski, *La*

Chute permet de répondre positivement à la question posée au début de cette introduction. Il peut se produire, entre les œuvres d'un même écrivain, une rupture telle qu'elle confère à celles qui la suivent une portée critique vis-à-vis de celles qui la précèdent. *La Chute* apporte même une réponse particulièrement explicite. Elle n'est rien d'autre, en effet, que la réorganisation critique de thèmes antérieurs sur la base des *doubles*.

Les pouvoirs critiques de la rupture ne font qu'un avec le devenir explicite des *doubles*, avec leur prise en charge par l'écrivain lui-même. Cette lecture de certaines œuvres par les *doubles* est toujours restée une lecture par d'autres œuvres ; jamais la critique séparée des œuvres ne l'a pratiquée ou même repérée. Toutes les méthodologies modernes restent aveugles à la vérité des *doubles*.

Dans le structuralisme linguistique, le pourquoi et le comment de cet aveuglement deviennent manifestes. Les oppositions duelles sont repérées, elles passent même au premier plan mais le structuralisme ne les conçoit que signifiantes, c'est-à-dire différenciées. Sa réflexion sur les lois différentielles du langage confirme le structuralisme dans son idée. Les œuvres littéraires n'étant faites que de langage, il est naturel de les imaginer pleines de sens différentiel et de rien d'autre, pleines comme des œufs. C'est à la lettre vrai mais la lettre, ici, n'est pas tout, ou peut-être est-elle trop. Ce pourrait être, en effet, la vocation des grandes œuvres que de contraindre le langage à dire des choses contraires à ses propres lois, le bruit et la fureur du rapport de *doubles, signifying nothing.*

C'est ce *signifying nothing* que le structuralisme linguistique laissera toujours échapper. Il en fait chaque fois une signification de plus, à la façon des mythes qui disent les *doubles* comme jumeaux ou monstres sacrés, à la façon des psychothérapies qui les disent comme sens imaginaire mais encore comme sens.

Le structuralisme simplement ne voit pas, il ne peut pas voir la rupture dostoïevskienne ou camusienne parce que cette rupture ne correspond à aucune modification proprement structurale. Ce sont toujours les mêmes oppositions duelles mais on sait désormais qu'elles ne sont différenciées qu'en apparence. Le structuralisme ne perçoit pas l'effacement de la différence dans la violence insensée du rapport de *doubles*.

Loin de révolutionner la critique, le structuralisme linguistique remplit systématiquement sa mission traditionnelle qui consiste à dire et à redire le sens, à paraphraser et à classer les significations. Si le structuralisme se combine fort bien avec le marxisme et la psychanalyse, c'est parce que ceux-ci réduisent toujours les significations patentes à d'autres significations, cachées, à un autre système différentiel. « L'inconscient, on le dit bien, est structuré comme un langage. »

Il ne faut pas s'étonner de voir le structuralisme et la critique moderne en général peu sensibles à la simplicité redoutable des plus grands effets littéraires, comiques et tragiques ; cela ne veut pas dire que cette critique soit réellement étrangère à ces effets ; peut-être se rapproche-t-elle un peu plus d'eux chaque jour, peut-être est-elle déjà mêlée à cette affaire. C'est toujours déjà à des *doubles*, forcément, qu'appartient la méconnaissance tantôt risible, tantôt terrifiante, de ces mêmes *doubles*.

*
* *

Les œuvres dont je viens de parler et d'autres analogues comportent toutes un thème ou un symbolisme de la rupture. Je parle moi-même, à propos de ces œuvres, d'une rupture qui serait celle de l'écrivain lui-même.

A ce point-là, il y a forcément des gens bien intentionnés pour me prévenir que la « rupture » et la « chute » ne sont ici que des thèmes littéraires. Il est naïf, disent-ils, de rapporter des thèmes littéraires à des références extra-textuelles.

Ces gens bien intentionnés pensent que je parle comme je le fais parce que je m'appuie directement sur ce thème ou ce symbolisme de la rupture qui figurent effectivement dans les œuvres cruciales. Le lecteur des pages précédentes a pu constater qu'il n'en est rien. Je pars du rapport entre les œuvres « différenciées » d'une part et, de l'autre, les œuvres qui prennent en charge les *doubles.* Si le désir est investi dans le système différentiel et il est bien évident qu'il l'est, il est également évident que l'effondrement du système ne passera pas inaperçu du principal intéressé. Ce qui s'effondre, c'est bien cette image flatteuse de lui-même que l'écrivain luttait pour susciter et pour perpétuer.

Quand Camus écrit *La Chute,* ce n'est pas un personnage de fiction qu'il a sous les yeux, ce sont ses œuvres antérieures ; c'est *L'Étranger* qui lui apparaît désormais comme naïf non au sens aimable de l'innocence mais au sens antipathique et un peu grotesque du *ressentiment* qui s'ignore. Il ne peut pas s'agir là d'une expérience agréable. Quand Dostoïevski écrit *L'Éternel Mari,* il a forcément sous les yeux les fascinations du type Vergougnov, telles qu'il les a vécues et peut les vivre encore, sans doute, mais aussi telles qu'il les a écrites, telles qu'il les a glorifiées et falsifiées à la face de l'univers. Il ne peut pas s'agir là d'une expérience agréable, au moins dans son premier moment.

On me fera néanmoins remarquer que la critique actuelle ne peut plus se permettre de glisser du texte à l'auteur et de l'auteur au texte comme on faisait jadis. Cette règle est excellente mais elle vise d'une part l'application naïve des textes à « l'auteur », d'autre part le recours à des données biographiques. Je parle bien de l'auteur mais, si inconcevable que cela puisse paraître, je parle de lui sans m'appuyer de façon naïve sur les textes et pourtant sans recourir à autre chose que ces textes. L'auteur surgit à la rupture entre deux types de textes, comme expérience nécessaire de cette rupture.

C'est parce qu'on ne voit pas l'effondrement de la différence, c'est parce qu'on reste aveugle aux *doubles* qu'on ne saisit pas cette perspective. On ne voit pas que le rapport entre les textes implique nécessairement et la rupture et l'expérience de cette rupture.

Je constate, certes, que les œuvres enracinées dans la rupture comportent toujours un thème ou un symbolisme qui s'y rapportent. C'est peut-être regrettable mais c'est indéniable. Je ne peux tout de même pas croire qu'il s'agit là d'une simple coïncidence. La logique élémentaire m'oblige à conclure que l'écrivain, par l'intermédiaire de ses personnages, fait allusion à une expérience qu'il doit bien être en train de faire puisque l'analyse comparée des textes m'en montre la nécessité. C'est cette analyse comparée qui est première et essentielle, ce n'est pas le thème ou le symbolisme qui y fait allusion.

Je ne peux pas m'astreindre à considérer ce thème ou ce symbolisme comme *gratuits* sous prétexte que la critique ne verra pas ce dont je parle et croira que je viole une règle qui, en réalité, a cessé d'être applicable. On ne verra pas que je tiens, pour le thème de la rupture, un répondant irrécusable. Si on me dit, une fois de plus, que c'est impossible, qu'il ne peut pas y avoir de répondant irrécusable parce que tout répondant sera ou bien naïvement intra-textuel ou bien naïvement extra-textuel, je répéterai une fois de plus qu'il n'en est rien : il y a une troisième possibilité et c'est la mienne, celle d'un répondant inter-textuel.

Dans l'essai sur Dostoïevski, j'affirme aussi que le christianisme de l'écrivain n'est pas séparable de son expérience romanesque. Bien des lecteurs risquent de juger cette affirmation plus inadmissible encore que tout le texte. Ils concluront à un infléchissement des analyses textuelles sous l'effet d'un *a priori* idéologique particulièrement néfaste, l'*a priori* religieux.

L'expérience romanesque détruit un mythe de souveraineté personnelle qui se nourrissait, il faut le croire, de dépendance servile à l'égard d'autrui, doublée d'une injustice flagrante. La haine ne dissimule plus à l'écrivain ses propres fascinations. Il me paraît évident que cette expérience est très féconde sur le plan esthétique. C'est la possibilité enfin conférée à l'écrivain de créer des personnages vraiment mémorables en repérant dans les traits les plus odieux et les plus ridicules de l'autre, du rival, le miroir fidèle de sa propre intimité. C'est la fusion jusqu'alors impossible entre « l'observation » et « l'introspection ».

Qu'il se passe quelque chose comme cela dans toutes les grandes expériences romanesques c'est ce que montre, entre autres exemples, le personnage de Frédéric Moreau. Mille choses qui viennent du créateur lui-même se mêlent fraternellement, dans ce personnage, au souvenir des conduites les plus irritantes du mondain ambitieux qu'était Maxime Du Camp, conduites dont ce même créateur s'indignait naguère dans sa correspondance et dont il réservait le monopole, dans une version antérieure de *L'Éducation*, à un *double* négatif et arriviste du héros principal, lequel devait incarner, au contraire, son propre idéalisme.

On peut invoquer ici, également, le Proust de *La Recherche* fouillant sa mémoire, ou peut-être ses papiers, pour faire parler le ridicule Legrandin, le snob archétypal, tout à fait comme lui, Proust, parlait et écrivait à l'époque de *Jean Santeuil*. A cette époque, Proust n'avait pas encore compris jusqu'au bout que la haine du snob est un phénomène de snobisme. C'est bien là ce qui fait de *Jean Santeuil*, à côté de *La Recherche*, une œuvre plate et morne.

Cette expérience romanesque est bien une expérience de « chute », et d'une puissance prodigieuse sur le plan créateur ; il est possible que la dimension existentielle de cette expérience puisse être très réduite mais elle ne saurait être nulle et elle peut se lire dans plusieurs clefs philosophiques et religieuses.

Les clefs religieuses me paraissent particulièrement riches, et les clefs judéo-chrétiennes les plus riches de toutes, les plus favorables à l'épanouissement et à l'explicitation de l'expérience. D'abord parce que le judéo-chrétien conçoit sa propre emprise, au niveau individuel, non comme une possession extatique, shamanistique, mais au contraire comme une dépossession. Ensuite parce que cette dépossession, même si elle reste lisible dans le langage traditionnel de l'*exorcisme* — cf. l'expulsion de Gerasa chère à Dostoïevski — se définit plus essentiellement dans le contexte du rapport à un autrui qui ne peut devenir le prochain que dans la mesure où il cesse d'être cette idole à la fois sacralisée et profanée que la *mimesis* désirante semble bien faire de lui.

Le christianisme n'est pas un postulat extérieur à l'œuvre, une espèce de serment qui infléchirait le contenu de cette œuvre du dehors, c'est l'expérience romanesque, l'expérience de rupture, qui est rapportée au christianisme et qui se laisse de plus en plus interpréter en lui.

Ici non plus, il n'y a jamais recours à des données biographiques séparées des œuvres. De même qu'on peut et qu'on doit parler de l'expérience romanesque sans sortir des textes, on peut et on doit parler du christianisme de Dostoïevski car, sur le plan qui nous intéresse ici, les deux choses n'en font qu'une. Ce sont les textes qui nous obligent à conclure que leur propre histoire est inséparablement liée à ce qu'ils entendent eux-mêmes par christianisme. C'est en amputant Dostoïevski de son christianisme qu'on tombe dans le préjugé car on se prive arbitrairement d'éléments indispensables à l'intelligence de son œuvre. On ne s'en aperçoit guère de nos jours ; pour la plupart des gens, l'absence de préjugé c'est l'obéissance militaire à l'impératif selon lequel croyance religieuse et mystification absolue ne sont jamais qu'une seule et même chose. C'est cela, au contraire, qui constitue un bel exemple de préjugé.

Dans *La Chute*, la lecture religieuse ne peut pas constituer un postulat, on en sera d'accord, puisqu'elle n'est jamais adoptée. Elle constitue pourtant, là aussi, une possibilité présente à l'esprit du créateur. Il le faut bien puisque ce créateur juge bon de la faire rejeter par son héros, de la manière la plus explicite et à plusieurs reprises. On doit conclure qu'il y a quelque chose, dans l'expérience de la chute qui appelle ou qui rappelle certaines expériences religieuses, au moins à un certain type d'esprit. Le fait que les uns répondent positivement et les autres négativement à cet appel ne change rien à l'affaire.

On ne peut pas voir ici une objection dans le fait que la « chute » de Clamence tourne tout de suite à l'imposture, qu'elle se transforme en une nouvelle entreprise pour récupérer la différence. Pourquoi n'en serait-il pas ainsi ?

Il y a chez Dostoïevski beaucoup de héros qui ressemblent à Clamence. Il serait ridicule de penser que l'écrivain ne doit plus représenter que des saints et des héros.

Il y a des raisons plus décisives encore de rejeter cette objection. Sous ses dehors détachés, c'est elle, cette fois, qui lie l'écrivain au texte de façon irrecevable. Je n'ai jamais dit que pour déterminer la réalité de l'expérience, ni surtout sa nature, on pouvait s'en remettre aux textes qui y font allusion. J'affirme au contraire que seul le rapport entre les textes peut nous éclairer ; une fois ce rapport établi, on ne peut pas ne pas tenir compte des textes qui *parlent* de la rupture que ce soit pour l'entourer de ferveur religieuse ou, au contraire, pour la traiter avec cynisme. Cela ne veut pas dire qu'on doit prendre ces textes à la lettre.

L'effondrement de la différence étant inséparable d'une mise en jeu aussi illusoire que frénétique entre ceux qui travaillent à devenir des *doubles*, il est évident qu'aucune expérience n'est plus susceptible que la prise en charge de ces *doubles* de degrés d'abord et aussi de manipulations, et de falsifications. Sur l'écrivain lui-même aucun jugement n'est concevable ou même souhaitable. Il n'en va pas de même en ce qui concerne les textes. On peut toujours distinguer, au moins jusqu'à un certain point, les textes qui se fondent sur une différenciation illusoire des rapports mis en jeu et ceux qui se fondent sur une reconnaissance des *doubles*. La supériorité des seconds sur les premiers n'est pas le secret de quelque chapelle intellectuelle ; c'est elle que ratifie presque toujours, même si c'est à son insu, le « jugement de la postérité [1] ».

1. On me dira que *La Chute* n'est pas un chef-d'œuvre. Il faudrait savoir, pour commencer, quelle est la part de la mode dans ce jugement, de la méfiance secrète à l'égard de thèmes qui peuvent mener trop loin, quelle est la part, en somme, de l'inentamable refus moderne d'accueillir les *doubles*. On peut admettre, pourtant, que *La Chute* ne jouit pas, sur *L'Étranger*, de la même supériorité incontestable que *L'Éternel Mari* sur les premières œuvres de Dostoïevski. C'est vrai mais peut-être vrai, surtout, pour des raisons de forme et même de genre qui ne touchent pas

Il y a quelques années, Julia Kristeva a proposé une distinction entre les œuvres *monologiques* et les *dialogiques* inspirées par les travaux de Bakhtine, notamment son ouvrage sur Dostoïevski. Il semble que cette distinction vise ce qu'il faut viser mais qu'elle ne l'atteint pas tout à fait car, de même que chez Bakhtine la notion de *carnavalesque* désigne la forme de ce qui n'a plus de forme et cette notion demeure de ce fait prisonnière du formalisme — comme le rite lui-même — la notion de *dialogique* soumet les structures à toutes sortes de misères afin de les assouplir au maximum, multiplie en leur sein les substitutions et les oscillations mais n'en reste pas moins prisonnière, en dernière analyse, du structuralisme linguistique. Pour échapper à celui-ci, il faudrait comprendre que le bilan de ces opérations se ramène toujours à zéro, ce qui nous débarrasserait d'un seul coup de toute préciosité méthodologique et nous permettrait enfin d'accéder aux *doubles*, c'est-à-dire à l'essentiel.

Dans les œuvres qu'on peut dire « cassées en deux », nous avons découvert un instrument d'analyse qui s'applique d'abord, et de façon privilégiée, aux œuvres d'avant la cassure. On ne peut pas dire que la critique des spécialistes rejette cet instrument ; elle ne le voit même pas. Pour expliquer ce phénomène étrange, il faut reconnaître que les *doubles* et l'aveuglement aux *doubles* n'ont pas une portée simplement locale, limitée aux œuvres qui en font état. On est amené peu à peu à donner une portée plus vaste aux principes d'analyse qui s'ébauchent, à étendre leur application à des œuvres critiques et littéraires qui paraissent méconnaître la

à l'être du roman, même si elles en voilent un peu l'éclat. Camus critique trop directement ses œuvres précédentes pour ne pas dépendre un peu trop étroitement de celles-ci. *La Chute* ne réussit pas parfaitement comme fiction. Elle reste cependant trop fictive pour se faire lire et goûter à son vrai niveau de confession littéraire et intellectuelle, genre tout juste effleuré par le Sartre des *Mots* et qu'il était temps, peut-être, d'inventer. Dans un monde où l'œuvre proprement romanesque n'est peut-être plus possible, *La Chute* n'a pas trouvé sa voix. Son caractère éminemment critique nous la rend particulièrement précieuse sur le plan qui est le nôtre ici mais l'affaiblit en tant qu'œuvre indépendante.

rupture non parce qu'elles sont foncièrement autres, radicalement étrangères à ce que révèle cette rupture, mais parce qu'elles n'en font jamais l'expérience.

Une question se pose, en somme : peut-on considérer les œuvres sans cassure, les œuvres d'un seul tenant comme si elles étaient toutes des œuvres d'avant la cassure ? Peut-on lire Hugo, dans la perspective du dernier Dostoïevski, en fonction d'un effondrement de la différence qui ne se produit jamais chez Hugo, en fonction de *doubles* qui n'apparaissent jamais de façon explicite mais qu'on regardera quand même comme la vérité de tout rapport antagoniste ?

Avant de répondre à cette question, il faut noter qu'elle entraîne l'exégète sur un terrain moins favorable que les œuvres déjà considérées. En abolissant la différence, cet exégète contredit une intention, il écarte délibérément un message sur lequel l'auteur, cette fois, n'est jamais revenu. Il ne peut donc plus compter sur cet auteur lui-même pour guider sa démarche, rétrospectivement. Il ne joue plus sur le velours d'une double série de textes. Il ne retrouvera plus ce réseau serré de recoupements qui font que son rôle s'amenuise à mesure que grandissent la certitude et le plaisir et qui conféraient jusqu'ici à l'entreprise un caractère que je qualifierais volontiers de luxueux.

La réponse me paraît néanmoins positive. Le manichéisme des valeurs a plus d'éclat esthétique, certes, plus de brillant chez le dernier Hugo que chez le premier Dostoïevski ou le Camus de *L'Étranger*, mais c'est le même dualisme visiblement enraciné dans le même type de conflits. C'est toujours la même différence, soutenue par des identifications et des exclusions qui se révèlent arbitraires au niveau du texte lui-même. L'exégète doit donc reconnaître dans les héros et les traîtres de *L'Homme qui rit* des *doubles* jamais avalisés par l'auteur mais des *doubles* quand même.

Si l'auteur n'est plus là, dans les œuvres « d'un seul tenant », pour nous confirmer lui-même la pertinence du désir mimétique et des *doubles*, cette pertinence ne va pas moins s'affirmer une fois de plus, au-delà d'un certain seuil, et de façon spectaculaire, en l'absence, si l'on peut dire, et en dépit de cet auteur, dans l'irruption de la folie.

Au moment où la folie se déclare, on voit fréquemment surgir les *doubles* d'abord, associés à des rapports qui n'ont rien de fictif, qui appartiennent à l'existence de l'écrivain et qui s'arrangent de façon duelle ou ternaire. Nous n'avons pas de peine à reconnaître ici une véritable épiphanie du désir mimétique.

Le *double* qui passe devant Nietzsche dans l'expérience de Gênes n'est sans doute pas étranger à Zarathoustra mais il faut le rapprocher aussi et surtout du triangle qui émerge juste avant le naufrage définitif pour bousculer d'un seul coup tous les autres thèmes nietzschéens : Dionysos-Nietzsche, Ariane-Cosima, Richard Wagner. *Nietzsche contre Wagner.* Il est impossible, même si c'est blasphématoire, de ne pas songer ici à un autre rapport du même type qui préside lui aussi à une autre grande folie littéraire, au rapport de Hölderlin et de Schiller, à la fois séparés et unis par leur enjeu commun, la gloire, trop divine pour être partagée, génie formidable et nul qui paraît osciller de l'un à l'autre, se donner et se reprendre au gré de péripéties parfois imperceptibles, dans une alternance atroce de bénédictions et de malédictions.

Le fait qu'*un seul*, ici, devienne fou, n'empêche nullement qu'au principe de cette folie, il n'y ait des rapports réels. On pourrait donner d'autres exemples. Le livre de M. Castella suggère, à mon sens, que la folie de Maupassant relève de ce type[1]. Partout on retrouve les *doubles* et le triangle dostoïevskien, un triangle qui est aussi, bien entendu, celui de *La Nouvelle Héloïse.* Partout on retrouve le même échange délirant avec la même idole monstrueuse, toujours abattue, toujours ressurgissante. Partout, gouvernée par les péripéties de ces échanges violents, on retrouve l'alternance du dieu et de la victime sacrificielle. Ou encore Dionysos et le Crucifié, *Ecce*

1. Charles Castella, *Structures romanesques et vision sociale chez G. de Maupassant* (L'Age d'Homme, 1972).

Homo ; le surhomme et l'homme du souterrain. *Rousseau juge de Jean-Jacques.*

Dans les œuvres de ce type, la continuité est celle du désir mimétique lui-même, de son évolution ou, mieux encore, de son histoire. Cette continuité va des divisions et des partages plus ou moins « manichéens » déjà présents dans la perception dite normale, des *doubles* et des triangulations qui hantent les existences les plus « moyennes », jusqu'à la folie d'un Hölderlin ou d'un Nietzsche. Le devenir réciproque du rapport mimétique engendre un dynamisme redoutable. Le jeu de l'obstacle-modèle détermine un système de *feedbacks,* un cercle vicieux qui va se rétrécissant toujours. Au-delà d'un certain seuil, on le conçoit, l'individu ne peut plus du tout maîtriser ou même dissimuler ce mécanisme, c'est le mécanisme qui a raison de lui.

S'il en est ainsi, il y a des œuvres pour lesquelles la folie constitue non seulement une borne indépassable mais un terme inévitable, un véritable destin, à condition, naturellement, que la lancée soit assez puissante et que rien ne vienne la faire dévier. Cette folie reparaît trop souvent et sous des formes trop analogues pour tolérer la thèse de l'*accident* qui a toujours refoulé les questions intéressantes. Ces questions, d'ailleurs, risquent de ne plus intéresser personne une fois que la surenchère délirante aura triomphé, au moins rhétoriquement, des dernières inquiétudes au sujet de la folie. La voilà aujourd'hui ouvertement revendiquée, sous ses formes naguère les plus cliniques, officiellement intronisée en qualité d'avatar suprême de l'idéal romantique. Cela veut dire, bien entendu, qu'on se détourne plus que jamais de sa structure réelle.

Le caractère obsessif de certaines œuvres étant donné au départ, il n'y a, à la limite pour ces œuvres que deux possibilités, ou bien elles vont vers la folie, ou bien elles rompent avec elle au sens de la rupture dostoïevskienne. Dans un cas comme dans l'autre, chez Rousseau, Hölderlin ou Nietzsche, comme chez Dostoïevski, ce sont les mêmes *doubles,* ce sont les mêmes configurations mimétiques qui apparaissent au grand jour. Ces convergences, chez tant de grandes figures modernes sont impressionnantes, quel que soit le niveau auquel on les repère ; on s'étonne, ou plutôt faut-il s'étonner, qu'elles attirent aussi peu l'attention.

Il faut d'ailleurs se garder de confondre les deux types d'œuvres extrêmes. Dans un cas l'émergence du schème mimétique s'effectue dans et par le délire, au sein d'une catastrophe définitive pour l'auteur comme pour l'œuvre ; dans l'autre, au contraire, cette émergence s'effectue dans une lucidité accrue ; elle constitue pour l'œuvre et parfois pour l'auteur comme une seconde naissance ; elle nous apporte sur le désir mimétique et les *doubles* la seule lumière véritable dont nous disposions. Dans le premier cas c'est l'obsession qui maîtrise l'œuvre, dans le second c'est l'œuvre, de toute évidence, qui maîtrise l'obsession.

Si la face négative de la critique par les œuvres risque de choquer les purs littéraires, sa face positive, le fait de n'opérer cette négation qu'à partir d'autres œuvres, de reconnaître par conséquent dans ces dernières la plus haute instance critique, de les considérer, en somme, comme « irréductibles », au moins provisoirement, voilà qui déplaira certainement aux démystificateurs plus ambitieux qu'on ne peut l'être ici. La démarche risque fort de passer pour rétrograde et obscurantiste.

Je ne crois pourtant succomber ni à une mystique de l'œuvre d'art, ni à une mystique religieuse. Je crois qu'il existe, dans certaines œuvres un savoir, au sujet des rapports de désir, supérieur à tout ce qui nous a jamais été proposé. Il ne s'agit pas du tout de récuser la science, mais de la chercher là où elle se trouve, si inattendu que puisse être le lieu.

Cette affirmation peut surprendre et il faut la justifier, notamment par rapport à la psychanalyse. La systématisation que j'ai tentée plus haut se rapproche sur plusieurs points des thèses psychanalytiques. Une comparaison s'impose. Parmi les pièces du dossier, il faut inclure l'article que Freud a écrit sur Dostoïevski.

Voilà un écrivain qui écrit un roman sur le parricide et dont on sait qu'il haïssait son père, homme d'une violence rare et qui fut assassiné par ses serfs. Freud devrait trouver en lui le sujet littéraire idéal. Tout cela paraît si évident que le gros de la critique s'incline automatiquement en direction de l'oracle. La cause est entendue.

Dans cet article de Freud, on sent peser un certain malaise. Après quelques remarques bien parties, une démonstration s'amorce mais elle tourne court. Freud oublie ou fuit Dostoïevski, pour se réfugier dans une nouvelle de Stephan Zweig qui visiblement, fait bien mieux son affaire.

Face à une œuvre comme *Les Frères Karamazov*, la psychanalyse est en porte à faux et Freud est trop fort pour ne pas le sentir, même s'il ne se l'avoue pas. Les éléments mythiques d'*Œdipe Roi* sont absents. Freud nous laisse entendre qu'un tel ouvrage doit avoir valeur de symptôme, comme les crises d'épilepsie mais à quel niveau ? Pour qu'il y ait névrose il faut que la rivalité avec le père et le désir de le tuer restent inconscients. De toute évidence, ce n'est pas le cas ici. Il faut donc que le cas Dostoïevski soit beaucoup plus ou beaucoup moins grave qu'il ne paraît. Freud tâte la première possibilité. Il esquisse à grands traits la « personnalité criminelle » de Dostoïevski. Mais cela non plus ne le satisfait pas.

Quelle que soit la façon dont le parricide n'apparaît pas, dans un texte, ou au contraire dont il apparaît, il devrait avoir un caractère symptomatique, apporter de l'eau au moulin de la psychanalyse. Pas de parricide, et c'est la névrose. Du parricide et c'est plus grave encore ! Il est bien évident que *Les Frères Karamazov* se laissent malaisément emprisonner dans cette camisole. Le père de Dostoïevski a été réellement assassiné par des serfs.

Rien n'est plus embarrassant, au fond, que l'émergence au grand jour d'un tel « parricide » dans une œuvre aussi forte. Si Freud commence son article en disant que l'œuvre d'art occupe une place à part, qu'on ne peut pas l'analyser, ce n'est pas simple précaution oratoire. Il ne peut vraiment la situer nulle part, à moins de faire d'elle son égale, ce à quoi il se refuse absolument. Il faut donc expulser ce *double*, l'expédier dans l'au-delà avec les monstres sacrés, continuer avec tout le XIXe siècle à faire de lui un fétiche. A partir de Nietzsche et de Freud, toutefois, les fétiches sont plus vilipendés que vénérés. On ne les promène plus que la tête en bas. C'est ce qu'on appelle l'inversion de la métaphysique.

Dans son article, Freud résume la doctrine œdipienne. Le petit enfant voit dans le père un rival qu'il désire tuer, mais il réussit à refouler ce désir. D'une part il redoute la « castration », d'autre part il conserve à l'égard de ce père dont il a d'abord fait un modèle, une certaine « tendresse ».

Cette « tendresse », il me semble, constitue un chaînon particulièrement faible dans le raisonnement freudien. Comme on ne peut pas exprimer le moindre doute, au sujet de l'Œdipe, sans se voir aussitôt accusé de « résistance », j'essaierai ici une méthode particulièrement sournoise. Mettons que j'accepte le principe de la genèse œdipienne, que je donne mon adhésion la plus sincère au désir enfantin du parricide et de l'inceste. On ne peut plus m'accuser de fuite panique devant la terrifiante et géniale révélation. Mais les difficultés sont loin d'être résolues. Plus que jamais, en effet, je me trouve confronté par cette « tendresse » que Freud attribue au petit Œdipe et qui paraît sortie d'un roman de Paul Bourget. Rien plus que cette tendresse ne ressemble au sentiment conventionnel que les membres d'une famille bourgeoise décente, bien élevée, se témoignent les uns aux autres, notamment en public. C'est dans le contexte d'une telle vie familiale que je m'attendrais à retrouver cette tendresse. Plus j'adopte les raisons de Freud, plus j'entre dans le vif de son sujet, plus je dis *oui*, du fond du cœur au parricide et à l'inceste et plus j'ai envie de dire non à cette tendresse, d'y voir une survivance d'un type de pensée révolu.

Freud se doute bien qu'il ne peut pas faire porter à cette tendresse une charge psychique trop pesante, dans l'optique qui est la sienne. Pour rendre compte de névroses aussi sévères que les dostoïevskiennes, il juge nécessaire de renforcer ce sentiment un peu fragile. Il fait donc appel à ce qu'il appelle la composante « bissexuelle » qu'il tient en réserve pour ce genre de cas. L'élément féminin, dans la composante bissexuelle, suggère à l'enfant de se faire objet d'amour pour son père, au sens où la mère l'est déjà. Le renforcement opère aussi bien sur le plan de la castration, plus à craindre que jamais évidemment puisque, pour être aimé du père, il faut d'abord renoncer à l'organe masculin, que sur le plan de la fameuse « tendresse » qui prend ici une teinte d'homosexualité et se voit dépouillée de son caractère conventionnel !

S'il y a des Freudiens qui écartent tacitement cette genèse de l'Œdipe, il y en a d'autres, les plus fidèles, qui lui restent attachés et il faut s'interroger sur leurs raisons. Comment Freud se voit-il amené à échafauder une construction aussi baroque, aussi hétéroclite ? Même avec la meilleure volonté du monde, il est difficile d'entrer dans son jeu, tout simplement parce qu'en dernière analyse, il n'y a pas, ici, un jeu unique, il y a plusieurs modes et niveaux d'explications et d'interprétations hétérogènes. Tout cela se chevauche et se juxtapose de façon assez déconcertante.

La confrontation avec Dostoïevski n'est pas inutile, car elle nous dirige droit sur l'essentiel, c'est-à-dire sur les données névrotiques dont Freud voudrait reconstituer la genèse. Les brèves remarques de Freud sur les phénomènes pathologiques repérables dans l'œuvre de Dostoïevski sont d'une extrême pertinence. Freud voit que « l'ambivalence » — les sentiments « typiquement dostoïevskiens », de haine et de vénération mêlées — domine d'un bout à l'autre. Il conclut, non sans raison, que l'auteur lui-même était affligé de cette ambivalence. Freud note également « la bienveillance » morbide envers le rival sexuel. Il observe, enfin, que Dostoïevski fait preuve d'une grande perspicacité à l'égard de situations qui ne peuvent s'expliquer que par « une homosexualité latente ».

Freud ne donne aucun exemple, mais nous en avons déjà mentionné plusieurs. Que ce soit dans les premières œuvres ou dans *Le Souterrain*, ou encore dans *L'Éternel*

Mari, la fascination pour le rival du même sexe donnera à coup sûr une impression « d'homosexualité latente », surtout si l'observateur ne comprend pas le mécanisme de la rivalité.

Ce sont là des choses que Freud a observées bien des fois chez ses clients et ce sont elles que la double genèse de l'Œdipe, surtout l'anormale bien entendu, est destinée à expliquer. Si on regarde cette double genèse de près, on s'aperçoit que ses bizarreries ne sont jamais sans cause ; elles sont toujours destinées à ramener à l'Œdipe, à enraciner dans l'Œdipe, des phénomènes que Freud n'a pas découverts chez Dostoïevski, bien entendu, mais qu'il retrouve avec satisfaction dans son œuvre. A partir des données de cette œuvre, donc, et compte tenu des limitations très spéciales que Freud s'impose à lui-même en prétendant tout faire partir de l'« Œdipe », on voit très bien pourquoi il est entraîné à faire ce qu'il fait et à penser comme il le fait.

Il faut installer l'ambivalence névrotique dans l'Œdipe mais comme Freud postule un désir spontané et indépendant pour la mère, il ne réussit pas à penser l'Œdipe comme vraiment mimétique, en dépit de certaines velléités[1]. Il ne voit pas que seul le mécanisme de la rivalité mimétique, seul le jeu du modèle-obstacle peut vraiment produire le type d'ambivalence dont il a besoin. Il cherche donc à engendrer séparément les deux faces de l'ambivalence, la négative et la positive ; la face négative ne pose pas de problème ; le désir de tuer le père est toujours là pour en rendre compte. Chaque fois qu'un individu quelconque, sous l'effet d'un transfert, se transformera en figure paternelle, la vieille haine pourra se réveiller.

Mais il faut rendre compte aussi de la face positive, de l'élément d'attirance et même de fascination qui figure, visiblement, même dans les rivalités les plus normales. C'est plus difficile. C'est ici que l'impuissance de Freud à repérer le mécanisme mimétique, ou peut-être son obstination à le refuser pour préserver la passion de l'inceste,

1. Cf. *La Violence et le Sacré* (Grasset, 1972), chapitre VII.

se font cruellement sentir. N'ayant rien d'autre à proposer, Freud doit recourir au vieux coffre du sentimentalisme familial et il y puise cette « tendresse » dont nous parlions tout à l'heure. Cette tendresse est d'autant plus étonnante, en apparence, que Freud n'a pas besoin d'elle pour expliquer son « refoulement » ; c'est à la crainte de la castration que cette tâche est dévolue. La seule raison d'être de la tendresse qui surnage au sein de la sauvagerie œdipienne, c'est la nécessité, d'ailleurs inéluctable, d'engendrer le type d'ambivalence qu'on observe chez Dostoïevski et qui domine également, selon Freud, toute la vie psychique. Le résultat de ce bricolage est un peu étrange mais on voit très bien à quoi correspond chacun des éléments.

La tendresse familiale vient donc remplir la face positive de l'ambivalence « normale » (celle qu'il va définir un peu solipsistiquement, par l'opposition du moi et du surmoi). Il y a là quelque chose de trop mince pour une ambivalence plus marquée. Freud constate, d'autre part, que cette ambivalence plus marquée a un caractère « d'homosexualité latente ». En faisant donner la *bissexualité* Freud va faire d'une pierre deux coups ; il va rendre la « tendresse familiale » à la fois anormale et renforcée en la transformant plus ou moins en désir homosexuel passif portant sur le père.

Jusqu'ici on a toujours accepté ou refusé cette construction comme on accepte ou refuse un article de foi ; jamais on ne l'a vraiment critiquée, car on croyait ne rien avoir à lui opposer. Freud est loin de se douter que la matière de cette critique se trouve chez Dostoïevski, que la *perspicacité* qu'il reconnaît à celui-ci repose sur un substrat théorique qui peut s'expliciter.

Ce qui frappe, d'abord, si on compare la lecture des névroses par l'Œdipe à la lecture mimétique c'est l'unité et la simplicité de cette dernière. Il n'y a qu'un principe : il ne fait qu'un avec la dynamique du désir, qui développe lui-même ses conséquences dans une histoire dont la logique ne se dément jamais. Ce principe, c'est le désir mimétique lui-même et c'est l'interférence immédiate du désir imitateur et du désir imité. C'est le mimétisme qui engendre la rivalité et la rivalité, en retour, renforce le mimétisme. Il y a là un mécanisme qui paraît trop élémentaire, trop bête pour engendrer de grands effets mais il faut le mettre à l'épreuve.

Freud a bien vu qu'il y a des degrés d'ambivalence. Il n'ignore pas qu'au fond, c'est à la même chose qu'il a affaire, et dans la genèse œdipienne normale et dans la genèse anormale. S'il est obligé, néanmoins, de recourir à une double machinerie, au moins en partie, c'est parce que « l'homosexualité latente » constitue à ses yeux quelque chose d'irréductible ; il est incapable de reconnaître en celle-ci un simple moment dans une dynamique continue. Une fois de plus, c'est le jeu du modèle-obstacle qui lui fait défaut.

Dans la lecture mimétique, la double machinerie se révèle parfaitement inutile ; pour expliquer l'ambivalence aggravée du type dostoïevskien, y compris « l'homosexualité latente », il suffit de supposer un jeu mimétique plus intense, intensité qu'on peut d'ailleurs rapporter à des causes diverses.

Aux stades « normaux » du désir mimétique, l'objet est déjà désigné par le modèle, mais ce modèle reste dans l'ombre, l'objet reste le pôle principal de l'affectivité et de l'activité désirante. Quand le jeu mimétique du sujet tend à se détourner de l'objet désigné vers le rival qui désigne cet objet.

Considérons, par exemple, le cas d'une vie *sexuelle* gouvernée par le désir mimétique. Le sujet se fait désigner un objet de l'autre sexe par un modèle, bientôt rival, du même sexe que lui. Il est bien évident que l'intérêt du sujet ne peut pas se déplacer de l'objet hétérosexuel vers le rival du même sexe sans donner l'impression qu'une « tendance homosexuelle » est à l'œuvre. On décrira cette homosexualité comme *latente* parce que même s'il a perdu de son importance, l'objet désigné par le modèle, l'objet hétérosexuel, est toujours là.

Cette genèse mimétique du désir « névrotique » permet de comprendre, il faut le noter au passage, pourquoi tout ce qui passe pour « homosexualité latente » paraît en même temps pénétré de « masochisme ». Les deux étiquettes ne recouvrent qu'un seul et même phénomène, à savoir la prédominance du rival sur l'objet, la fascination grandissante qu'exerce ce rival. Le masochisme, on l'a vu, n'est rien d'autre. C'est la fascination qu'exerce le modèle en sa qualité de modèle potentiel puis actuel.

La tendance homosexuelle est bien là ; il ne s'agit pas du tout de la nier. Il faut pourtant éviter de faire appel à elle comme si elle était une essence indépendante, de voir en elle, ainsi que le fait Freud, une composante biologique, non pas parce qu'une telle composante ne peut pas exister, mais parce qu'on tient ici quelque chose de beaucoup plus intéressant, une intégration de l'homosexualité à la dynamique mimétique, c'est-à-dire une genèse possible à partir de la rivalité fascinante. Ce qu'il faut supposer c'est que, au-delà d'un certain seuil, l'élément proprement libidinal dans le désir, déserte à son tour l'objet et vient s'investir dans le rival.

Il n'est pas question, répétons-le, de nier l'existence possible d'une homosexualité biologique. On veut seulement montrer que, si Freud recourt à cette possibilité dans le cas présent, ce n'est pas à la suite d'une intuition positive, c'est simplement faute de mieux, faute de voir l'intégration à la dynamique de la rivalité. Parce qu'il est incapable de relier « l'homosexualité latente » à quoi que ce soit de réel dans la structure actuelle des rapports de désir, Freud ne peut voir en elle qu'un poids mort qu'il lui faut transporter avec le reste dans l'Œdipe avant de la noyer, en fin de compte, dans une opacité biologique. Si l'homosexualité est un poids mort, c'est parce qu'elle paraît toujours viser un « substitut de père » plutôt que la rivalité actuelle. Le passéisme de la psychanalyse, le fétichisme œdipien, le primat de la différence et l'impuissance à repérer le ressort de la rivalité mimétique ne font jamais qu'une seule et même carence.

S'il faut préférer la genèse mimétique, c'est d'abord parce qu'elle organise tous les éléments dynamiquement, avec une économie de moyens tellement prodigieuse qu'elle cesse bientôt, si on en saisit vraiment le ressort, d'apparaître déconcertante. L'idée d'un désir, même pour finir libidinal, qui se déplace de l'objet vers le rival est un principe étonnamment fécond et qui éclaire une foule de phénomènes mal connus. Il est clair, par exemple, que la structure du désir proustien, tel qu'il se dégage de *La Recherche du temps perdu* est toujours structure de rivalité et d'exclusion mimétique, qu'il s'agisse de l'érotisme ou du snobisme, en dernière analyse identiques l'un à l'autre. On peut montrer que les analyses de Proust tendent toutes à révéler cette identité, qu'elles tendent non vers Freud mais vers la définition mimétique.

Une autre raison qui rend la lecture mimétique préférable, c'est, bien entendu, son caractère dynamique et non plus passéiste. Cette lecture admet sans peine que les premiers épisodes mimétiques, ceux notamment où il arrivera à un adulte en position d'autorité, peut-être le père, de jouer le rôle de premier modèle et de premier obstacle, puissent exercer une influence permanente et opérer de véritables montages qui détermineront non seulement l'intensité mais les modalités des mécanismes mimétiques ultérieurs ; cette lecture ne succombe pas pour autant au fétichisme familial, elle ne va pas chercher exclusivement dans un passé lointain ou au fond de quelque inconscient la cause de l'efficacité névrotique. Les épisodes successifs ont tous leur dynamisme propre aussi bien qu'un effet cumulatif, en particulier dans l'ordre du savoir qu'ils acquièrent d'eux-mêmes, savoir aliéné au désir qui fait de chacun d'eux une nouvelle surenchère et qui détermine l'évolution toujours possible vers la démence.

La psychanalyse, à mon avis, n'a jamais réussi à montrer pourquoi des épisodes névrotiques dont l'essence se situe dans un passé toujours plus lointain et qui devraient s'atténuer, telles les reproductions successives d'un même original, ont tendance au contraire à se renforcer. On peut toujours faire intervenir l'inconscient, mais cette intervention supposée a un caractère arbitraire, c'est un *deus ex machina.* Le jeu de l'obstacle-modèle non seulement rend compte de l'aggravation perpétuelle des phénomènes mais il restitue le style même de cette aggravation ; l'appauvrissement des structures dégage les lignes de force et les souligne pour aboutir à l'évidence fulgurante du triangle nietzschéen appuyé sur ses *doubles* qui oscillent psychotiquement entre l'auto-adoration et l'adoration de l'autre, et c'est là, bien entendu, ce que la psychiatrie appelle mégalomanie et infériorité délirantes.

Le désir et la rivalité mimétiques, à la différence de l'Œdipe freudien, ont une valeur exclusivement destructurante. Ce n'est pas là qu'il faut chercher le principe de structuration. Il ne s'agit donc pas ici d'une genèse analogue à celle de l'Œdipe. Tout peut commencer n'importe où, n'importe quand, avec le premier venu.

Dans *Les Frères Karamazov*, le rapport des fils au père est un rapport mimétique antérieur aux autres, peut-être, plus destructeur que les autres peut-être, mais fondamentalement identique à tous les autres. La ressemblance avec l'Œdipe est donc superficielle. Tandis que chez Freud le père ne serait pas père et le fils ne serait pas fils sans la rivalité inconsciente, chez Dostoïevski, la rivalité est parfaitement consciente, même si certaines de ses conséquences ne le sont pas, et le père est d'autant moins père qu'il devient plus aisément le rival de ses propres enfants. Le crime primordial n'est pas le parricide, comme chez Freud, mais l'infanticide. En dépit de son titre de père et de son rôle de géniteur, le père Karamazov n'est au fond qu'un mauvais frère, une espèce de *double*. Nous sommes dans un univers où il n'y a plus que des frères.

L'Œdipe freudien n'est qu'un cas particulier de la rivalité mimétique, sacralisé et mythifié par un faux radicalisme dont le but réel est de dissimuler la disparition du père. La psychanalyse ne peut traiter tout cela que d'échappatoire. Mais devant la lecture mimétique, c'est la psychanalyse qui fait figure d'échappatoire, même dans le cas d'un Dostoïevski, si écrasé qu'il fut par son propre père. Le parricide et l'inceste perpétuellement exhibés ne sont qu'un inavouable de pacotille destiné à masquer le véritable inavouable. Invoquer le père et la mère, c'est ne jamais avouer le rôle de l'autre dans le désir, le rôle de l'autre écrivain, par exemple, si c'est un écrivain qui parle, c'est ne jamais dire qui est le Schiller de l'Hölderlin que peut-être je suis, qui est mon Bielinski, et mon Tourguéniev si je suis Dostoïevski. Le vrai poisson à noyer n'est presque jamais le père, le rival au passé, l'idole au fond de l'inconscient, mais le rival au présent et au futur, réduit par la psychanalyse au rôle de simple figurant dans un jeu qui devient celui d'un autre. Rien ne fait mieux l'affaire du désir que la minimisation de la seule idole qui l'obsède.

Il suffit de développer la dynamique du désir mimétique et on voit s'intégrer à elle sans effort, de façon toujours simple, logique, intelligible, non seulement la bissexualité et les homosexualités latentes ou patentes mais la plupart des phénomènes que les psychiatries se donnent pour tâche de décrire et d'interpréter, les identifications, le masochisme et le sadisme, les mégalomanies et les infériorités délirantes, les phénomènes de *doubles*, etc. En comparaison, les conceptions contradictoires des diverses psychothérapies, notamment de la psychanalyse apparaissent moins comme des constructions achevées que comme des ébauches imparfaites, partielles, hétérogènes, rigides. A la lumière de cette dynamique les traits non intégrables de ces psychothérapies se dénoncent d'eux-mêmes comme des traces du délire de l'obstacle.

Le véritable esprit scientifique serait sensible, il me semble, à l'efficacité simplificatrice de la théorie mimétique, à sa puissance de rassemblement, à la cohérence extraordinaire qu'elle instaure. C'est peut-être déjà trop d'ailleurs que de parler ici de théorie. Il n'y a en vérité qu'une dynamique structurale ou plutôt destructurante. A la différence de la psychanalyse, cette dynamique n'exige aucune prise de position sur la nature du réel ; si elle a un caractère implicitement critique à l'égard de nombreuses théories, elle n'a rien en elle-même d'idéologique ou de philosophique.

Il est peu vraisemblable, pourtant, qu'on prenne cette lecture au sérieux. Elle ne peut guère toucher, paradoxalement, que les gens qui restent sensibles à certaines intuitions de type freudien et à la volonté de systématisation scientifique qui les accompagne. Or, ces gens-là, pour des raisons évidentes, sont d'autant plus fidèles à Freud qu'ils constatent, autour d'eux, un certain abandon au désordre, un recul de cet esprit scientifique dont Freud s'est toujours réclamé.

On se heurte, d'autre part, à la tradition qui associe toute recherche sérieuse à un mode d'exposition didactique, c'est-à-dire à l'abandon de toute fiction et de toute dramaturgie. Le sens de l'interprétation est donné *a priori*. Tout doit partir de l'œuvre à vocation explicitement scientifique et tout doit revenir à elle. L'idée que Dostoïevski pourrait avoir quelque chose à apprendre à Freud, qu'il pourrait être plus capable d'interpréter Freud que Freud n'est capable de s'interpréter lui-même ne vient pas à l'esprit. On n'exclut pas les intuitions saisissantes chez un écrivain, mais on part du principe qu'elles resteront fragmentaires, qu'elles ne formeront jamais un ensemble cohérent. Les analogies et les divergences entre la vision freudienne du désir et celle de Dostoïevski sont telles qu'elles permettent de céder du terrain sans compromettre l'empire de la psychanalyse. On reconnaîtra à Dostoïevski des « pressentiments » ponctuels d'une vérité qui restera essentiellement logée chez Freud. C'est le savant qui fera toujours figure d'arbitre suprême et de référence absolue.

Ce refus de remettre en cause les vérités établies me paraît contraire à l'esprit scientifique. Si Freud n'a rien de décisif à dire sur Dostoïevski, il faut se demander si Dostoïevski n'a pas quelque chose de plus décisif à dire sur Freud. Il faut envisager l'inversion du rapport entre la psychanalyse et Dostoïevski. Je voudrais, pour terminer, montrer sur un autre point encore que la démarche est possible et qu'elle peut être féconde.

A l'égard de la littérature, on l'a dit, Freud fait preuve « d'ambivalence ». Il n'y voit qu'un tissu de méconnaissance et pourtant il la vénère, il l'installe sur un piédestal, il voit en elle le plus bel ornement de la culture humaniste, etc. Que penseraient les plus grands écrivains, que penserait Dostoïevski d'une telle attitude ?

L'écrivain se voit défini par Freud comme un personnage qui jouit d'un *narcissisme* extraordinaire. Il convient donc de transporter cette potiche auprès des figures du *narcissisme* intact que Freud nous propose dans *Zur Einführung des Narzissmus,* l'enfant à la mamelle et la bête sauvage bien lustrée. Ces créatures, quand elles sont repues, paraissent si sereinement autonomes, si indifférentes à autrui qu'elles suscitent en Freud une espèce de *nostalgie,* comme en tous ceux, observe-t-il, qui ont renoncé à une partie de leur narcissisme, par esprit de maturité et de responsabilité.

Je crois que si Dostoïevski avait pu lire ce texte, il y aurait repéré des métaphores du désir freudien. Il y a lieu de se demander si la théorie entière du narcissisme n'est pas une projection de ce désir. Chez Freud et ailleurs, c'est toujours dans une tonalité affective de nostalgie et d'irritation que surgit la notion de narcissisme. Il n'est de *narcissisme* que d'autrui et d'un autrui jamais traité d'égal à égal, toujours un peu plus et un peu moins qu'humain, toujours un peu sacralisé et bestialisé au sens des métaphores de *L'Introduction,* la femme, l'enfant, l'écrivain.

Ce que le désir ne voit jamais avec équanimité, ce qui l'émeut prodigieusement, c'est l'absence apparente, chez l'autre, de ce manque qu'il est lui-même, absence qui lui apparaît comme désir de soi-même, auto-suffisance divine. C'est toujours cela, chez Freud et dans la pensée moderne en général qui déchaîne la passion démystificatrice. On a renoncé soi-même à désirer l'autonomie superbe, on a dépassé les stades naïfs du désir, mais on voudrait désespérément que tout le monde en fasse autant pour se faire bien confirmer la chose. Rien de plus irritant pour ceux qui savent que ceux qui ne savent pas ou qui prétendent ne pas savoir. C'est contre eux qu'est dirigée la démystification universelle. Seule cette démystification peut nous assurer qu'il n'y a rien à désirer nulle part, que personne n'a rien à envier à personne. C'est par ce biais que le prurit démystificateur, et avec lui bien des formes de savoir moderne, dont la psychanalyse, se rattachent au désir.

Il faut noter que Freud découvre et nomme le « narcissisme » à partir d'une lecture non-critique du mythe de Narcisse, d'une pure et simple reprise des significations apparentes de ce mythe, lesquelles pourraient bien recouvrir, une fois de plus, la réciprocité violente et violemment niée des *doubles*, le jeu d'un désir mimétique non repéré. C'est ce jeu qui paraît bien signifié et de ce fait même masqué par le thème du *miroir*.

Personne ne se désire jamais soi-même à moins, bien entendu, de se désirer par l'intermédiaire de quelqu'un d'autre et c'est là ce qu'on appelle la *coquetterie* qu'il faut se garder de lire, comme on le fait d'habitude, dans la clef narcissique. Le narcissisme trahit la coquetterie parce qu'il ne restitue jamais le rôle de l'autre, paradoxal et essentiel. La lecture narcissique reste au niveau du sens commun qui est presque toujours le sens du désir. C'est pourquoi, sans doute, cette lecture, et le narcissisme en général, sont si bien entrés dans notre langage et dans nos mœurs, au sens même que leur a donné Freud, c'est-à-dire dans un sens parfaitement mythique.

Les métaphores du narcissisme déshumanisent leur objet. Elles commencent — dans les exemples de Freud, notamment — par l'infantiliser et l'animaliser, puis elles le rendent monstrueux. A un stade plus extrême encore on dirait que la vie se retire, on tend vers une espèce de pétrification. Cette trajectoire métaphorique reflète l'exaspération constante du désir face à un obstacle-modèle toujours plus infranchissable et toujours plus désirable. C'est ce désir, donc, qui va lui-même vers la mort. Freud l'a bien vu, dira-t-on ; sans doute, mais, une fois de plus, en postulant un « instinct de mort » indépendant, il a manqué l'unité formidable de toute cette dynamique.

Il faut pourtant reconnaître que le mérite de l'*Einführung* n'est pas mince. C'est la première fois que quelqu'un aborde de façon théorique des rapports de désir dont seuls jusqu'alors les écrivains avaient parlé. Freud malheureusement s'égare et, comme toujours en ce domaine, c'est sous l'effet du désir qu'il s'égare. Derrière la notion de narcissisme dont on retrouverait l'équivalent, je pense, chez un Marivaux mais dont les plus grands écrivains, notamment Dostoïevski et Shakespeare dissipent le mirage, ce sont les investissements du désir qui se dissimulent, les mêmes qui produisent la mythologie.

Pour rendre évidente la faiblesse de *L'Introduction*, il faut comparer ce texte à tous ceux dont Freud n'a pas su s'inspirer car il ne les a jamais vraiment lus, les grands découvreurs du désir mimétique, Cervantès, Shakespeare, Dostoïevski. L'accord de ces écrivains sur certains rapports fondamentaux, au premier chef les *doubles*, devrait frapper l'observateur moderne, toujours écrasé sous la tour de Babel des théories contradictoires. On dira que Shakespeare invente à profusion des métaphores analogues à celles que nous venons de critiquer chez Freud. C'est vrai. *Le Songe d'une nuit d'été* est une reprise des *Métamorphoses* d'Ovide. Qu'on regarde de près, toutefois, et on constatera que Shakespeare, à côté des métaphores et des métamorphoses, nous propose aussi leur critique, si radicale que ni Freud ni personne ne l'a jamais comprise.

Freud traite la littérature comme une espèce de gri-gri et la notion de narcissisme le sert. Pour lui, les œuvres de Dostoïevski et même la littérature dans son ensemble sont une masse homogène, un bloc sans faille de « refoulement » et de « sublimation ». Jamais, Freud n'accepte de voir dans un travail d'écrivain le fruit d'une entreprise intellectuelle comme la sienne, avec ses erreurs inévitables, ses expériences manquées, ses risques d'échec définitif mais aussi ses chances de succès, tout ce qu'implique, en somme, l'admirable expression *by trial and error.* Il n'admet jamais l'écrivain à l'exercice de la pensée véritable, à l'aventure intellectuelle au sens plein.

Si les prétentions scientifiques qui ont dominé les trois quarts du XXe siècle se révèlent en fin de compte décevantes, il faut d'abord se l'avouer, sans tomber dans le défaitisme qui nie toute science ou ne la croit possible qu'une fois « l'homme » éliminé. Il faut retrouver ce que les dogmatismes défaillants ont dédaigné, notamment les plus grandes œuvres littéraires. Il ne s'agit pas de passer une fois de plus d'une idolâtrie à l'autre et de canoniser toute gent littéraire indistinctement ; il s'agit de rendre la parole, dans un climat nettoyé de terrorisme scientiste comme de futilité esthétisante, aux quelques écrivains qui pourraient bien aller plus loin qu'on n'est jamais allé dans l'intelligence des rapports de désir.

DOSTOIEVSKI
DU DOUBLE A L'UNITÉ

I. DESCENTE AUX ENFERS

Les critiques contemporains disent volontiers qu'un écrivain se crée lui-même en créant son œuvre. La formule est éminemment applicable à Dostoïevski dans la mesure où l'on ne confond pas cette double démarche créatrice avec l'acquisition d'une technique, ou même avec la conquête d'une maîtrise.

Il ne faut pas comparer la succession des œuvres à ces exercices grâce auxquels l'exécutant d'une œuvre musicale accroît, peu à peu, sa virtuosité. L'essentiel est ailleurs et cet essentiel ne peut s'exprimer, d'abord, que sous une forme négative. Se créer, pour Dostoïevski, c'est tuer le vieil homme, prisonnier de formes esthétiques, psychologiques et spirituelles qui rétrécissent son horizon d'homme et d'écrivain. Le désordre, le délabrement intérieur, l'aveuglement même que reflètent, dans leur ensemble, les premières œuvres, offrent un contraste saisissant avec la lucidité des écrits postérieurs à *Humiliés et Offensés,* et surtout avec la vision géniale et sereine des *Frères Karamazov.*

Dostoïevski et son œuvre sont exemplaires non pas au sens où une œuvre et une existence sans faille le seraient mais en un sens exactement contraire. A regarder vivre et écrire cet artiste, nous apprendrons, peut-être, que la paix de l'âme est la plus rude de toutes les conquêtes et que le génie n'est pas un phénomène naturel. De la vision quasi légendaire du bagnard repenti, il faut retenir l'idée de cette double rédemption, mais il ne faut rien retenir d'autre, car dix longues années s'écoulent entre la Sibérie et la rupture décisive.

A partir des *Mémoires écrits dans un souterrain*, Dostoïevski ne se contente plus de « répéter ses œuvres » et de se justifier à ses propres yeux en ressassant toujours le même point de vue sur les hommes et sur lui-même. Il exorcise, l'un après l'autre, ses démons, en les incarnant dans son œuvre romanesque. Chaque livre ou presque marque une nouvelle conversion et celle-ci impose une nouvelle perspective sur les problèmes de toujours.

Au-delà de la différence superficielle des sujets, toutes les œuvres n'en font qu'une ; c'est à cette unité qu'est sensible le lecteur lorsqu'il reconnaît, au premier coup d'œil, et quelle qu'en soit la date, un texte de Dostoïevski ; c'est cette unité que tant de critiques cherchent aujourd'hui à décrire, à posséder et à cerner. Mais reconnaître la singularité absolue de l'écrivain qu'on admire ne suffit pas. Au-delà de celle-ci, il faut retrouver les différences entre les œuvres particulières, signes d'une recherche qui aboutit ou qui n'aboutit pas. Chez Dostoïevski la recherche de l'absolu n'est pas vaine ; commencée dans l'angoisse, le doute et le mensonge, elle se termine dans la certitude et dans la joie. Ce n'est pas par quelque essence immobile que se définit l'écrivain mais par cet itinéraire exaltant qui constitue peut-être le plus grand de ses chefs-d'œuvre. Pour en retrouver les étapes, il faut opposer les œuvres particulières, et dégager les « visions » successives de Dostoïevski.

Les œuvres géniales reposent sur la destruction d'un passé toujours plus essentiel, toujours plus originel, c'est-à-dire sur le rappel, dans ces œuvres, de souvenirs toujours plus éloignés dans l'ordre chronologique. A mesure que l'horizon de l'alpiniste s'élargit, le sommet de la montagne se rapproche. Les premières œuvres ne vont exiger de nous que des allusions à des attitudes de l'écrivain, ou à des événements de sa vie plus ou moins contemporains de leur création. Mais nous ne pourrons pas avancer dans les chefs-d'œuvre sans remonter en même temps, par une série de « flash-back », d'ailleurs assez capricieux, vers l'adolescence et l'enfance du créateur.

La très relative violence que nous exercerons sur les premières œuvres afin d'en dégager les thèmes obsessifs trouvera sa justification non pas dans quelque « clef » psychanalytique ou sociologique, mais dans la lucidité supérieure des chefs-d'œuvre. C'est l'écrivain lui-même, en définitive, qui nous fournira le point de départ, l'orientation et même les instruments de notre recherche.

***

Les débuts de Fiodor Mihaïlovitch Dostoïevski dans la vie littéraire furent retentissants. Biélinski, le plus écouté des critiques de l'époque, déclara que *Pauvres gens* était un chef-d'œuvre et il fit de son auteur, en quelques jours, un écrivain à la mode. Biélinski appelait de tous ses vœux ce que nous nommerions aujourd'hui une littérature engagée et il vit dans l'humble résignation du héros, Makar Diévouchkine, un réquisitoire contre l'ordre social, d'autant plus implacable qu'il n'était pas directement formulé.

Makar est un petit fonctionnaire pauvre et déjà âgé. La seule lumière dans son existence grisâtre et humiliée vient d'une jeune femme, Varenka, dont il évite la fréquentation, par crainte des médisanses, mais avec qui il échange une correspondance fort touchante. La « petite mère » n'est pas moins misérable, hélas ! que son timide protecteur ; elle accepte d'épouser un propriétaire jeune et riche mais grossier, brutal, tyrannique. Makar ne se plaint pas, il ne proteste pas, il n'a pas le moindre mouvement de révolte ; il participe aux préparatifs de la noce, il cherche fébrilement à se rendre utile. Il ne reculerait devant aucune bassesse, on le sent, pour conserver sa modeste petite place à l'ombre de sa chère Varenka.

Un peu plus tard, Dostoïevski écrivit *Le Double*, œuvre qui s'inspire, d'assez près, parfois, de certains *Doubles* romantiques et surtout du *Nez* de Gogol mais qui domine de loin, partout, tout ce que publiera son auteur avant *Les Mémoires écrits dans un souterrain*. Le héros, Goliadkine, voit surgir à ses côtés, après quelques mésaventures aussi dérisoires qu'humiliantes, son double, Goliadkine *junior*, physiquement semblable à lui, fonctionnaire comme lui et occupant dans la même administration le même poste que le sien. Le double traite Goliadkine *senior* avec une méprisante désinvolture et il contrecarre tous les projets administratifs ou amoureux que forme celui-ci. Les apparitions du double se multiplient ainsi que les échecs les plus grotesques jusqu'à l'entrée de Goliadkine dans un asile d'aliénés.

L'humour grinçant du *Double* est aux antipodes du pathétique un peu douceâtre de *Pauvres Gens*, mais les points communs entre les deux récits sont plus nombreux qu'il n'y paraît d'abord. Makar Diévouchkine, comme Goliadkine, se sent toujours vaguement martyrisé par ses camarades de bureau : « Savez-vous ce qui me tue, écrit-il à Varenka, ce n'est pas l'argent, mais tous les tracas de la vie, tous ces chuchotements, ces légers sourires, ces petits propos piquants. » Goliadkine ne parle pas autrement ; l'apparition du double ne fait que polariser et concrétiser chez lui les sentiments de persécution qui restent diffus et sans objet défini chez son prédécesseur.

Goliadkine, parfois, croit possible de faire la paix avec son double ; l'enthousiasme, alors, le soulève ; il imagine l'existence qu'il mènerait si l'esprit d'intrigue et la sagacité de cet être maléfique étaient à son service au lieu d'être mobilisés contre lui. Il médite de fusionner avec ce double, de ne faire plus qu'*un* avec lui, de retrouver, en somme, son unité perdue. Or le double est à Goliadkine ce qu'est, à Makar Diévouchkine, le futur mari de Varenka ; il est le rival, l'ennemi. Il y a donc lieu de se demander si « l'humble résignation » de Makar, l'extraordinaire passivité dont il fait preuve à l'égard de son rival et son pitoyable effort pour jouer un tout petit rôle dans le ménage de la bien-aimée, loin derrière le mari, ne relèvent pas d'une aberration un peu semblable à celle de Goliadkine. Makar, certes, a mille raisons objectives de fuir la bataille avec un rival beaucoup mieux armé que lui ; il a mille raisons, en d'autres termes, d'être obsédé par l'échec et c'est de cette obsession, précisément, que souffre Goliadkine. Le thème du double est présent, sous les formes les plus diverses, et parfois les plus cachées, dans toutes les œuvres de Dostoïevski. Ses prolongements sont si nombreux et si ramifiés qu'ils ne nous apparaîtront que peu à peu.

L'orientation « psychologique » qui s'affirme dans *Le Double* déplut à Biélinski. Dostoïevski ne renonça pas à ses obsessions, mais il s'efforça de les exprimer dans des œuvres d'une forme et d'un style différents. *La Logeuse* est une tentative assez malheureuse mais significative, de frénésie romantique. Ordynov, un rêveur mélancolique et solitaire, loue une chambre chez un couple bizarre composé d'une belle jeune femme et d'un vieillard énigmatique nommé Mourine, qui exerce sur celle-ci un pouvoir occulte. Ordynov tombe amoureux de la « logeuse » ; celle-ci déclare l'aimer lui-même « comme une sœur, plus qu'une sœur », et finit par lui proposer d'entrer dans le cercle enchanté de ses relations avec Mourine. La « logeuse » souhaite que ses deux amants n'en fassent plus qu'un. Ordynov s'efforce en vain de tuer son rival ; le regard de Mourine lui fait tomber l'arme des mains. L'idée de la « fusion » des deux héros et celle de l'envoûtement exercé par Mourine se rattachent sans difficulté aux thèmes des œuvres précédentes.

Dans *Un cœur faible,* nous nous retrouvons, une fois de plus, dans l'univers des petits fonctionnaires. L'histoire est celle du *Double,* mais vue du dehors, par un observateur qui ne partage pas les hallucinations du héros. Celui-ci a tout, semble-t-il, pour être heureux, sa fiancée est charmante, son ami est dévoué, ses supérieurs sont bienveillants. Il n'en est pas moins paralysé par la possibilité même de l'échec et, comme Goliadkine, il s'enfonce peu à peu dans la folie.

A un moment donné, le « cœur faible » présente sa fiancée à son ami, qui s'en déclare aussitôt très amoureux. Trop fidèle pour concurrencer son camarade, il demande à ce dernier de lui faire une petite place dans son ménage : « Je l'aime autant que toi ; elle sera mon ange gardien, comme le tien, car votre bonheur rejaillira sur moi et me réchauffera moi aussi. Qu'elle me dirige, comme elle te dirigera, toi. Désormais, mon amitié pour toi et mon amitié pour elle n'en feront qu'une... Tu verras comme je vous protégerai et combien je prendrai soin de vous deux. » La jeune fille accueille avec enthousiasme l'idée de ce ménage à trois et elle s'écrie joyeusement : *Nous trois, nous ne ferons qu'un.*

Le héros des *Nuits blanches*, comme celui de *La Logeuse*, est un « rêveur » qui passe en longues promenades les nuits crépusculaires de l'été pétersbourgeois. Au cours d'une de ces randonnées, il fait la connaissance d'une jeune fille non moins romanesque que lui, véritable Emma Bovary russe, qui a passé son adolescence attachée par une épingle au jupon de sa grand-mère. Il tombe amoureux d'elle mais il n'avoue rien, car Nastenska attend, d'un moment à l'autre, le retour d'un jeune homme qu'elle a promis d'épouser. Elle n'est d'ailleurs plus tout à fait certaine d'aimer ce fiancé. Elle se demande si l'épingle de la grand-mère n'est pas un peu responsable de cette passion juvénile. Au cours de confidences équivoques, elle accuse son compagnon d'indifférence et lui propose son amitié en des termes qui rappellent la « logeuse » ou la fiancée du « cœur faible » : « Lorsque je me marierai, nous resterons des amis, nous serons comme frère et sœur, ou plus encore. Je vous aimerai presque autant que lui. » Le héros finit par avouer son amour, mais, loin de pousser son avantage auprès de la jeune fille, il fait tout, comme Makar Diévouchkine, pour assurer le succès de son rival. Il fait parvenir à ce dernier les lettres de Nastenska ; il arrange un rendez-vous auquel il accompagne son amie. Il est donc là, voyeur fasciné, lorsque les deux jeunes gens se retrouvent et tombent dans les bras l'un de l'autre. Toute la conduite de ce héros nous est décrite en termes de générosité, de dévouement, d'esprit de sacrifice. Nastenska s'éloigne pour toujours, mais elle envoie au malheureux une lettre où s'exprime, une fois de plus, ce qu'on pourrait appeler le « rêve de la vie à trois ». « Nous nous verrons encore, écrit-elle, vous viendrez chez nous, vous ne nous quitterez pas. Vous serez toujours notre ami, mon frère. »

*
* *

Nous savons que le jeune Dostoïevski était paralysé par les femmes au point de s'évanouir le jour où une beauté pétersbourgeoise fort connue lui fut présentée dans un salon. Mais nous ne savons rien, ou presque, sur une vie sentimentale qui se réduisait peut-être à fort peu de chose, du fait même de cette paralysie. Nous sommes très bien renseignés, en revanche, sur les relations entre Dostoïevski et Maria Dmitrievna Issaiev, sa future femme, pendant toute la période qui précéda leur mariage.

En 1854, Dostoïevski venait de sortir du bagne ; il n'en avait pas fini avec la justice du tsar ; il lui fallut s'engager dans un régiment sibérien et servir, d'abord comme simple soldat, puis à partir de 1856, comme officier subalterne. Cantonné à Sémipalatinsk, il y devint l'ami du ménage Issaiev ; le mari, homme intelligent mais aigri, se tuait de boisson. Sa femme, Maria Dmitrievna, avait trente ans et elle parlait beaucoup de ses ancêtres, aristocrates français émigrés sous la Révolution. Vue de près, Sémipalatinsk était moins romanesque encore que Yonville-l'Abbaye. Fonctionnaires avides, soldats brutaux et aventuriers de toute sorte y pataugeaient, suivant les saisons, dans la boue ou dans la poussière. Maria Dmitrievna inspira tout de suite à Dostoïevski les sentiments qu'aurait éprouvés à sa place n'importe lequel de ses héros : *Je m'épris aussitôt de la femme de mon meilleur ami.* La suite nous est connue par les lettres de Fiodor Mihaïlovitch à un jeune magistrat, l'aristocratique Wrangel, qui fit tout ce qu'il put pour adoucir l'existence de l'écrivain pendant ces années de service militaire.

Très vite, Issaiev mourut. Fiodor Mihaïlovitch offrit à Maria Dmitrievna de l'épouser ; elle ne refusa point. La veuve vivait alors à Kouznetsk, bourgade plus perdue encore que Sémipalatinsk, vraie Dodge City sibérienne où le rôle du shérif était tenu par la police secrète, et celui des Indiens par les pirates Kirghizes. Dostoïevski, naturellement, passait toutes ses permissions à Kouznetsk et c'est au cours d'un de ces voyages qu'éclata la tragédie. « Je l'ai vue, écrit-il à Wrangel ; quelle âme noble et angélique. Elle a pleuré, elle m'a embrassé les mains, mais elle en aime un autre. » *L'Autre* s'appelle Nikolaï Vergounov ; il est jeune et beau. Fiodor Mihaïlovitch est laid ; il a trente-cinq ans et il sort du bagne. Telle l'héroïne des *Nuits blanches,* Maria Dmitrievna hésite ; elle se déclare éprise de Vergounov, mais elle fait des confidences à Dostoïevski et elle l'encourage à revenir la voir.

Vergounov est instituteur ; il gagne très peu d'argent. Si Maria Dmitrievna l'épouse, elle s'enterre à jamais dans la steppe, avec une ribambelle d'enfants et un mari trop jeune qui finira par se détacher d'elle. Tel est le sombre tableau que Dostoïevski peint à la veuve dans ses lettres. Il parle également de son brillant avenir d'écrivain, de la fortune qui l'attend le jour où il obtiendra la permission de publier... Très vite pourtant Dostoïevski renonce à ce langage ; il ne veut pas contraindre l'orgueilleuse Maria Dmitrievna à défendre son Vergounov ; il ne faut pas, écrit-il, « donner l'impression qu'on travaille pour soi ». Poussant jusqu'à l'extrême la logique de ce raisonnement, il adopte la conduite de ses propres héros ; il se fait l'avocat et le soutien de son rival auprès de la jeune femme ; il promet d'intervenir et il intervient en sa faveur auprès de Wrangel. Dans les lettres de cette époque, son écriture, généralement fort claire, devient parfois tout à fait illisible. Le nom de l'instituteur scande sa prose délirante comme une sorte de refrain : « Et surtout n'oubliez pas Vergounov, pour Dieu... »

Si l'écrivain justifie parfois sa conduite par des raisons

de tactique, il n'hésite pas, le plus souvent, à se donner le beau rôle ; il admire sa propre grandeur d'âme ; il parle de lui-même comme il parlerait d'un héros de Schiller ou de Jean-Jacques Rousseau. Il éprouve pour Vergounov une « sympathie désintéressée » et de la « pitié » pour Maria Dmitrievna. Toute cette « magnanimité » se révèle payante :

« J'eus pitié d'elle, et elle s'est tournée vers moi — c'est de moi qu'elle eut pitié. Si vous saviez l'ange que c'est, mon ami. Vous ne l'avez jamais connue ; à chaque instant, quelque chose d'original, de sensé, de spirituel, mais aussi de paradoxal, d'infiniment bon, de vraiment chevaleresque — un chevalier en robe de femme ; elle se perdra. »

On se livre, en effet, à Kouznetsk, à de véritables débauches de chevalerie. Les deux hommes finissent par se rencontrer ; ils se jurent « amitié et fraternité » ; ils tombent dans les bras l'un de l'autre en pleurant. Vergounov pleure beaucoup ; Dostoïevski écrit un jour à Wrangel qu'il ne sait guère que pleurer. Entre deux malentendus, Dostoïevski écrit des lettres fiévreuses pour obtenir à ce rival une augmentation de salaire : « Souvenez-vous, cet été, je vous ai écrit en faveur de Vergounov ; *il le mérite.* » Dominique Arban a parfaitement défini le sens de toute cette conduite : « Afin d'être un tiers, quand même, dans ce ménage qui ne serait pas le sien, il résolut que Vergounov ne devrait qu'à lui, Dostoïevski, sa réussite matérielle. »

Dostoïevski se grise de rhétorique romantique ; il se félicite de son héroïque victoire sur l'« égoïsme des passions ». Il parle de la sainteté de son amour. Mais il ne parvient pas toujours à se cacher les aspects morbides de son aventure. « Je suis tous ces temps-ci comme fou au sens exact du terme... Mon âme ne guérit pas et ne guérira jamais. » Et, dans une autre lettre à Wrangel, il écrit :

« Je l'aime jusqu'à la démence... Je sais qu'à bien des égards j'agis déraisonnablement dans mes rapports avec elle, qu'il n'y a presque pas d'espoir pour moi — mais qu'il y ait, qu'il n'y ait pas d'espérance, ça m'est égal. Je ne puis penser à rien d'autre. La voir seulement, seulement l'entendre... Je suis un pauvre fou... Un amour de cette sorte est une maladie. »

La passion de Dostoïevski, exaspérée par l'engouement de Maria Dmitrievna pour Vergounov, commença à fléchir lorsque cet engouement diminua. Le mariage devient alors inévitable et, plus que jamais dans ses lettres à Wrangel, Dostoïevski parle de sacrifice, de noblesse et d'idéal. En apparence, rien n'est changé ; la langue demeure la même, mais la situation s'est radicalement transformée. La rhétorique servait, naguère, à justifier un entraînement irrésistible ; il lui faut, désormais, soutenir une volonté vacillante :

« Quel salaud je serais, songe donc, si rien que pour vivre dans du duvet, paresseux et sans soucis, je renonçais au bonheur d'avoir pour femme l'être qui m'est plus cher que tout au monde, je renonçais à l'espoir de faire son bonheur, et passais à côté de ses misères, de ses souffrances, de ses inquiétudes, de sa faiblesse, si je l'oubliais, l'abandonnais, uniquement à cause de quelques soucis qui peut-être dérangeront un jour ma très précieuse existence. »

Dostoïevski était un homme courageux. Ses obsessions n'avaient pas détruit en lui la volonté et le sens des responsabilités. Il épousa Maria Dmitrievna et Vergounov fut témoin. Tout de suite, ce fut la catastrophe. Le nouveau mari fut terrassé par une crise d'épilepsie dans la voiture qui l'emmenait, lui et sa femme, à Sémipalatinsk. Maria Dmitrievna tomba malade de terreur ; à l'arrivée il fallut se préparer pour une revue militaire ; la vie commune débuta par des querelles, des soucis d'argent, des ennuis d'appartement, mais le plus grand malheur, jamais formulé mais facile à déduire de tout ce que disent les lettres de Dostoïevski et de tout ce qu'elles ne disent pas, fut l'indifférence de l'époux pour l'épouse, indifférence des sens, du cœur et de l'esprit, indifférence que Fiodor Mihaïlovitch fit tout pour combattre, n'en doutons pas, mais qu'il ne parvint jamais à surmonter. Cette indifférence s'était emparée de lui avant son mariage, dès qu'il eut acquis la certitude que personne ne lui disputait plus la possession de Maria Dmitrievna.

La présence du rival, la peur de l'échec, l'obstacle, exercent sur Dostoïevski, comme sur ses héros, une influence à la fois paralysante et excitante. On peut le constater à nouveau en 1862 ; l'écrivain devint alors l'amant de Pauline Sousslova, modèle de toutes les grandes orgueilleuses des chefs-d'œuvre ; il domina d'abord la jeune fille de tout le poids de son âge et de sa célébrité ; il refusa de divorcer pour elle et sa passion ne s'exaspéra que le jour où elle se détourna de lui et tomba amoureuse, à Paris, d'un étudiant en médecine espagnol.

En 1859, après son mariage avec Maria Dmitrievna, Dostoïevski avait reçu la permission, longtemps sollicitée, de quitter le service, de rentrer en Russie, et, finalement, de reprendre sa carrière d'écrivain. Il publia d'abord quelques récits et nouvelles qui comptent parmi les plus médiocres de son œuvre, puis, en 1861-1862, ce furent les *Souvenirs de la maison des morts*, le grand reportage sur le bagne sibérien qui connut un éclatant succès et lança son auteur, pour la seconde fois, sur la scène pétersbourgeoise. En 1861, Dostoïevski publia également un roman, *Humiliés et Offensés*, le plus ambitieux, à cette date, de toute sa carrière.

Le héros est un jeune écrivain nommé Vania qui connaît un succès rapide, suivi d'un oubli relatif, comme Dostoïevski lui-même. Vania est amoureux de Natacha ; celle-ci l'estime infiniment mais ne l'aime pas. Natacha, par contre, aime Aliocha, qu'elle n'estime guère. Vania facilite de son mieux les amours de Natacha et d'Aliocha ; son attitude rappelle celle de Dostoïevski lui-même en face de Vergounov et de Maria Dmitrievna. Tous les biographes et critiques de Dostoïevski ont reconnu dans *Humiliés et Offensés* des allusions très claires à l'expérience de Kouznetsk. Mais les œuvres antérieures à la Sibérie préfigurent, nous l'avons vu, cette expérience amoureuse ; *Humiliés et Offensés* n'apporte donc, du point de vue psychologique, aucun élément vraiment nouveau.

L'intrigue du roman paraît presque comique si on la réduit à ses données essentielles. Bien que Natacha ait déserté, pour Aliocha, la maison familiale et se soit fait maudire par son père, celui-ci ne l'aime pas ; il aime une seconde jeune fille, Katia. Dostoïevski redouble, en somme, son schème originel ; tandis que le jeune écrivain Vania pousse Natacha dans les bras d'Aliocha, Natacha, de son côté, pousse Aliocha dans les bras de Katia. Cette dernière, qui ne veut pas être en reste de grandeur d'âme, repousse Aliocha de toutes ses forces et le renvoie à la malheureuse Natacha.

Ce sont les obsessions des œuvres antérieures au bagne qui reparaissent dans ce roman, plus pressantes, plus harcelantes, plus intolérables que jamais. Avec le temps, les lignes structurelles de cette obsession s'accusent, se précisent, et se simplifient comme les traits d'un visage aux mains d'un caricaturiste. Dans tous les écrits de cette période, Dostoïevski multiplie les situations obsessionnelles ; et il leur donne un tel relief qu'il devient presque impossible de se méprendre sur leur nature.

Tous les personnages d'*Humiliés et Offensés* prennent un plaisir douloureux, mais intense, au spectacle d'une déconfiture amoureuse à laquelle ils collaborent de leur mieux. Avant même d'abandonner Natacha pour Katia, Aliocha s'est rendu coupable de nombreuses infidélités avec des femmes de mœurs légères. Il va voir sa fiancée après chacune de ses fredaines, et il lui en fait le récit : « En la voyant douce et clémente, Aliocha n'y tenait plus et commençait aussitôt sa confession, sans être interrogé, uniquement pour se soulager le cœur, pour « être comme avant » selon son expression. » La jeune fille écoute ces confidences avec une attention passionnée : « Ah ! ne t'écarte pas de ton sujet », s'écrie-t-elle. Le plaisir que prend Natacha, bien qu'affreusement jalouse, à pardonner les incartades d'Aliocha révèle plus clairement encore le caractère ambigu de la « magnanimité » dostoïevskienne : « Nous nous sommes querellés, explique-t-elle à Vania, alors qu'il avait été chez une certaine Minna... Je l'appris, je le surveillai et, figure-toi, je souffrais le martyre et — te l'avouerai-je ? en même temps j'éprouvais un sentiment doux, agréable... je ne sais trop pourquoi. » Vania est lui-même amoureux de Natacha ; il se sent donc doublement humilié de son humiliation. Il y a, dans cette scène, un masochisme et un voyeurisme à la deuxième puissance dont le roman fournit d'innombrables exemples.

Le rêve de la vie à trois s'est transformé en cauchemar universel. Aliocha veut provoquer une rencontre entre Natacha et Katia :

« Vous êtes créées pour être sœurs... Il faut que vous vous aimiez, c'est une pensée qui ne me quitte pas. Je voudrais vous voir ensemble et être là, à vous regarder. Ne va pas t'imaginer quoi que ce soit, Natacha, et laisse-moi te parler d'elle. Quand je suis avec toi, j'ai le désir de parler d'elle, et avec elle, celui de parler de toi... Ses paroles semblaient produire sur elle l'effet d'une caresse et en même temps la faire souffrir. »

Il est clair que toutes ces amours ne naissent que de l'obstacle qui leur est opposé par un tiers, et ne subsistent que par lui. Bientôt l'objet de la rivalité n'apparaît plus que comme un simple prétexte et les deux rivaux, ou rivales, demeurent seuls face à face. La nullité personnelle d'Aliocha, que Natacha et Katia se renvoient l'une à l'autre comme elles feraient d'une balle, donne plus de relief encore à la confrontation des deux femmes. Celles-ci finissent par se rencontrer.

« Katia s'avança... vivement vers Natacha, la prit par la main et pressa sa petite bouche gonflée sur la sienne. Ainsi enlacées, elles se mirent à pleurer toutes deux. Katia s'était assise sur le bras du fauteuil de Natacha et la serrait dans ses bras. »

En dépit des éclairs qui l'illuminent, *Humiliés et Offensés* ne compte pas parmi les grandes œuvres de Dostoïevski. Le roman se déroule d'un bout à l'autre, dans un climat d'idéalisme romantique qu'il faut bien qualifier de mystificateur. La rhétorique sentimentale place dans une fausse lumière d'effort moral et d'esprit de sacrifice une conduite qui relève de plus en plus visiblement du *masochisme* psycho-pathologique.

II. PSYCHOLOGIE SOUTERRAINE

A CERTAINS égards, le Dostoïevski d'*Humiliés et Offensés* est plus éloigné de son propre génie que le Dostoïevski du *Double.* C'est même cet éloignement — on est tenté d'écrire cet égarement — qui suggère qu'une rupture est inévitable. Mais seule l'imminence de cette rupture est révélée, et non pas l'imminence du génie. Si Dostoïevski était devenu fou, en 1863, au lieu d'écrire *Les Mémoires écrits dans un souterrain,* nous n'aurions pas de peine à découvrir dans *Humiliés et Offensés* les signes avant-coureurs de cette folie. Et peut-être n'y avait-il pas d'autre issue pour le Dostoïevski de 1863 que la folie ou le génie.

Nous voyons bien, maintenant, que la marche vers la maîtrise romanesque n'est pas un progrès continu, un processus cumulatif, comparable à l'érection par assises successives d'une quelconque bâtisse. *Humiliés et Offensés* est certainement supérieur, par sa technique, aux œuvres du début ; la lucidité à venir perce déjà, c'est un fait, dans certains passages et dans certains personnages, mais l'œuvre ne s'en situe pas moins, étant donné le déséquilibre dont elle est affectée et l'écart qu'elle révèle entre la perspective du créateur et la signification objective des faits, au point extrême de l'aveuglement. Et ce point extrême ne peut précéder et annoncer que la nuit définitive ou la lumière de la vérité.

Il n'est pas de tâche plus essentielle, et pourtant plus

négligée, que de comparer chez un même écrivain les œuvres vraiment supérieures à celles qui ne le sont pas. Pour faciliter cette comparaison, nous laisserons d'abord de côté *Les Mémoires écrits dans un souterrain*, œuvre infiniment riche et diverse, et nous nous tournerons vers une nouvelle de sept ans plus tardive, *L'Éternel Mari*. Si nous nous écartons un moment de l'ordre chronologique, c'est seulement pour des raisons pratiques et pour faciliter l'intelligence de notre point de vue. *L'Éternel Mari* est exclusivement consacré aux motifs obsessionnels que nous avons relevés dans les œuvres de la période romantique et dans la correspondance sibérienne ; cette nouvelle nous permettra donc d'ébaucher, sur certains points bien définis, une première comparaison et une première distinction entre les deux Dostoïevski, celui qui a du génie et celui qui n'en a pas !

L'Éternel Mari est l'histoire de Pavel Pavlovitch Troussotzki, notable provincial qui part pour Saint-Pétersbourg après la mort de sa femme dans le but d'y retrouver les amants de celle-ci. Le récit met pleinement en lumière la fascination qu'exerce sur les héros dostoïevskiens l'individu qui les humilie sexuellement. Dans *Humiliés et Offensés*, l'insignifiance de l'amant, nous l'avons déjà noté, suggérait l'importance de la rivalité dans la passion sexuelle ; dans *L'Éternel Mari*, la femme est morte, l'objet désiré a disparu et le rival demeure ; le caractère essentiel de l'obstacle est pleinement révélé.

A son arrivée à Saint-Pétersbourg, Troussotzki peut choisir entre deux amants de sa défunte femme. Le premier, Veltchaninov, est le narrateur de *L'Éternel Mari* ; le second, Bagaoutov, a supplanté Veltchaninov auprès de l'épouse infidèle et son règne s'est révélé plus durable que le précédent. Mais Bagaoutov meurt à son tour et Troussotzki, après les funérailles auxquelles il assiste, en grand deuil, se rabat, faute de mieux, sur Veltchaninov. Aux yeux de Troussotzki, c'est Bagaoutov, parce qu'il l'a plus radicalement trompé et bafoué, qui incarne pleinement l'essence de la séduction et du donjuanisme. C'est de cette essence que Troussotzki se découvre privé, précisément parce que sa femme l'a trompé ; c'est donc cette essence qu'il cherche à s'approprier en se faisant le compagnon, l'émule et l'imitateur de son rival triomphant.

Pour comprendre ce *masochisme*, il faut oublier l'appareil médical qui l'obscurcit d'habitude à nos yeux et lire, très simplement, *L'Éternel Mari*. Il n'y a pas, chez Troussotzki, un désir de l'humiliation au sens ordinaire du terme. L'humiliation constitue, au contraire, une expérience si terrible qu'elle fixe le masochisme sur l'homme qui la lui a infligée ou sur ceux qui lui ressemblent. Le masochiste ne peut retrouver sa propre estime que par une victoire éclatante sur l'être qui l'a offensé ; mais cet être acquiert, à ses yeux, des dimensions si fabuleuses qu'il paraît également seul capable de procurer cette victoire. Il y a, dans le masochisme, une sorte de myopie existentielle qui rétrécit la vision de l'offensé à la personne de l'offenseur. Celui-ci définit non seulement le but de l'offensé mais les instruments de son action. C'est dire que la contradiction, le déchirement et le dédoublement sont inévitables. L'offensé est condamné à errer sans fin autour de l'offenseur, à reproduire les conditions de l'offense et à se faire offenser à nouveau. Dans les œuvres que nous avons considérées jusqu'ici, le caractère répétitif des situations engendre une sorte d'humour involontaire. Dans *L'Éternel Mari*, ce caractère répétitif est souligné ; l'écrivain en tire des effets comiques tout à fait conscients.

Dans la seconde partie de la nouvelle, Troussotzki décide de se remarier ; il cherche à mêler Veltchaninov à l'entreprise. Il ne peut pas adhérer à son propre choix tant que le séducteur patenté n'en a pas confirmé l'excellence, tant que celui-ci ne désire pas, en somme, la jeune fille qu'il désire lui-même.

Il invite donc Veltchaninov à l'accompagner chez cette jeune fille. Veltchaninov cherche à se dérober, mais il finit par céder, victime, écrit Dostoïevski, d'un « bizarre entraînement ». Les deux hommes s'arrêtent d'abord dans une bijouterie et l'éternel mari demande à l'éternel amant de choisir pour lui un cadeau qu'il destine à sa future épouse. On se rend ensuite chez la demoiselle et

Veltchaninov retombe, invinciblement, dans son rôle de séducteur. Il plaît et Troussotzki déplaît. Le masochiste est toujours l'artisan fasciné de son propre malheur.

Pourquoi se rue-t-il ainsi dans l'humiliation ? Parce qu'il est immensément vaniteux et orgueilleux. La réponse n'est paradoxale qu'en apparence. Lorsque Troussotzki découvre que sa femme lui préfère autrui, le choc qu'il éprouve est terrible parce qu'il se fait un devoir d'être le centre et le nombril de l'univers. L'homme est un ancien propriétaire de serfs ; il est riche ; il vit dans un monde de maîtres et d'esclaves ; il est incapable d'envisager un moyen terme entre ces deux extrêmes ; le moindre échec le condamne donc à la servitude. Mari trompé, il se voue lui-même au néant sexuel. Après s'être conçu comme un être d'où rayonnaient naturellement la force et le succès, il s'appréhende comme un déchet d'où suintent inévitablement l'impuissance et le ridicule.

L'illusion de la toute-puissance est d'autant plus facile à détruire qu'elle est plus totale. Entre Moi et les Autres s'établit toujours une comparaison. La vanité pèse sur la balance et la fait pencher vers le Moi ; que ce poids vienne à manquer et la balance, brusquement redressée, penchera vers l'Autre. Le prestige dont nous dotons un rival trop heureux est toujours la mesure de notre vanité. Nous croyons tenir solidement le sceptre de notre orgueil, mais il nous échappe au moindre échec pour reparaître, plus brillant que jamais, entre les mains d'autrui.

De même qu'Ordynov, dans *La Logeuse,* s'efforce en vain d'assassiner Mourine, Troussotzki ébauche un geste meurtrier dans la direction de Veltchaninov. Le plus souvent, il cherche un *modus vivendi* avec le rival fascinant. Comme le héros d'*Un cœur faible,* il espère voir rejaillir sur lui un peu de ce bonheur fabuleux qu'il attribue à son vainqueur. Le « rêve de la vie à trois », idyllique ou pathétique jusqu'ici, reparaît dans une perspective grotesque.

L'impulsion première qui anime les héros dostoïevskiens n'est donc pas celle que suggéraient les premières œuvres. Le lecteur d'*Humiliés et Offensés* qui entend rester fidèle aux intentions conscientes de l'écrivain aboutit à des formules qui contredisent radicalement la signification latente de l'œuvre. Le critique George Haldas, par exemple, définit comme suit l'essence commune à tous les personnages : « C'est la pitié qui met à jour ce que leur cœur a de plus noble et les fait consentir au sacrifice, en eux-mêmes, de la part possessive de tout amour. » Le critique perçoit bien qu'un « élément trouble » se mêle à la passion mais c'est de cet élément-là, à l'en croire, que les personnages finiraient par triompher : « Il y a, poursuit-il, comme un sabbat de l'amour-passion et de la pitié — et même de la charité — une lutte terrible au terme de laquelle c'est la pitié qui l'emporte et la passion qui perd. »

Loin de renoncer « à la part possessive de tout amour », ces personnages ne s'intéressent qu'à elle. Ils paraissent généreux *parce qu'ils ne le sont pas.* Pourquoi réussissent-ils donc à se faire passer, et à se prendre eux-mêmes, pour le contraire de ce qu'ils sont ? C'est parce que l'orgueil est une puissance contradictoire et aveugle qui suscite toujours, à plus ou moins longue échéance, des effets diamétralement opposés à ceux qu'elle recherche. L'orgueil le plus fanatique se voue, au moindre échec, à s'incliner très bas devant l'autre ; c'est dire qu'il ressemble, extérieurement, à de l'humilité. L'égoïsme le plus extrême fait de nous, à la moindre défaite, des esclaves volontaires ; c'est dire qu'il ressemble, extérieurement, à l'esprit de sacrifice.

La rhétorique sentimentale qui triomphe dans *Humiliés et Offensés* ne révèle pas le paradoxe, mais elle en joue de façon à dissimuler la présence de l'orgueil. L'art dostoïevskien de la grande période fait exactement l'inverse. Il débusque l'orgueil et l'égoïsme de leurs cachettes ; il dénonce leur présence dans des conduites qui ressemblent à s'y méprendre à l'humilité et à l'altruisme.

Nous ne percevons le masochisme des personnages d'*Humiliés et Offensés* que si nous dépassons les intentions de l'auteur vers une *vérité objective* qu'on ne peut pas nous reprocher de « projeter » sur le roman puisqu'elle devient explicite dans *L'Éternel Mari.* Dans l'œuvre géniale, il y a plus d'écart entre les intentions subjectives et la signification objective.

Des éclairs traversent, sans doute, *Humiliés et Offensés.* Le titre même est une trouvaille ; il fait croire à bien des gens que ce roman, rarement lu, est « dostoïevskien » au sens où le seront les œuvres postérieures. L'idée que le comportement des personnages s'enracine dans l'orgueil est déjà exprimée. « Je suis épouvanté, remarque brièvement Vania, parce que je vois qu'ils sont tous dévorés d'orgueil. » L'idée, toutefois, demeure abstraite ; elle est isolée, et noyée au sein de la rhétorique idéaliste. Dans *L'Éternel Mari,* par contre, nous avons une sensation presque physique de la vanité morbide et grimaçante du héros principal, véritable miroir déformant dans lequel le dandy Veltchaninov contemple le *double* de sa propre suffisance donjuanesque.

Après *Humiliés et Offensés* il y a, chez Dostoïevski, un changement d'orientation à la fois subtil et radical. Cette métamorphose a des conséquences intellectuelles, mais elle n'est pas le fruit d'une opération intellectuelle. Devant l'orgueil, l'intelligence pure est aveugle. La métamorphose n'est pas non plus d'ordre esthétique ; l'orgueil peut prendre toutes les formes, mais il peut également se passer de forme. Le Dostoïevski de Sémipalatinsk, le Dostoïevski qui écrivait à Wrangel les lettres que l'on sait, était incapable d'écrire *L'Éternel Mari.* En dépit des doutes qui déjà l'assaillaient, il s'obstinait à considérer son orgueil morbide et sa hantise de l'humiliation sous un jour flatteur et mensonger. Ce Dostoïevski-là ne pouvait écrire que *Nuits blanches* ou *Humiliés et Offensés.* Il ne s'agit pas de faire de Troussotzki un personnage autobiographique au sens traditionnel du terme, mais de reconnaître que cette création géniale se fonde sur la conscience aiguë de mécanismes psychologiques propres au créateur lui-même, mécanismes dont la tyrannie reposait, justement, sur l'effort désespéré de ce même créateur pour se dissimuler leur signification et même leur présence.

*
* *

Il y a, derrière la métamorphose de l'art dostoïevskien, une véritable conversion psychologique dont *Les Mémoires écrits dans un souterrain* nous permettront de dégager de nouveaux aspects. Le héros de ces mémoires est très semblable à Troussotzki. L'auteur lui-même souligne le fait dans *L'Éternel Mari* : « Assez de psychologie souterraine », s'écrie un Veltchaninov exaspéré par les assiduités bouffonnes de son ridicule imitateur. *Les Mémoires* sont plus diffus, moins « bien composés » que *L'Éternel Mari*, mais de portée plus vaste. Les « symptômes » que présente le héros souterrain ne sont pas nouveaux pour nous, mais ils s'inscrivent dans un cadre existentiel élargi. Ce n'est pas d'infériorité sexuelle que souffre ce héros, mais d'infériorité généralisée. Son cas devrait nous convaincre que les phénomènes morbides présentés par Troussotzki ne sont pas d'ordre spécifiquement sexuel et qu'ils ne relèvent pas d'une thérapeutique appropriée. Être chétif et malingre, le héros souterrain appartient, pour son malheur, à cette classe bureaucratique prétentieuse et lamentable dont l'écrivain juge la mentalité extrêmement significative et même, sur certains points, prophétique de la société qui est alors en gestation.

Le problème du rival apparaît sous une forme très pure, quasi abstraite, dans la première « aventure » relatée dans *Les Mémoires*. Un jour, dans un café, un officier, dont notre avorton gêne les mouvements, saisit celui-ci par les épaules et le dépose un peu plus loin, sans même lui faire l'honneur de lui adresser la parole. Le souvenir de cette désinvolture hante le héros souterrain. L'officier inconnu prend, dans son imagination, des proportions aussi monstrueuses que Veltchaninov dans celle de Troussotzki.

Tout obstacle, toute apparence d'obstacle, déclenche les mécanismes psychologiques déjà observés dans *L'Éternel Mari*. Une seconde aventure vient confirmer ce point. Les anciens condisciples du héros organisent une soirée ; le héros souterrain se juge très supérieur à eux et il n'éprouve, d'habitude, aucun désir de les fréquenter, mais le sentiment d'être exclu de la fête éveille en lui un besoin frénétique de se faire inviter. Le mépris qu'il croit inspirer à ces médiocres personnages leur confère une importance prodigieuse.

L'idée que l'orgueil est à l'origine de la grandeur imaginaire et de la bassesse effective du héros souterrain est plus développée que dans *L'Éternel Mari*. Dans ses rêves solitaires, le héros s'élève sans effort jusqu'au septième ciel ; aucun obstacle ne l'arrête. Mais il arrive toujours un moment où le rêve ne lui suffit plus. L'exaltation égotiste n'a rien à voir avec le nirvana bouddhique ; tôt ou tard, elle a besoin de se prouver dans le réel. Le rêve solitaire est toujours la veillée d'armes du chevalier errant. Mais le rêve est délirant et l'incarnation est impossible. Le héros souterrain se précipite donc dans les aventures humiliantes ; il tombe d'autant plus bas dans la réalité qu'il est monté plus haut dans le rêve.

Les morales qui reposent sur l'harmonie entre l'intérêt général et les intérêts particuliers « bien compris » confondent toutes l'orgueil avec l'égoïsme, au sens traditionnel du terme. Leurs inventeurs ne se doutent pas que l'orgueil est contradictoire dans son essence, dédoublé et déchiré entre le Moi et l'Autre ; ils ne perçoivent pas que l'égoïsme aboutit toujours à cet altruisme délirant que sont le masochisme et le sadisme. Ils font de l'orgueil le contraire de ce qu'il est, c'est-à-dire une puissance de rassemblement au lieu d'en faire une puissance de division et de dispersion. L'illusion, présente dans toutes les formes de pensée individualiste, n'est évidemment pas fortuite ; c'est elle, en effet, et elle seule qui définit correctement l'orgueil. C'est donc l'orgueil lui-même qui suscite les morales de l'harmonie entre les divers égoïsmes. L'orgueilleux, on le sait, souhaite qu'on l'accuse d'égoïsme et il s'en accuse volontiers lui-même afin de mieux dissimuler le rôle que joue l'Autre dans son existence.

La seconde partie des *Mémoires* révèle de façon éclatante la vanité du raisonnement utilitariste. Le héros souterrain est parfaitement capable de reconnaître son intérêt « bien compris », mais il n'a aucun désir d'y conformer sa conduite. Cet intérêt paraît terriblement plat et ennuyeux à côté des chimères qui hantent sa solitude et des haines dont son existence sociale est tout entière tissée. Que pèse notre « intérêt », si « bien compris » soit-il, à côté de cette toute-puissance dont l'Autre, le bourreau fascinant, paraît le détenteur ? L'orgueilleux finit toujours par préférer l'esclavage le plus abject à l'égoïsme recommandé par la fausse sagesse d'un humanisme décadent.

Le raisonnement utilitariste paraît irréfutable à cause de son cynisme. Il ne s'agit plus de combattre — la tâche s'est révélée impossible — mais d'utiliser le désir incoercible des individus de tout ramener à eux-mêmes. Ce cynisme n'est qu'apparent. L'utilitarisme élimine de l'idéalisme ce qui reste en lui d'authentique grandeur, mais il maintient et renforce encore sa naïveté. Dostoïevski sent tout cela ; il comprend que la découverte souterraine porte un coup fatal à l'utopie du « palais de cristal », car elle révèle le néant de la vision métaphysique et morale sur laquelle on prétend le fonder. Cette victoire — la première — sur les sinistres platitudes morales du XIXe siècle lui paraît si importante qu'il voudrait la formuler en termes didactiques et philosophiques. C'est pourquoi, au début de sa nouvelle, il charge son héros de réfuter directement les systèmes éthiques dont la suite du récit, seule proprement romanesque, va démontrer l'ineptie.

Mais Dostoïevski n'a pas réussi à traduire en concepts la psychologie souterraine. Pourquoi lirait-il mieux son propre texte que la plupart de ses critiques ? Il a bien vu que le héros souterrain choisissait toujours autre chose que son intérêt « bien compris », mais il n'a pas su dire *ce qu'il choisissait* ni *pourquoi* il le choisissait. Il laisse échapper l'essentiel. A la morale de l'intérêt « bien compris », il n'oppose donc guère qu'une liberté abstraite et vide, une espèce de « droit au caprice » qui, en fait, ne réfute rien du tout. Cette première partie est donc très inférieure à la suite. Mais c'est sur elle, hélas ! que s'appuient presque toujours les critiques lorsqu'ils cherchent à définir l'antidéterminisme et l'antipsychologisme dostoïevskiens, et c'est à elle, semble-t-il, que Gide a emprunté sa fameuse théorie de « l'acte gratuit ».

Le texte ne fait guère que rejeter, au nom d'un vague irrationnel situé plus bas encore que l'utilitarisme dans l'échelle de la pensée occidentale, tous les éléments positifs que recèle encore ce dernier ; il joue donc, en dépit de son auteur, dans le sens de nouvelles divisions et de nouvelles dispersions ; c'est dire qu'il se situe, objectivement, sur la lancée historique de l'orgueil prométhéen. Il finit par contredire la partie romanesque dont il se veut le commentaire. Il ne faut donc pas s'étonner de le voir constamment cité, de nos jours, par un individualisme anarchisant qui ne peut se réclamer de Dostoïevski qu'en laissant prudemment de côté le meilleur de son œuvre.

Il est regrettable que des critiques hostiles, en principe, à cet individualisme anarchisant, fassent grand cas, eux aussi, de ce texte non typique et y cherchent la définition de la liberté dostoïevskienne ; ces critiques retombent, forcément, dans l'éternelle division entre le penseur et le romancier, division qui s'établit toujours au détriment du second Dostoïevski, c'est-à-dire du seul qui compte vraiment. Ce n'est pas la pensée désincarnée qui nous intéresse mais la pensée incarnée dans les romans. Il faut collaborer, en somme, à l'œuvre de déchiffrement entreprise par l'écrivain et non pas profiter de ses facilités ou spéculer sur ses faiblesses. L'interprétation ne doit pas reposer sur ce qu'il y a de plus limité dans l'œuvre du romancier, de plus assujetti au passé, mais sur ce qui s'ouvre à l'avenir et porte en soi la plus grande richesse.

Le Dostoïevski génial est un Dostoïevski romancier. Ce n'est donc pas à ses réflexions théoriques, mais à ses textes authentiquement et pleinement romanesques, qu'il faut demander le sens de la liberté. Cette liberté est aussi radicale que celle de Sartre, car l'univers dostoïevskien est tout aussi dépourvu de valeurs objectives que l'univers sartrien. Mais le Dostoïevski de la maturité et de la vieillesse perçoit, d'abord au seul niveau de la création romanesque et ensuite au niveau de la méditation religieuse, ce que ni le Sartre romancier ni le Sartre philosophe n'ont jusqu'ici perçu, à savoir que, dans un tel univers, le choix essentiel doit porter non pas sur un *en soi* muet, mais sur une conduite déjà chargée de sens et propagatrice du sens dont le modèle initial nous est fourni par autrui. Les meilleures psychologies de l'enfance confirment les données premières de l'œuvre romanesque. Dans l'univers structuré par la révélation évangélique, l'existence individuelle reste essentiellement imitative, même et surtout, peut-être, lorsqu'elle rejette avec horreur toute pensée d'imitation. Les Pères de l'Église tenaient pour évidente une vérité qui s'est ensuite obscurcie et que le romancier reconquiert pas à pas, à travers les conséquences terribles de cet obscurcissement.

Cette vérité, le romancier la possède suffisamment, à l'époque des *Mémoires*, pour la rendre opératoire dans son œuvre, mais il n'est pas plus capable que les autres penseurs de son époque d'en dégager la formule. De là le caractère gratuit, arbitraire et brutal de sa prose non romanesque. Il sait bien à quoi il veut en venir — ou tout au moins il croit le savoir, car, là encore, il lui arrive de se tromper — mais il ne peut jamais justifier logiquement ses conclusions.

L'orgueil souterrain, chose étrange, est un orgueil banal. La souffrance la plus vive provient de ce que le héros ne parvient pas à *se distinguer* concrètement des hommes qui l'entourent. Encore prend-il peu à peu conscience de cet échec. Il perçoit qu'il est entouré de petits fonctionnaires qui ont les mêmes désirs et subissent les mêmes échecs que lui. Tous les individus souterrains se croient d'autant plus « uniques » qu'ils sont, en fait, plus semblables. Le mécanisme de cette illusion n'est pas difficile à déceler. Nous avons déjà vu que Veltchaninov, dans *L'Éternel Mari*, entre malgré lui dans le jeu de son partenaire. Le masochiste finit toujours par trouver en face de lui un sadiste et le sadiste un masochiste ; chacun confirme à l'Autre et se fait confirmer par lui sa double illusion de grandeur et de bassesse ; chacun entretient et précipite chez autrui le va-et-vient entre l'exaltation et le désespoir. L'imitation haineuse se généralise et les conflits stériles s'exaspèrent. Chacun s'écrie, avec l'homme du souterrain : « Moi, je suis seul et eux ils sont tous. »

Au-delà du désaccord superficiel, il y a un accord profond entre la réalité sociale et la psychologie individuelle. *Le Double* offrait déjà un mélange de fantastique psychopathologique et de réalisme quotidien qui suppose cet accord. Les scènes les plus significatives sont celles où Goliadkine junior, le double, recourt à de petites ruses très classiques pour supplanter son rival auprès du chef de service. La rivalité des deux Goliadkine se concrétise dans des situations très significatives au point de vue sociologique. Pour comprendre les hantises des petits fonctionnaires dostoïevskiens, il faut songer à la bureaucratie tsariste au milieu du XIXe siècle, à sa hiérarchie très stricte, à la multiplication des emplois inutiles et mal payés. Le processus de « dépersonnalisation » subi par la masse des fonctionnaires subalternes est d'autant plus rapide, efficace et sournois qu'il se confond avec les rivalités féroces mais stériles engendrées par le système. Les individus constamment opposés les uns aux autres ne peuvent pas comprendre que leur personnalité concrète est en train de se dissoudre.

Otto Rank, dans son essai sur le thème du double dans la littérature[1], a bien vu que « la maîtrise [de Dostoïevski] se caractérise par la description absolument objective d'un état paranoïaque dont pas un trait n'est omis, mais aussi par l'action de l'entourage sur la folie de la victime ». Rank ne précise pas, malheureusement, en quoi consiste cette action de l'entourage. Il ne suffit pas de dire que le milieu *favorise* la folie, car on ne peut jamais distinguer celle-ci de celui-là. L'aspect bureaucratique est la face externe d'une structure dont la face interne est l'hallucination du double. Le phénomène lui-même est double ; il comporte une dimension subjective et une dimension objective qui concourent au même résultat.

Pour se convaincre de ce fait, il faut d'abord reconnaî-

1. *Don Juan. Une étude sur le double,* Denoël et Steele, éd., 1932.

tre que *Le Double* et les *Mémoires du souterrain* sont deux efforts pour exprimer la même vérité. Les scènes capitales des deux œuvres se déroulent toutes par des soirées d'automne ou de fin d'hiver ; il tombe une neige à demi fondue ; on a trop froid et trop chaud en même temps ; il fait un temps humide, malsain, ambigu, *double*, pour tout dire. Dans les deux nouvelles nous retrouvons les mêmes types de rivalité et les mêmes thèmes, y compris celui de l'invitation refusée et celui de l'expulsion physique, qui reparaîtra chez Samuel Beckett.

Si les deux nouvelles n'en font qu'une, c'est de l'orgueil, en définitive, que doit relever l'hallucination de Goliadkine. L'orgueilleux se croit *un* dans le rêve solitaire, mais il se divise dans l'échec en un être méprisable et en un observateur méprisant. Il devient Autre pour lui-même. L'échec le contraint à prendre, contre lui-même, le parti de cet Autre qui lui révèle son propre néant. Les rapports avec soi-même et avec autrui sont donc caractérisés par une double ambivalence :

« Je haïssais naturellement tous les employés de notre chancellerie du premier jusqu'au dernier, et je les méprisais tous ; mais, en même temps, je les craignais, je crois. Il m'arrivait même de les placer plus haut que moi. Ces choses-là, chez moi, se produisent toujours soudainement ; tantôt je méprise les gens et tantôt je les place sur un pavois. Un homme honnête et cultivé ne peut être vaniteux qu'à condition d'être infiniment exigeant pour lui-même et de se mépriser parfois jusqu'à la haine. »

L'échec engendre un double mouvement. L'observateur méprisant, l'Autre qui est en Moi se rapproche sans cesse de l'Autre qui est hors de Moi, le rival triomphant. Nous avons vu, d'autre part, que ce rival triomphant, cet Autre, hors de Moi, dont j'imite le désir et qui imite le mien, se rapproche sans cesse de Moi. A mesure que la scission intérieure de la conscience se renforce, la distinction entre le Moi et l'Autre s'atténue ; les deux mouvements convergent l'un vers l'autre pour engendrer « l'hallucination » du double. L'obstacle, tel un coin qui s'enfoncerait dans la conscience, aggrave les effets dédoublants de toute réflexion. Le phénomène hallucinatoire constitue l'aboutissement et la synthèse de tous les dédoublements subjectifs et objectifs qui définissent l'existence souterraine.

C'est ce mélange de subjectif et d'objectif que nous fait merveilleusement sentir le récit de 1846. La psychiatrie est incapable de poser correctement le problème du double, car elle ne peut pas mettre en question les structures sociales. Elle cherche à guérir le malade en le ramenant au « sens de l'objectivité ». Mais « l'objectivité » de ce malade est, à certains égards, supérieure à celle des êtres « normaux » qui l'entourent. Goliadkine pourrait déjà proférer les vantardises du héros souterrain :

« Quant à moi, je n'ai jamais fait que pousser à l'extrême dans ma vie ce que vous n'osiez pousser vous-mêmes qu'à moitié, tout en appelant sagesse votre lâcheté et en vous consolant ainsi par des mensonges. Si bien que je suis peut-être encore plus vivant que vous. »

Quelle est donc cette chose que le héros souterrain se croit seul à « pousser à l'extrême » mais qu'il partage avec tous ses voisins ? C'est évidemment l'orgueil, ce premier moteur psychologique, et bientôt métaphysique, qui gouverne toutes les manifestations individuelles et collectives de la vie souterraine. Si *Le Double* est une œuvre remarquable, cette œuvre ne parvient pourtant pas à dégager l'essentiel. Elle ne révèle pas, en particulier, le rôle que joue la *littérature* dans l'égotisme souterrain. *Les Mémoires* consacrent à ce thème des pages capitales. Le héros nous informe qu'il a cultivé toute sa vie « le beau et le sublime ». Il admire passionnément les grands écrivains romantiques. Mais c'est un baume empoisonné que ces êtres d'exception versent sur ses blessures psychologiques. Les grands élans lyriques détournent du réel sans libérer vraiment, car les ambitions qu'ils éveillent sont, en définitive, terriblement mondaines. La victime du romantisme devient toujours plus inapte à la vie, tout en exigeant d'elle des choses toujours plus exorbitantes. L'individualisme littéraire est une espèce de drogue dont il faut sans cesse augmenter les doses pour se procurer, au prix de souffrances toujours accrues, quelques douteuses extases. L'écartèlement entre « l'idéal » et la réalité sordide est aggravé. Après avoir fait l'ange, le héros souterrain fait la bête. Les dédoublements se multiplient.

C'est de son propre romantisme que Dostoïevski fait ici la satire. Le contraste entre les situations lamentables et la rhétorique grandiose dont s'enivre le héros souterrain correspond au décalage entre l'interprétation suggérée par l'auteur et la signification objective d'un roman tel qu'*Humiliés et Offensés*. Le héros souterrain, l'auteur présumé des *Mémoires*, perçoit la vérité des aventures grotesques qu'il a vécues dans l'aveuglement. Cet écart entre l'homme qu'il est devenu et l'homme qu'il était auparavant reflète l'écart qui sépare *Les Mémoires* des œuvres antérieures et nous qualifierons désormais celles-ci de « romantiques ».

Le romantique ne reconnaît pas ses propres dédoublements et, ce faisant, les aggrave. Il veut croire qu'il est parfaitement *un*. Il élit donc une des deux moitiés de son être — à l'époque romantique proprement dite, c'est généralement la moitié idéale et sublime ; de nos jours, c'est plutôt la moitié sordide — et il s'efforce de faire passer cette moitié pour la totalité. L'orgueil cherche à prouver qu'il peut rassembler et unifier tout le réel autour de lui.

Chez le Dostoïevski romantique, les deux moitiés de la conscience romantique se réfléchissent séparément dans des œuvres sentimentales ou pathétiques d'une part, et dans des œuvres grotesques de l'autre. On a, d'un côté, *Pauvres Gens, La Logeuse, Nuits blanches,* et, de l'autre, *M. Prokhartchine, Sépantchikovo et ses habitants, Le Rêve de l'oncle,* etc. Dans les œuvres telles qu'*Humiliés et Offensés,* la division des personnes en « bons » et en « méchants » reflète la dualité souterraine. Cette dualité subjective nous est présentée comme une donnée objective du réel. La différence entre les « bons » et les « méchants » est aussi radicale qu'abstraite ; ce sont les mêmes éléments, affectés du signe plus ou du signe moins, qu'on retrouve dans les deux cas. Théoriquement, aucune communication n'est possible entre ces deux moitiés, mais le masochisme des « bons » et le sadisme des « méchants » révèle l'instabilité de la structure, la tendance perpétuelle des deux moitiés à passer l'une dans l'autre, sans jamais parvenir à fusionner. Masochisme et sadisme reflètent la nostalgie romantique de l'unité perdue, mais cette nostalgie est mêlée d'orgueil ; le désir qu'elle engendre, loin de rassembler, disperse, car il s'égare toujours vers l'Autre.

L'œuvre romantique ne peut donc pas sauver l'écrivain ; elle l'enferme dans le cercle de son orgueil ; elle perpétue le mécanisme d'une existence vouée à l'échec et à la fascination. Dostoïevski fait allusion, dans *Les Mémoires,* à l'art dédoublé auquel il est en train de renoncer, lorsqu'il nous décrit les velléités littéraires de son héros. Le désir impuissant de se venger pousse ce dernier à faire non pas sa propre satire, comme dans *Les Mémoires*, mais celle du rival, de l'ennemi, de l'officier arrogant :

« Un beau matin, bien que je ne me fusse jamais occupé de littérature, il me vint à l'esprit de décrire cet officier sur un ton satirique, de le caricaturer et d'en faire le héros d'une nouvelle. Je me plongeai avec bonheur dans ce travail. Je dépeignis mon héros sous les couleurs les plus sombres. Je le calomniai même. »

Toutes les œuvres de la période romantique, à l'exception partielle du *Double,* ne font que refléter une dualité que les œuvres géniales *révèlent.* Le héros souterrain est *à la fois* le héros « rêveur » et lyrique des œuvres sentimentales et le petit fonctionnaire intrigant et ridicule des œuvres grotesques. Les deux moitiés de la conscience souterraine se sont rejointes. Ce n'est pas leur impossible synthèse que nous présente l'écrivain, mais leur juxtaposition douloureuse au sein du même individu. Ces deux moitiés dominent, alternativement, la personnalité du malheureux héros, déterminant ce que les médecins appelleraient son tempérament *cyclique.* L'œuvre qui révèle la division est une œuvre qui *rassemble.*

*
* *

Nous n'avons aucune peine à retrouver dans l'existence de Dostoïevski lui-même la pénible dualité qui caractérise l'existence souterraine. Les souvenirs personnels qu'utilise l'écrivain dans *Les Mémoires* se polarisent, semble-t-il, autour des dernières années de son adolescence.

L'enfance de Fiodor Mihaïlovitch s'est déroulée à l'ombre d'un père aussi capricieux dans sa conduite qu'austère dans ses principes. La littérature se présentait alors comme un moyen de fuir les tristes réalités de la vie familiale. Cette tendance à « l'évasion » s'est ensuite renforcée sous l'influence du jeune Chidlovsky qui se lia d'amitié avec les deux frères Dostoïevski, le jour même de leur arrivée à Saint-Pétersbourg, en 1837. Chidlovsky ne jurait que par Corneille, Rousseau, Schiller et Victor Hugo. Il écrivait des vers où s'exprimait un besoin pressant de « régenter l'univers » et de « bavarder avec Dieu ». Il pleurait beaucoup ; il parlait même de mettre un terme à sa déplorable existence en se jetant dans un canal de Saint-Pétersbourg. Fiodor Mihaïlovitch fut subjugué ; il admira ce qu'admirait Chidlovsky ; il pensa ce qu'il pensait. C'est de cette époque, semble-t-il, que date sa vocation d'écrivain.

Quelques mois plus tard, Dostoïevski entrait à la sinistre école des Ingénieurs militaires de Saint-Pétersbourg. La discipline était féroce, les études ingrates et pénibles. Dostoïevski étouffait au milieu de jeunes lourdauds tout occupés de leur carrière et de leur vie mondaine. Si les rêves solitaires du héros souterrain rappellent Chidlovsky, les mésaventures qui leur succèdent nous font songer à l'école des Ingénieurs. Après s'être longtemps caché à lui-même les souffrances que lui firent subir ses condisciples, Dostoïevski les exagère peut-être un peu ; assez fort, désormais, pour regarder ses faiblesses en face, il est trop faible encore pour se les pardonner.

C'est pendant ces années d'école que le père de Dostoïevski fut assassiné par des serfs qu'il tyrannisait à l'égal de ses enfants. A l'idée qu'il se sent soulagé par cette mort et qu'il en est du même coup le complice, Fiodor Mihaïlovitch éprouve une angoisse extrême et il fait tout pour chasser de sa mémoire l'horrible souvenir.

A peine sorti de l'école militaire, Dostoïevski écrit *Pauvres Gens* et on l'accueille comme un nouveau Gogol dans le cercle des amis de Biélinski. Il passe de la pauvreté au luxe, de l'anonymat à la gloire, de l'obscurité à la lumière. Les rêves chidlovskiens les plus délirants deviennent des réalités. Dostoïevski est ivre de joie ; son orgueil, écrasé, mais vivant, se redresse et s'épanouit. « Jamais, mon frère, écrit-il à Michel, ma gloire ne dépassera le sommet où elle atteint maintenant. Partout je suscite un respect incroyable, une curiosité surprenante... Tout le monde me considère comme une merveille. » Le bruit se répand, constate-t-il avec satisfaction, « qu'une nouvelle étoile vient d'apparaître, et qu'elle fera rentrer tout le monde dans la boue ».

Le jeune écrivain prend toutes les flatteries très au sérieux. Il ne voit pas qu'il s'agit là d'un prêt à court terme et qu'il faut tout rembourser, et très vite, sous peine de perdre son crédit. Dostoïevski ne pratique aucun des petits compromis qui rendent le souterrain littéraire tolérable. Son orgueil est plus grand, sans doute, que celui des gens qui l'entourent, mais il est surtout plus naïf, plus brutal, moins habile à ménager les autres orgueils. Ce jeune provincial, bouillonnant de désirs inassouvis, mais déjà maltraité par l'existence au point d'en rester à jamais difforme, ne pouvait manquer de faire rire, et d'irriter, tout à la fois, les dandies littéraires qui se groupaient autour de Tourguéniev.

Dostoïevski a depuis longtemps choisi d'être dieu, loin des hommes et de la société. Le voici maintenant qui pénètre, sous les acclamations, dans les salons littéraires les plus brillants de Saint-Pétersbourg : ne nous étonnons pas s'il se prend pour un dieu. Les témoignages contemporains décrivent tous son étonnante transformation. D'abord extrêmement silencieux et renfermé, il fit preuve, par la suite, d'une exubérance et d'une arrogance extraordinaires. On commença par sourire, mais bientôt on fut excédé.

Tous les mécanismes souterrains entrent alors en mouvement. Blessés dans leur orgueil, Tourguéniev et ses amis s'efforcent de blesser à leur tour. Dostoïevski cherche à se défendre, mais la partie n'est pas égale. Il accuse Tourguéniev, qu'il vénérait la veille, d'être « jaloux » de son œuvre. Il laisse entendre que ses ailes de géant l'empêchent de marcher. Les moqueurs se déchaînent et des vers satiriques, œuvres de Tourguéniev et de Nekrassov, se mettent à circuler.

Chevalier à la triste mine,
Dostoïevski, aimable fanfaron,
Sur le nez de la littérature,
Tu rougeoies comme un nouveau bouton[1].

Le superficiel Panaev notera, un peu plus tard, dans ses *Souvenirs* : « Nous avons fait perdre la tête à une de ces petites idoles du jour... Il avait fini par divaguer. Bientôt il fut par nous déboulonné et tout à fait oublié. Le pauvre ! Nous l'avons ridiculisé. »

On voit se refermer ici le cercle de l'orgueil et de l'humiliation. Rien de plus banal, en un sens, que ce cercle, mais Dostoïevski n'est pas encore capable de le décrire, car il n'a pas commencé à s'en dégager. Dostoïevski, assurément, est orgueilleux *à sa manière* et cette manière est unique. Cette singularité n'est pas sans importance, puisqu'elle se reflète dans l'œuvre, mais elle est moins importante, pour cette œuvre, que les points communs entre Dostoïevski et le reste des hommes. Si son orgueil n'était pas fait de la même substance que les autres orgueils, on ne pourrait pas reprocher, à l'écrivain, comme on le fait souvent, d'être *plus* orgueilleux, et par conséquent, *plus* humilié que le commun des mortels. Ce *plus* d'orgueil est mystérieusement lié au *moins* qui permettra un peu plus tard à Dostoïevski de reconnaître en lui-même et d'analyser les mécanismes souterrains. Ce *plus* et ce *moins* nous renseignent mieux sur la genèse et la nature du génie romanesque que la singularité ineffable visée par tant de critiques. Il faut toujours en revenir

1. Henri Troyat, *Dostoïevski*, p. 112.

à la phrase des *Mémoires* citée un peu plus haut : « Quant à moi, je n'ai jamais fait que pousser à l'extrême dans ma vie ce que vous n'osiez pousser vous-mêmes qu'à moitié... »

Si la dialectique de l'orgueil et de l'humiliation n'était pas aussi répandue que l'affirmera le Dostoïevski génial, nous ne pourrions comprendre ni le succès des œuvres qui la dissimulent, ni le génie de l'écrivain qui nous révèle son universalité. Nous ne pourrions pas comprendre, non plus, l'éclosion tardive de ce génie, car nous ne pourrions pas comprendre les relations de Dostoïevski avec Biélinski et ses amis. Dostoïevski avait travaillé au *Double* dans un état d'exaltation facile à comprendre. En donnant une dimension réaliste et quotidienne à un thème romantique rebattu, l'écrivain entraînait son œuvre vers de nouvelles profondeurs. Son allégresse est un peu comparable, peut-être, à celle du chercheur scientifique qui joint le bonheur à l'habileté et découvre d'un seul coup la solution d'un problème qui aurait pu lui demander de nombreux tâtonnements. Le motif du double permet à Dostoïevski de pénétrer dans un domaine littéraire auquel il était encore incapable d'accéder par ses propres moyens. Peut-être n'aurait-il jamais pleinement conquis et possédé ce domaine si son œuvre avait été accueillie comme elle méritait de l'être. Peut-être, en effet, aurait-il cédé à la tentation de répéter le succès du *Double* et de figer en un procédé permanent la technique, si particulière, de cette œuvre. Un tel Dostoïevski serait plus purement « littéraire » que le Dostoïevski réel, plus « moderne » peut-être, au sens que bien des gens donnent aujourd'hui à ce terme, mais moins universel et, en définitive, moins grand.

Il se peut que le jour où, après quelques hésitations, il condamna *Le Double*, Biélinski ait rendu un grand service à son protégé, mais pour des raisons bien différentes de celles qu'il imaginait. Dostoïevski, maintenant, l'exaspérait et il était lui-même trop égoïste, trop homme de lettres pour ne pas se laisser aller à jouer, dans ses relations avec lui, le rôle sadique qu'appelait le masochisme du jeune écrivain. En dehors de la question des emprunts à Gogol, les objections que le critique opposa au *Double* étaient assez simplistes, mais comment Dostoïevski aurait-il pu mettre en question le jugement de l'homme qui l'avait arraché à son affreuse adolescence ? Les lettres qu'il écrit à son frère révèlent un grand désarroi.

« J'ai été momentanément abattu ; j'ai un terrible défaut : un orgueil, une vanité sans bornes. La seule pensée d'avoir trompé l'attente du public et d'avoir gâché une œuvre qui pourrait être grandiose me tue littéralement. Goliadkine me dégoûte. Bien des passages en ont été bâclés... Tout cela me rend la vie insupportable. »

De même que Veltchaninov finit par entrer dans le jeu de Troussotzki, Biélinski et ses amis se comportèrent en *doubles* et resserrèrent, autour de Dostoïevski, le cercle de l'échec. Ils lui fermèrent l'issue qu'aurait été une carrière honorable, et même brillante, dans la littérature. Ils l'aidèrent à étouffer dans l'œuf l'écrivain de talent qu'il aurait pu devenir. Les œuvres postérieures au *Double* justifient, par leur médiocrité, la condamnation sans appel que porta contre elles Biélinski. Deux voies, seulement, restent ouvertes à Dostoïevski : l'aliénation complète ou le génie, l'aliénation d'abord et ensuite le génie.

III. MÉTAPHYSIQUE SOUTERRAINE

Après *Les Mémoires écrits dans un souterrain*, Dostoïevski composa celle qui fut longtemps et qui reste, peut-être, la plus célèbre de ses œuvres, *Crime et Châtiment*. Raskolnikov est un rêveur solitaire, il est soumis à des alternances d'exaltation et de dépression, il vit dans la hantise du ridicule. Il est donc souterrain, lui aussi, mais il est plus tragique que grotesque, car il s'efforce farouchement d'éprouver et de dépasser les limites invisibles de sa prison. Le besoin d'action qui ne se traduisait chez son prédécesseur qu'en velléités lamentables aboutit, cette fois, à un crime atroce. Raskolnikov tue, et il tue délibérément afin d'asseoir son orgueil sur des bases inébranlables. Le héros souterrain règne sur son univers individuel, mais sa royauté est à chaque instant menacée par l'irruption d'autrui. Raskolnikov s'imagine que son crime, en l'excluant de la morale commune, écartera cette menace.

Son crime, il est vrai, isole Raskolnikov plus radicalement que ne faisait le rêve. Mais le sens de cet isolement que le héros croyait à jamais déterminé par sa volonté propre est toujours en question. Raskolnikov ne sait pas si sa solitude fait de lui le supérieur ou l'inférieur des autres hommes, un individu dieu ou un individu ver de terre. Et l'Autre demeure l'arbitre de ce débat. Raskolnikov, en fin de compte, n'est pas moins fasciné par les juges que Troussotzki par le Don Juan modèle ou le héros souterrain par ses bravaches d'officiers. Raskolnikov dépend toujours dans son être du verdict de l'Autre.

L'intrigue policière transforme le héros souterrain en un vrai suspect, épié par de vrais policiers et traîné devant de vrais juges qui le jugeront dans un vrai tribunal. En faisant commettre à son héros un véritable crime, Dostoïevski fait magistralement ressortir ce dédoublement plus extrême. Le nom même de ce héros suggère cette dualité. *Raskol* signifie schisme, séparation. Les écrivains du XXe siècle reprendront inlassablement cette incarnation mythique de la psychologie souterraine, mais ils la corrigeront, parfois, dans un sens individualiste ; ils lui donneront la conclusion que Raskolnikov s'efforce en vain de rendre vraie. On ne peut pas lire ces ouvrages sans se demander pourquoi le mythe du procès exerce sur leurs auteurs une telle fascination. La conclusion serait peut-être moins simple et moins rassurante si cette fascination même, au-delà de « l'innocence » du héros et de « l'injustice » de la société, était devenue un objet de réflexion.

La rêverie de Raskolnikov est aussi littéraire que celle du héros souterrain, mais elle est autrement orientée. Au « beau et au sublime » romantique se substitue la figure de Napoléon, modèle quasi légendaire de tous les grands ambitieux du XIXe siècle. Le Napoléon de Raskolnikov est plus « prométhéen » que romantique. La surhumanité qu'il incarne est le fruit d'un orgueil plus extrême mais le « projet fondamental » n'a pas changé. Et Raskolnikov ne peut pas échapper aux oscillations souterraines ; il ne réussit qu'à leur donner une ampleur terrible. Le *plus* d'orgueil ne réussit pas, en d'autres termes, à faire émerger Raskolnikov du souterrain.

Le Nietzsche de *Zarathoustra* mettrait certainement l'échec de Raskolnikov au compte de la lâcheté des « derniers hommes », c'est-à-dire de la lâcheté souterraine. Comme Dostoïevski, Nietzsche croit reconnaître dans ce qui se passe autour de lui une *passion* de l'orgueil moderne. On conçoit donc son émoi lorsque les hasards d'une devanture de libraire mirent dans ses mains un exemplaire des *Mémoires écrits dans un souterrain.* Il reconnut là une peinture magistrale de ce qu'il appelle lui-même le *ressentiment.* C'est le même problème et c'est presque la même façon de le poser. La réponse de Dostoïevski est différente sans doute, mais *Crime et Châtiment,* en dépit de Sonia et de la conclusion évangélique, reste encore très éloigné de la certitude définitive. Longtemps encore, Dostoïevski va se demander si un orgueil plus extrême encore que celui de Raskolnikov ne pourrait pas réussir là où ce héros a échoué.

***

Après *Crime et Châtiment* vient *Le Joueur.* Le héros est *outchitel* — précepteur — chez un général russe qui séjourne, avec sa famille, dans une station allemande. Il éprouve une passion souterraine pour la fille du général, Pauline, qui le traite avec une indifférence méprisante. C'est la conscience d'être regardé par la jeune fille comme *rien* qui fait d'elle le *tout* aux yeux de ce nouveau personnage souterrain. En elle, le but et l'obstacle se confondent, l'objet désiré et le rival obsédant ne font plus qu'un. « J'ai l'impression, remarque l'*outchitel,* que jusqu'à ce jour, elle m'a regardé comme cette impératrice de l'antiquité qui s'est déshabillée devant son esclave, ne le considérant pas comme un homme. Oui, il lui arrive de ne pas me considérer comme un homme. »

Derrière l'intangibilité de Pauline, l'*outchitel* imagine un orgueil comblé qu'il cherche désespérément à rejoindre et à s'assimiler. Mais la situation se renverse un soir où Pauline se rend dans la chambre du jeune homme et s'offre tout bonnement à lui. Finie alors l'attitude de servilité ; l'*outchitel* abandonne Pauline et se précipite au casino où il gagne, en une nuit, une fortune à la roulette. Le matin venu, il ne cherche même pas à rejoindre sa bien-aimée. Une grue française qui l'ennuie, d'ailleurs, mortellement, l'emmène à Paris et lui dévore son argent.

Il suffit que Pauline se révèle vulnérable pour qu'elle

perde son prestige aux yeux de l'*outchitel*. L'impératrice devient l'esclave et vice versa. C'est bien pourquoi l'*outchitel*, qui attendait le « moment favorable », se décide à jouer. Nous sommes dans un univers où il n'y a plus que des relations souterraines, même avec la roulette. Ayant traité Pauline avec la fermeté désinvolte qui convient au maître, il sait qu'il en agira de même, désormais, avec la roulette, et la victoire, sur les deux fronts, est assurée.

Le jeu de l'amour ne fait qu'un avec le jeu du hasard. Dans l'univers souterrain, l'Autre exerce une force de gravitation dont on ne peut triompher qu'en lui opposant un orgueil plus dense, plus pesant, autour duquel cet Autre sera lui-même contraint de graviter. Mais l'orgueil, en soi, ne pèse rien, car il n'*est* pas ; il n'acquiert densité et poids, en effet, que par l'hommage de l'Autre. La maîtrise et l'esclavage dépendent donc de détails infimes, de même qu'à la roulette, l'arrêt de la bille sur tel ou tel numéro dépend de causes minuscules et parfaitement incalculables. L'amant est donc livré au même hasard que le joueur. Dans le domaine des relations humaines, toutefois, on peut se soustraire au hasard en dissimulant son désir. Dissimuler son désir, c'est présenter à l'Autre l'image, forcément trompeuse, d'un orgueil satisfait, c'est le contraindre à révéler son désir à lui et le contraindre à se dépouiller, ce faisant, de tout prestige. Mais, pour dissimuler son désir, il faut être parfaitement maître de soi. La maîtrise de soi permet de dominer le hasard souterrain. De là à croire que le hasard, dans tous les domaines, obéira à l'individu suffisamment maître de soi, il n'y a qu'un pas et c'est ce pas que l'*outchitel* franchit dans *Le Joueur*. Toute la nouvelle repose sur l'identité secrète de l'érotisme et du jeu. « Très souvent, remarque l'*outchitel*, les dames ont de la chance au jeu ; elles ont une extraordinaire maîtrise d'elles-mêmes. »

La roulette, comme la femme, maltraite ceux qui se laissent fasciner par elle, ceux qui redoutent trop de perdre. Elle n'aime que les heureux. Le joueur qui s'acharne, comme l'amant malheureux, ne parvient jamais à remonter la pente fatale. C'est bien pourquoi seuls les riches gagnent ; ils peuvent se payer le luxe de perdre. L'argent attire l'argent ; de même, seuls les Don Juan séduisent les femmes parce qu'ils les trompent toutes. Les lois du libre marché capitaliste, comme celles de l'érotisme, relèvent de l'orgueil souterrain.

Pendant toute cette période, Dostoïevski — sa correspondance le montre — est vraiment persuadé qu'un peu de sang-froid devrait lui permettre de triompher à la roulette. Jamais, toutefois, il ne peut appliquer sa « méthode », car, dès les premiers gains ou les premières pertes, il se laisse submerger par l'émotion et il retombe dans l'esclavage. Il perd, en somme, parce qu'il est trop vulnérable, psychologiquement et financièrement. La passion du jeu se confond, chez lui, avec l'illusion engendrée par l'orgueil souterrain. L'illusion consiste à étendre au domaine de la nature physique l'influence que la maîtrise de soi peut exercer sur l'univers souterrain. L'illusion ne consiste sans doute pas à croire qu'on est dieu, mais qu'on peut se rendre divin. Elle n'a pas un caractère intellectuel ; elle est si profondément enracinée que Dostoïevski ne parviendra à s'arracher aux tables de jeu qu'en 1871.

Pour saisir le rapport entre l'érotisme et l'argent, il faut rapprocher du *Joueur* la scène où Nastasia Philipovna, dans *L'Idiot,* jette au feu une liasse de billets de banque. La jeune femme est prête à accabler de son mépris l'homme qui fera le moindre geste vers cet argent qui se consume. La femme se substitue à la roulette, alors que, dans la scène capitale du *Joueur,* c'est la roulette qui se substitue à la femme. Peu importe d'ailleurs ; il n'y a pas lieu de distinguer trop nettement ces deux ordalies de l'orgueil souterrain que sont l'érotisme et le jeu.

L'argent a toujours joué un rôle important dans le rêve souterrain. M. Prokhartchine, le héros d'une nouvelle immédiatement postérieure au *Double,* est un vieillard solitaire qui vit et meurt comme un mendiant à côté de ses écus. Un des témoins de cette existence lamentable se demande si le malheureux rêve d'être Napoléon. Ce personnage d'avare est un précurseur de Raskolnikov.

Le thème de l'argent au service de la volonté de puissance reparaîtra dans *L'Adolescent,* l'avant-dernier roman de Dostoïevski. Arcade, le héros, ne rêve plus d'être Napoléon, mais Rothschild. L'argent, spécule-t-il, offre au médiocre, dans le monde moderne, le moyen de s'élever au-dessus des autres hommes. Arcade n'attribue aucune valeur concrète à la fortune ; il ne veut gagner la sienne que pour la jeter à la tête des *autres.* L'idée rothschildienne, comme l'idée napoléonienne, relève de la fascination qu'exerce l'Autre sur l'orgueilleux souterrain.

Cette idée, à la fois grandiose et étriquée, appartient au moment de l'exaltation égotiste ; le Moi étend ses conquêtes imaginaires sur la totalité de l'être. Mais un seul regard de l'Autre suffit à disperser ces richesses ; c'est alors une véritable banqueroute, financière et spirituelle, qui se concrétise par des dépenses exagérées suivies d'emprunts humiliants. « L'idée » demeure, mais elle passe au second plan. Arcade s'habille comme un prince et mène une existence de dandy.

La prodigalité est très fréquente, chez les personnages dostoïevskiens de toutes les époques. Mais il faut attendre *L'Adolescent* pour la rencontrer unie à l'avarice. Auparavant, les avares ne sont qu'avares et les prodigues ne sont que prodigues. La tradition du *caractère* classique reste la plus forte. C'est pourtant la juxtaposition des contraires, c'est-à-dire l'union sans réconciliation, qui, dans tous les domaines, définit le souterrain. Et c'est là cette « largeur » qui, au dire de Dostoïevski, définit le Russe, et peut-être l'homme moderne en général. C'est dans la passion du jeu — prodigalité avare, avarice prodigue — que se révèle cette union des contraires. A la roulette, les moments de la dialectique souterraine se succèdent très rapidement et ils cessent d'être distincts. A chaque mise, la maîtrise et l'esclavage sont en jeu. La roulette est une quintessence abstraite d'altérité dans un univers où toutes les relations humaines sont pénétrées d'orgueil souterrain.

Le Dostoïevski génial rassemble, nous l'avons dit, des éléments de psychologie souterraine qui restent isolés et dédoublés dans les œuvres antérieures. C'est cette démarche créatrice que nous retrouvons, une fois de plus, dans le personnage d'Arcade. Mieux que dans *Le Joueur,* Dostoïevski comprend dans *L'Adolescent,* le rôle qu'a joué l'argent dans sa propre vie ; c'est cette perception qui désacralise l'argent et fait refluer le fétichisme souterrain. Jusqu'à 1870, environ, la plupart des lettres du romancier se groupent en deux catégories ; les unes sont pleines de projets sensationnels qui doivent assurer l'aisance à leur auteur et à ses proches, les autres sont des demandes d'argent, frénétiques ou suppliantes. En 1871, à Wiesbaden, Dostoïevski, une fois de plus, subit de lourdes pertes au jeu. Et il annonce à sa femme, une fois de plus, qu'il est guéri de sa passion. Mais, cette fois, il dit vrai. Jamais il ne remettra les pieds dans une salle de casino.

*
* *

Est-il possible d'échapper au souterrain par la maîtrise de soi ? Cette question se rattache à la question de Raskolnikov, à la question du surhomme. Elle est au centre de *L'Idiot* et des *Possédés,* les deux chefs-d'œuvre romanesques qui suivent *Le Joueur.*

Chez le prince Myshkine, la maîtrise de soi ne relève pas, en principe, de l'orgueil mais de l'humilité. L'idée originelle du prince est celle de l'homme parfait. La substance de son être, l'essence de sa personnalité, se définit par l'humilité, tandis que l'orgueil, au contraire, définit le fond même, l'essence, de la personnalité souterraine. Autour de Myshkine, nous retrouvons, d'ailleurs, le grouillement souterrain des œuvres précédentes.

Le premier modèle de Myshkine est un Christ plus romantique que chrétien, celui de Jean-Paul, de Vigny, du Nerval des *Chimères,* un Christ toujours isolé des hommes et de son Père dans une agonie perpétuelle et un peu théâtrale. Ce Christ « sublime » et « idéal » est aussi un Christ impuissant à racheter les hommes, un Christ qui meurt tout entier ; l'angoisse de Myshkine devant la

Descente de Croix trop réaliste de Holbein symbolise cette dissociation de la chair et de l'esprit à laquelle aboutit l'idéalisme romantique.

Les faiblesses du modèle se retrouvent dans le disciple. L'humilité en quelque sorte caractérielle de Myshkine est d'abord conçue comme perfection, mais, à mesure qu'on avance dans le roman, elle apparaît de plus en plus comme une espèce d'infirmité, une diminution d'existence, une véritable carence d'être. Nous voyons finalement reparaître les dédoublements, symptômes irrécusables du masochisme souterrain. Myshkine est dédoublé dans sa vie sentimentale ; il abandonne Aglaé pour se dévouer à la malheureuse Nastasia Philipovna qui lui inspire une « pitié » obsédante, plutôt que de l'amour. Le prince et Rogojine sont les *doubles* l'un de l'autre, c'est-à-dire les deux moitiés, à jamais disjointes et mutilées, de la conscience souterraine.

La conclusion, d'une puissance exceptionnelle, nous montre ces deux « moitiés » côte à côte auprès du cadavre de Nastasia Philipovna ; les deux « moitiés » se sont révélées aussi incapables l'une que l'autre de sauver la malheureuse. Rogojine est la sensualité bestiale, toujours sous-jacente à l'idéalisme désincarné. Il faut donc reconnaître, dans la catastrophe finale, une conséquence de l'impuissance romantique à s'incarner. Toute la vie spirituelle de Myshkine est liée à l'épilepsie et sa passion pour l'humilité n'est peut-être que la forme suprême de cette volupté que fait goûter l'humiliation aux habitants du souterrain.

L'Idiot, ce roman que Dostoïevski aurait voulu lumineux, se révèle le plus noir de tous, le seul qui se termine sur une note de désespoir. Effort suprême pour créer une perfection purement humaine et individualiste, le roman se retourne, en somme, contre sa propre « idée ». Il retrouve une fois de plus, mais à un niveau supérieur, les conclusions des *Mémoires écrits dans un souterrain.* L'échec de l'idée initiale est le triomphe d'une autre idée, plus profonde, et qui n'est désespérante que parce qu'elle n'apparaît pas encore dans toute son ampleur. Un tel échec ne se laisserait pas déduire d'une œuvre médiocre, il implique donc la réussite littéraire la plus éclatante. *L'Idiot* est un des sommets de l'œuvre de Dostoïevski ; son caractère « expérimental » lui confère une épaisseur existentielle dont très peu d'œuvres sont pourvues.

Le second modèle de Myshkine est un Don Quichotte revu et corrigé, lui aussi, par le romantisme, c'est-à-dire, une fois de plus, un « idéaliste » et la victime pathétique de sa propre perfection. Ce Don Quichotte n'est pas celui de Cervantès, de même que le Myshkine copié sur lui n'est pas le « vrai » Myshkine. C'est dans l'échec de l'idée de perfection que Dostoïevski devient, sans s'en douter, l'égal de Cervantès. Derrière la pseudo-perfection romantique ce sont toujours les mêmes démons qui reparaissent. La vision populaire de *L'Idiot* supprime les démons et tombe dans la mièvrerie. C'est l'idée finalement rejetée par Dostoïevski que nous renvoient tous les Myshkine de cinéma, amoureusement couvés par de belles dames en crinoline, toujours extraordinairement « spirituels », avec leur mélancolie souffreteuse et l'éternelle barbe en collier qui leur mange la moitié du visage.

*
* *

D'où provient le malentendu entre Myshkine et les Autres ? Faut-il rejeter tout le blâme sur les Autres ? Les conséquences presque infailliblement désastreuses des interventions de Myshkine nous obligent à nous poser la question. Quand le général Ivolguine se lance dans ses vantardises, Lebedeff et ses autres compagnons de beuverie n'hésitent pas à l'interrompre, ce qui oblige le vieux bouffon à ne pas dépasser certaines bornes. Myshkine, lui, n'interrompt pas ; et le général pousse le délire si loin qu'il ne peut plus croire à ses propres mensonges. Accablé de honte, il succombe, un peu plus tard, à une attaque d'apoplexie.

Pour apprécier l'ambiguïté profonde de Myshkine, il faut connaître le rapport étroit qui unit ce personnage au Stavroguine des *Possédés*. Les deux hommes sont l'antithèse l'un de l'autre. Tous deux sont des aristocrates déracinés ; tous deux restent extérieurs à l'agitation frénétique qu'ils suscitent. Tous deux sont les maîtres du jeu qu'ils ne se soucient pas de gagner. Mais Stavroguine, à la différence de Myshkine, est un être cruel et insensible. La souffrance d'autrui le laisse indifférent, à moins qu'il n'y prenne un plaisir pervers. Il est jeune, beau, riche, intelligent ; il a reçu en partage tous les dons que la nature et la société peuvent conférer à un individu ; c'est pourquoi il vit dans l'ennui le plus complet ; il n'a plus de désirs, car il a tout possédé.

Il faut renoncer ici à la vision traditionnelle qui insiste sur « l'autonomie » des personnages de roman. Les carnets de Dostoïevski prouvent que Myshkine et Stavroguine ont une origine commune. Ces deux personnages incarnent des réponses contradictoires, parce que hypothétiques, à une seule et même question qui porte sur la signification spirituelle du détachement. Derrière cet énoncé abstrait, il faut retrouver l'examen de conscience qu'ont inauguré *Les Mémoires* et qui ira s'approfondissant jusqu'aux *Frères Karamazov*.

Quelle est la situation de Dostoïevski, à l'époque de *L'Idiot* et des *Possédés* ? La révélation du souterrain est la révélation du nihilisme. La religion de Dostoïevski, à cette époque, n'est guère qu'une réaction violente contre l'influence de Biélinski, un refus de l'athéisme intellectuel qui sévit parmi les intellectuels russes. L'écrivain, il faut le reconnaître, est livré au nihilisme, mais ce nihilisme n'est pas seulement un fardeau, c'est une source de connaissance et même de puissance dans un monde qui croit encore à la solidité des valeurs romantiques.

Cette efficacité de la révélation souterraine, nous la vérifions sans peine dans le domaine littéraire. Cette période est la plus féconde que Dostoïevski ait encore connue et les œuvres qui voient alors le jour sont infiniment supérieures aux précédentes. La « vitalité de chat » que l'écrivain se découvrait au lendemain du bagne ne s'est jamais démentie. Mais l'existence de Dostoïevski, toujours instable et désordonnée, passe alors par un paroxysme d'instabilité et de désordre. L'énergie du nihilisme paraît surtout dirigée vers les formes les plus variées de l'autodestruction.

Il y a autre chose, pourtant ; s'il arrive encore à Dostoïevski de jouer le rôle de vaincu, avec Pauline Sousslova, par exemple, il lui arrive aussi de s'imposer comme jamais, auparavant, il n'avait pu le faire. Sa personnalité d'homme et d'écrivain s'affirme chaque jour avec plus d'autorité ; son influence s'exerce, déjà, sur les milieux les plus divers. Ce n'est plus un feu de paille, cette fois, une illusion vite dissipée, comme en 1846 ; de grands pans de son existence échappent à cet engluement, à cet enlisement dans l'Autre qui définit le souterrain. La création d'un Myshkine et d'un Stavroguine reflète ce changement. Dostoïevski s'intéresse aux êtres qui dominent, désormais, autant et plus peut-être qu'aux êtres dominés. On s'étonne, parfois, que le romancier ait pu unir en lui ces deux contraires que sont Myshkine et Stavroguine ; on se demande si sa personnalité n'était pas tout à fait monstrueuse. Il faut comprendre que la différence entre Myshkine et Stavroguine est à la fois immense et minuscule. Elle se ramène, en définitive, à une question de perspective.

Devant les résultats remarquables qu'obtient la naïveté de Myshkine auprès des femmes, son rival auprès d'Aglaé se demande si le prince, au lieu d'être le plus simple, n'est pas le plus rusé, le plus diabolique de tous les hommes. Un incident un peu analogue se produit dans *Les Possédés*. La boiteuse, femme à demi folle, mais inspirée, que Stavroguine a épousée par bravade, voit d'abord en lui le héros et le saint qui doit surgir un jour pour sauver la Russie. Il est donc possible de se demander si Myshkine n'est pas Stavroguine et, réciproquement, si Stavroguine n'est pas Myshkine. L'orgueil le plus extrême, même s'il ne rencontre pas d'obstacle et ne tombe pas dans le piège masochiste, est toujours le plus difficile à percevoir parce qu'il méprise réellement les satisfactions vulgaires que réclame la vanité. Il se confond mieux avec l'humilité authentique que toutes les attitudes intermédiaires. Rien n'est plus facile, par conséquent, que de se méprendre sur ces deux extrêmes, en soi-même aussi bien qu'en autrui.

Ceci ne veut pas dire que Dostoïevski se soit pris

successivement, ou alternativement, pour Myskhine et Stavroguine, mais ces deux personnages constituent l'épanouissement fictif des deux points de vue opposés entre lesquels hésite l'écrivain lorsqu'il réfléchit sur la valeur morale de ses propres conduites.

Projeter d'écrire *L'Idiot*, concevoir un héros que sa perfection, et non pas son imperfection, sépare d'autrui, c'est affirmer sa propre innocence, c'est rejeter sur autrui toute culpabilité. Inversement, projeter d'écrire *Les Possédés*, concevoir un héros dont le détachement est une forme de dégradation morale et spirituelle, c'est refuser ce genre de justification, c'est refuser de lire une supériorité quelconque dans la lucidité qui démonte et qui remonte les ressorts du souterrain. Le « détachement » ne prouve pas qu'on ait triomphé de son propre orgueil, il prouve seulement qu'on a échangé l'esclavage pour la maîtrise ; les rôles se sont renversés, mais la structure des rapports intersubjectifs est restée la même.

Cette double création révèle bien le genre d'homme qu'était Dostoïevski. Il ne peut pas se satisfaire, comme le fait un Monsieur Teste, de l'autonomie relative qu'il est parvenu à conquérir sur le pullulement souterrain. Il ne lui suffit pas de voir jouer à son profit, plutôt qu'à son détriment, l'éternel malentendu entre le Moi et l'Autre. C'est le malentendu lui-même qui lui paraît intolérable. Le nihilisme ne peut pas tuer en lui le besoin de communier.

Myshkine et Stavroguine sont, essentiellement, deux images opposées du romancier. *L'Idiot* et *Les Possédés* sont des romans circulaires ; ils se développent à partir d'un foyer central autour duquel gravite l'univers romanesque. Il faut voir là une image de la création esthétique. Mais le sens de cette création change d'un roman à l'autre. Si Dostoïevski n'avait pas dépassé, en écrivant *L'Idiot*, son idée première de l'homme parfait, nous dirions volontiers que *Les Possédés* sont à *L'Idiot* ce que *Les Mémoires écrits dans un souterrain* sont à *Humiliés et Offensés*. Il y a là une nouvelle rupture qui se produit à un niveau plus élevé que la première et dont les fruits esthétiques et spirituels seront, en conséquence, plus remarquables encore.

Cette analyse sommaire effleure à peine la signification « existentielle » des œuvres considérées ; il faudrait tenir compte, en particulier, de tous les personnages secondaires. Nous cherchons seulement à montrer que la création dostoïevskienne est toujours liée à une interrogation fiévreuse qui porte sur le créateur lui-même et sur ses rapports avec autrui. Les personnages sont toujours les X et les Y d'équations qui visent à définir ces rapports.

*
* *

Il y a également des *modèles* de Stavroguine. On peut reconnaître les éléments qui leur sont empruntés, sans infirmer le caractère profondément subjectif de la création romanesque. La connaissance de soi-même est perpétuellement médiatisée par la connaissance d'autrui. La distinction entre les personnages « autobiographiques » et les personnages qui ne le sont pas est donc superficielle ; elle ne mord que sur les œuvres superficielles ; celles qui ne parviennent ni à révéler les médiations préexistantes entre l'Autre et le Moi, ni à se faire l'instrument de nouvelles médiations. Si l'œuvre est profonde, on ne peut pas plus parler « d'autobiographie » que « d'invention » ou « d'imagination » au sens habituel de ces termes.

Un modèle important de Stavroguine est Nikolaï Spechnev, l'un des membres du cercle Pétrachevski, ce groupe révolutionnaire dont la fréquentation valut au romancier ses quatre années de bagne. Fils d'un riche propriétaire foncier, Spechnev avait longtemps voyagé en Europe. Les témoignages de l'époque s'accordent pour lui reconnaître des allures « byroniennes », à la fois « splendides et sinistres » qui rappellent le personnage des *Possédés*. Pétrachevski appelait Spechnev « l'homme aux masques » et Bakounine admirait son style de grand seigneur. A l'époque du cercle Pétrachveski, Fiodor

Mihaïlovitch aurait reconnu, s'il faut en croire le récit à vrai dire fort tardif de Yanovsky, son médecin et ami, qu'un lien mystérieux l'unissait à Spechnev : « Je suis avec lui et je suis à lui, aurait affirmé l'écrivain, j'ai mon Méphistophélès. »

Spechnev a sans doute joué, auprès de Dostoïevski, un rôle un peu semblable à celui de Chidlovski, quelques années plus tôt. C'est ce rapport de maître à disciple qu'on retrouve, dans le roman, entre Stavroguine et tous les possédés. Le mimétisme souterrain, l'imitation du rival, fréquemment notée dans les œuvres précédentes, acquiert dans ce roman une dimension intellectuelle, spirituelle et même « religieuse ». Dostoïevski dévoile l'élément irrationnel qui intervient dans la diffusion de tout message, même si ce message se veut tout entier rationnel. Un point de vue neuf ne trouve audience auprès des foules que s'il éveille l'enthousiasme de véritables fidèles.

Tous les possédés sont suspendus à la bouche de ce messie négatif qu'est Stavroguine. Tous parlent de lui en termes religieux. Stavroguine est leur « lumière », leur « étoile » ; on s'incline devant lui comme « devant le Très-Haut » ; les requêtes qu'on lui adresse sont de très humbles prières. « Vous savez, dit Chatov à son idole, que je baiserai la trace de vos pas quand vous serez sorti. Je ne puis vous arracher de mon cœur, Nikolaï Stavroguine. » Verkhovensky lui-même, dont toute la philosophie consiste à n'être dupe de rien, fait acte de soumission religieuse à l'énigmatique personnage :

« C'est vous qui êtes mon idole. Vous n'offensez personne, et cependant tout le monde vous hait ; vous traitez les gens comme vos égaux, et pourtant on a peur de vous... Vous êtes le chef, vous êtes le soleil, et moi je ne suis qu'un ver de terre. »

Stavroguine est aux *Possédés* ce que l'officier insolent est au héros souterrain, l'obstacle indépassable dont on finit toujours par faire un absolu lorsqu'on se veut soi-même absolu. Le thème de l'obstacle, comme tous les thèmes souterrains, acquiert, dans *Les Possédés*, une dimension quasi mythique. Stavroguine accepte de se battre en duel, ou plutôt de servir de cible à un homme dont il a gravement insulté le père. Il montre une telle indifférence sous les balles que son adversaire, hors de lui, n'est même plus capable de viser. C'est toujours là cette maîtrise de soi qui permet de dominer le souterrain.

Le désir de fusion avec le rival abhorré révèle ici sa signification fondamentale. L'orgueilleux ne renonce pas à être dieu ; c'est bien pourquoi il s'incline dans un esprit de haine devant Stavroguine ; il revient constamment se meurtrir sur l'obstacle, car il ne croit qu'en lui, il veut devenir lui. L'extraordinaire bassesse du héros souterrain, sa paralysie en présence du rival, sa consternation à l'idée du conflit qu'il a lui-même provoqué, tout cela, à la lumière des *Possédés,* devient non pas rationnel, sans doute, mais parfaitement intelligible et cohérent. Le « rêve de la vie à trois » est particulièrement significatif. Le fidèle renonce à conquérir la femme que convoite l'idole ; il se fait donc son serviteur — on est tenté d'écrire son rabatteur — dans l'espoir qu'on lui permettra de ramasser les miettes du banquet céleste.

Le propre de l'idole étant de contrecarrer et de persécuter ses adorateurs, aucun contact avec elle n'est pensable en dehors de la souffrance. Masochisme et sadisme constituent les sacrements de la mystique souterraine. La souffrance subie révèle au masochiste la proximité du bourreau divin ; la souffrance infligée donne au sadique l'illusion d'incarner ce même bourreau dans l'exercice de sa puissance sacrée.

Le culte que rendent les Possédés à Stavroguine est un de ces thèmes qui font parfois juger Dostoïevski trop *russe* pour les esprits occidentaux. Dostoïevski n'ajoute rien, pourtant, aux descriptions purement psychologiques du souterrain. *Les Possédés* font passer de l'implicite à l'explicite une signification présente dans toutes les œuvres précédentes. N'est-il pas juste, par exemple, de regarder le voyage de Troussotzki à Saint-Pétersbourg comme une espèce de pèlerinage infâme ? Il s'agit-là, dira-t-on, d'une simple métaphore. Peut-être, mais de métaphore en métaphore, c'est une vision singulièrement cohérente qui finit par s'imposer. Les efforts « contre nature » que fait l'éternel mari pour amener la femme de son choix aux pieds de l'idole ressemblent, à s'y méprendre, aux sacrifices des religions primitives, aux rites barbares que réclament de leurs fidèles les cultes du sang, du sexe et de la nuit. Les Possédés, eux aussi, conduisent leurs femmes dans le lit de Stavroguine.

Le caractère religieux de la passion souterraine se retrouve dans *Le Joueur*, mais c'est une femme qui décrit l'*outchitel* et le langage dont il use ne nous étonne pas, car c'est celui de la tradition poétique occidentale tout entière. Il ne faut pas oublier toutefois que les troubadours ont emprunté ce langage à la mystique chrétienne, et les grands poètes du monde occidental, du Moyen Age à Baudelaire et à Claudel, n'ont jamais confondu cette imagerie mystique avec une simple rhétorique ; ils ont toujours su préserver ou retrouver, dans leurs œuvres, un peu de la force originelle du sacré, soit pour en savourer, soit pour en dénoncer la portée blasphématoire. Derrière la rhétorique passionnelle qu'il utilise depuis ses premières œuvres, Dostoïevski découvre, maintenant, toute une profondeur idolâtre ; d'un même mouvement, il pénètre la vérité métaphysique de son propre destin et il remonte vers les sources profondes du mystère poétique occidental.

La vie souterraine est une imitation haineuse de Stavroguine. Celui-ci, dont le nom signifie « porteur de croix », usurpe auprès des Possédés la place du Christ. Il forme, avec Piotr Verkhovenski, l'Esprit de subversion, et avec le vieux Verkhovenski, père de ce dernier et père spirituel de Stavroguine — car il fut son précepteur —, une espèce de contre-trinité démoniaque. L'univers de la haine parodie, dans ses moindres détails, l'univers de l'amour divin. Stavroguine et les Possédés qu'il entraîne à sa suite sont tous en quête d'une rédemption à rebours dont le nom théologique est damnation. Dostoïevski retrouve, mais inversés, les grands symboles de l'Écriture, tels que les développe l'exégèse patristique et médiévale. Les structures spirituelles sont *doubles*, elles aussi. Toutes les images, métaphores et symboles qui les décrivent ont un sens double et il faut les interpréter de façon opposée suivant que les structures sont orientées vers le haut, vers l'unité, vers Dieu, comme dans la vie chrétienne, ou vers le bas, comme dans *Les Possédés*, c'est-à-dire vers la dualité qui conduit à la fragmentation et finalement à la destruction totale de l'être.

Stavroguine est aux Possédés ce que la femme est à l'amant, ce que le rival est au jaloux, ce que la roulette est au joueur, et ce qu'est à Raskolnikov ce Napoléon en qui Hegel voyait déjà « l'incarnation vivante de la divinité ». Stavroguine est la synthèse de toutes les relations souterraines antérieures. Le romancier n'ajoute rien et ne retranche rien ; la rigueur dont il fait preuve est celle du phénoménologue qui dégage l'essence, ou la raison, de toute une série de phénomènes. On ne peut pas dire qu'il interprète ; c'est le rapprochement de ces phénomènes qui révèle leur identité profonde, qui fige soudain mille présomptions éparses en une seule et fulgurante évidence.

L'homme qui se révolte contre Dieu pour s'adorer lui-même finit toujours par adorer l'Autre, Stavroguine. L'intuition, élémentaire mais profonde, accomplit le dépassement métaphysique de la psychologie souterraine amorcé dans *Crime et Châtiment*. Raskolnikov est essentiellement l'homme qui ne réussit pas à prendre la place du dieu qu'il a tué, mais le sens de son échec reste caché ; c'est ce sens que révèlent *Les Possédés*. Stavroguine n'est pas dieu *en soi*, évidemment, ni même *pour soi* ; les hommages unanimes des Possédés sont des hommages d'esclaves et ils sont dépourvus, en tant que tels, de toute valeur. Stavroguine est dieu *pour les Autres*.

Dostoïevski n'est pas philosophe, mais romancier ; il ne crée pas le personnage de Stavroguine parce qu'il s'est formulé, intellectuellement, l'unité de tous les phénomènes souterrains ; il parvient, au contraire, à cette unité parce qu'il a créé le personnage de Stavroguine. La psychologie souterraine tend d'elle-même vers des structures toujours plus stables et plus rigides. La maîtrise attire la maîtrise et l'esclavage attire l'esclavage. Ne désirant pas, le maître ne rencontre autour de lui que des esclaves et, en ne rencontrant que des esclaves, il ne peut pas désirer. C'est l'implacable logique de la psychologie souterraine qui conduit à la métaphysique.

L'intuition dostoïevskienne n'en a pas moins une portée philosophique essentielle. Elle appelle un dialogue avec tout l'individualisme occidental, de Descartes à Nietzsche. Elle appelle ce dialogue d'autant plus impérieusement qu'on retrouve, chez les deux grands prophètes de l'individualisme, une expérience du Double assez semblable à celle de Dostoïevski.

Il faut s'appuyer sur la biographie de Baillet, comme le fait Georges Poulet dans son essai des *Études sur le temps humain*[1], pour mettre en relief tous les dédoublements que comporte l'expérience cartésienne. Le critique nous montre que, « dans l'ivresse de Descartes, il y a... une partie ombre comme il y a une partie lumière... Ces deux parties sont... tragiquement dissociées ». L'esprit du philosophe est affecté d'un « mouvement pendulaire » ; il est soumis à « l'alternance de la cyclothymie ». Poulet parle même de ce « frère ennemi » que le philosophe abrite dans son sein. Il décrit « le grand malheur d'un temps déchiré entre un esprit qui se situe dans l'intemporel et le reste qui ne vit que d'une obscure et confuse durée ». A côté du Descartes « dominateur » voici un Descartes « jeté hors de son chemin par une force qui le domine et le dépasse ». C'est dire que « nous entrons dans cette contrée sombre de l'angoisse... qui subsiste souterrainement en nous et dont l'action sur nous ne cesse jamais ». Il faut comprendre que cette expérience du dédoublement souterrain est étroitement liée à ce qu'il y a de plus fondamental dans la démarche du philosophe. « Une dans son but, sa recherche a été double dans sa méthode. »

Baillet nous décrit l'allure bizarre de Descartes, tel qu'il s'apparaît à lui-même dans le *Songe* :

« Croyant marcher par les rues, il était obligé de se

1. « Le songe de Descartes », in *Études sur le temps humain*, Plon, 1950, pp. 16-47.

renverser sur le côté gauche pour pouvoir avancer au lieu où il voulait aller, parce qu'il se sentait une grande faiblesse au côté droit dont il ne pouvait se soutenir. »

Georges Poulet voit dans cette démarche l'« image symbolique de cette vie scindée en deux ». Comment ne pas songer ici à Ivan Karamazov, le plus « dédoublé » peut-être de tous les personnages dostoïevskiens, qui marche, lui aussi, de façon inégale ? Aliocha regarde son frère s'éloigner et il observe que son épaule droite est plus basse que son épaule gauche.

Il y a, enfin, dans Baillet, un passage qui semble décrire l'hallucination même du *Double* :

« S'étant aperçu qu'il avait passé un homme de sa connaissance sans le saluer, il voulut retourner sur ses pas pour lui faire civilité, et il fut repoussé avec violence par le vent qui soufflait contre l'église. »

Cette rencontre muette ressemble également à la fameuse vision de Rapallo (janvier 1883) qui « donna » à Nietzsche le personnage de Zarathoustra. Sur la route de Portofino, l'écrivain voit apparaître son héros qui le dépasse sans lui adresser la parole. Nietzsche a évoqué cet étrange événement dans un poème qui ne laisse subsister aucun doute sur la nature de l'expérience :

« Da, plötzlich Freundin ! wurde Eins zu Zwei — Und Zarathustra ging an mir vorbei[1]... »

Au cours de son histoire, l'individualisme occidental assume peu à peu les prérogatives qui étaient celles de Dieu dans la philosophie médiévale. Il ne s'agit pas là d'une simple mode philosophique, d'un engouement passager pour le subjectif ; il n'y a plus, depuis Descartes, d'autre point de départ que le *cogito ergo sum.* Kant réussit, pendant quelque temps, à maintenir fermées les vannes du subjectivisme, par un compromis somme toute arbitraire, mais la vérité doit finir et finit par éclater. L'idéalisme absolu et la pensée prométhéenne pousseront le cartésianisme jusqu'à ses conséquences extrêmes.

1. Alors, subitement amie ! un devint deux — et Zarathoustra a passé à côté de moi.

Quelle est cette toute-puissance dont héritent, à l'avènement du monde moderne, non pas les hommes en général ni la somme de tous les individus, mais chacun de nous en particulier ? Quel est ce Dieu qui est en train de mourir ? C'est le Jéhovah de la Bible, le Dieu jaloux des Hébreux, celui qui ne tolère pas de rivaux. La question est loin d'être historique et académique. Il s'agit, en effet, de déterminer le sens de l'entreprise qui échoit, tout entière, à chacun d'entre nous, individus modernes. Tout pluralisme ici est exclu. C'est le Dieu unique de la tradition judéo-chrétienne qui donne sa qualité particulière à l'individualisme occidental. Chaque subjectivité doit fonder l'être du réel dans sa totalité et affirmer *je suis celui qui suis*. La philosophie moderne reconnaît cette exigence lorsqu'elle fait de la subjectivité la source unique de l'être, mais cette reconnaissance reste abstraite. Nietzsche et Dostoïevski sont seuls à comprendre que la tâche est proprement surhumaine, bien qu'elle s'impose à tous les hommes. L'autodivinisation, la crucifixion qu'elle implique, constituent la réalité immédiate, le pain quotidien de tous les petits bureaucrates pétersbourgeois qui passent sans transition de l'univers médiéval au nihilisme contemporain.

Il s'agit de savoir, en effet, *qui* sera l'héritier, le fils unique du Dieu mort. Les philosophes idéalistes croient qu'il suffit de répondre MOI pour résoudre le problème. Mais le Moi n'est pas un *objet* contigu à d'autres Moi objet ; il est constitué par son rapport à l'Autre et on ne peut pas le considérer en dehors de ce rapport. C'est ce rapport que vient forcément empoisonner l'effort pour se substituer au Dieu de la Bible. La divinité ne peut échoir ni au Moi, ni à l'Autre ; elle est perpétuellement débattue entre le Moi et l'Autre ; c'est cette divinité problématique qui charge de métaphysique souterraine la sexualité, l'ambition, la littérature, en un mot toutes les relations intersubjectives.

Nous ne pouvons plus méconnaître les effets de l'empoisonnement métaphysique, car ils s'aggravent sans cesse. Ces effets se sont fait sentir, de façon cachée, mais reconnaissable, bien avant le XXe et le XIXe siècle. Peut-être convient-il de chercher les premières traces de notre malaise à l'origine même de l'ère individualiste, dans cette morale de la *générosité* que développent en même temps Descartes, le premier philosophe de l'individualisme, et Corneille, son premier dramaturge. Lucien Goldmann a très justement remarqué que Descartes ne peut pas justifier en droit sa règle de la générosité, car il ne peut pas la déduire du *cogito*[1].

Il est significatif que l'individualisme rationaliste et la morale irrationnelle de la générosité apparaissent conjointement. Si l'on considère cette « générosité » à la lumière des *Possédés*, on y verra peut-être le début d'une dynamique « souterraine » dont les moments, qui correspondent aux métamorphoses de la morale et de la sensibilité, se succèdent jusqu'à l'époque contemporaine.

Le Moi dont la vocation est de se diviniser refuse de reconnaître le problème redoutable que lui pose la présence d'autrui ; il n'en doit pas moins chercher à résoudre ce problème au niveau pratique, en deçà de la réflexion philosophique. Dans les premiers stades de la dynamique, le Moi se sent assez fort pour triompher de ses rivaux. Mais encore faut-il qu'il se prouve à lui-même sa supériorité. Pour que la preuve qu'il recherche soit satisfaisante à ses propres yeux, il faut que la rivalité soit loyale. La solution qui s'impose est évidemment la générosité. Il faut respecter les règles du « fair-play » et obtenir de l'Autre qu'il les respecte également afin que vainqueur et vaincu soient nettement départagés. « L'intérêt général » est toujours allégué, car il faut dissimuler le but égotiste de cette manœuvre. La morale de la générosité est d'ailleurs beaucoup moins « souterraine » que celles qui lui succéderont, mais elle l'est déjà en ce sens que le Moi s'impose à lui-même le régime de la *preuve*. Il croit réellement à sa propre divinité, c'est-à-dire à sa supériorité sur autrui, mais il n'y croit pas suffisamment pour se passer d'une démonstration concrète ; il a besoin de se rassurer.

1. *Médiations* 3, 1961, p. 167, Paris.

Le passage de la « générosité » cartésienne à la « sensibilité » pré-romantique est lié à une sérieuse aggravation du conflit des consciences. Le Moi est incapable de réduire l'Autre, tous les Autres, en esclavage. La « divinité » qui, pendant le premier siècle de l'individualisme, est restée plus ou moins solidement ancrée au Moi, tend désormais à se déplacer vers l'Autre. Pour éviter cette catastrophe, d'ailleurs imminente, le Moi s'efforce de composer avec ses rivaux. Il ne renonce pas à l'individualisme, mais il s'efforce de neutraliser ses conséquences. Il cherche à signer un pacte de non-agression métaphysique avec l'Autre. A la fin du XVIIIe siècle, les hommes se jettent tous dans les bras les uns des autres, comme pour retarder le grand déchaînement de la Révolution et le triomphe de la libre concurrence ; mais cet attendrissement est d'origine purement tactique, il n'a rien à voir avec l'amour véritable.

La « générosité » cornélienne a pris une nuance d'hystérie. Il ne faut pas s'étonner si le sadisme et le masochisme triomphent, alors, dans la littérature. Les contemporains ont rarement conscience de ce qui se passe parce qu'ils participent eux-mêmes à la dialectique. Un Diderot s'extasie, par exemple, sur la « noblesse » et la « délicatesse » des personnages de Richardson. L'écart entre l'interprétation et la signification objective de l'œuvre rappelle celui que nous avons observé dans *Humiliés et Offensés*.

C'est à la fin du XVIIIe siècle que le christianisme, simplement nié par les philosophes, reparaît, inverti, dans le souterrain. C'est alors que sévit, pour la première fois, le « manichéisme » romanesque dont seuls les plus grands romanciers seront exempts. La littérature devient « subjective » et « objective » ; les dédoublements souterrains se multiplient ; un peu plus tard, le Double lui-même dont la présence correspond à un paroxysme d'écartèlement entre le Moi et l'Autre, fait son apparition chez les écrivains les plus angoissés. La littérature est mobilisée dans le conflit du Moi et de l'Autre ; elle se met à jouer le rôle justificateur que nous lui connaissons encore de nos jours. Rousseau affirme qu'il se présentera armé des *Confessions* au tribunal suprême...

Peu avant sa rupture définitive avec Dostoïevski, le critique Biélinski écrivait à un de ses amis : « Je viens de lire *Les Confessions* de Rousseau et, à travers elles, je me suis pris de la plus grande répugnance pour ce monsieur, tellement il ressemble à Dostoïevski, dont la conviction est que tout le genre humain l'envie et le persécute. »

L'auteur en tire des conséquences injustes, mais il y a une vérité profonde dans ce rapprochement. La lucidité du Dostoïevski génial n'est pas donnée, mais conquise, et nous comprendrons que cette conquête n'avait rien de nécessaire, qu'elle est presque miraculeuse, en fait, si nous reconnaissons que l'œuvre de Rousseau reflète, sans jamais les révéler, des hantises très semblables à celles de l'écrivain russe. Le chef-d'œuvre du « rêve de la vie à trois » est *La Nouvelle Héloïse* ; ce roman met en jeu les mêmes éléments qu'*Humiliés et Offensés* et on peut le lire, lui aussi, à la lumière de *L'Éternel Mari*. Chez Rousseau comme chez Dostoïevski, l'obsession de l'infériorité sexuelle pousse le Moi dans la rivalité, mais lui interdit en même temps de s'y engager à fond ; la fraternisation exaltée avec l'Autre dissimule tant bien que mal ce conflit, mais elle ne le supprime pas. La nouvelle Héloïse de Kouznetsk est moins élégante, moins harmonieuse, plus grinçante que celle de Clarens, mais elle n'est pas moins « sentie ».

Bien qu'elle remonte à Rousseau, la rhétorique d'*Humiliés et Offensés* ne se superpose pas à une expérience qui se laisserait d'abord appréhender dans sa vérité toute nue. Rhétorique et expérience ne font qu'un. C'est là précisément ce que nous révèle la correspondance sibérienne. Le romantisme du premier Dostoïevski ne doit pas être conçu comme une simple erreur littéraire aisément corrigée le jour où l'écrivain découvre enfin « sa voie ». Il n'y a, d'ailleurs, pas de voie ; personne, encore, n'en a frayé une. Rousseau n'a jamais écrit l'équivalent de *L'Éternel Mari* ; le romantisme français possède ses *Confessions d'un enfant du siècle*, mais il attend encore ses *Mémoires écrits dans un souterrain*. L'œuvre géniale de Dostoïevski est la parcelle de vérité qui surgit soudain sur le fond immense du mensonge. Le premier Dostoïevski se ment à lui-même assurément, mais le mensonge qu'il répète est celui que lui murmurent tous les ouvrages à la mode, les conversations mondaines et presque la nature elle-même. Ce Dostoïevski-là essaie de vivre ses rapports avec lui-même et avec autrui au même niveau de conscience que les gens cultivés de son entourage. C'est, d'ailleurs, parce qu'il n'y réussit pas qu'il est un mauvais romantique et qu'il porte en lui la chance d'un destin vraiment exceptionnel. Dostoïevski n'est pas mauvais romantique parce que l'essence du romantisme lui fait défaut, mais, au contraire, parce qu'il la possède en surabondance, parce qu'il est toujours prêt à verser dans la folie ou le génie. Il se conçoit lui-même comme le *double* grimaçant des écrivains convenables et distingués à la Tourguéniev, c'est-à-dire de tous les bons élèves du romantisme occidental. Les contradictions qui définissent le romantisme sont trop violentes, en lui, pour qu'il les tienne en respect. Le héros souterrain nous décrit, dans *Les Mémoires*, le mécanisme de cet échec et il assimile son cas à celui de tout le romantisme russe. Le Russe, écrit-il, est incapable de maintenir jusqu'au bout la pose du « beau et du sublime » ; il montre toujours un peu cette moitié sordide de lui-même, qu'il conviendrait de cacher. Il finit toujours, en vrai moujik, par commettre quelque faute de goût, quelque énorme bouffonnerie qui détruit la dignité et la solennité de son propre théâtre.

L'imitation russe des modèles européens est toujours un peu forcée, toujours prête à verser dans la parodie. Les Russes n'ont donc le choix qu'entre les artifices littéraires les plus grossiers et le réalisme génial. Les grands romantiques russes ont toujours fait preuve — c'est un fait —, à l'égard de leurs propres tendances littéraires et spirituelles, d'une clairvoyance très rare chez leurs analogues occidentaux. Pouchkine écrit *Eugène Oniéguine*, Gogol *Les Ames mortes*, Lermontov *Un héros de notre temps* ; Dostoïevski enfin, le plus déséquilibré de tous, est sans doute aussi le plus génial. La rivalité mimétique prend chez lui une forme si aiguë qu'aucun des masques qu'elle emprunte ne réussit à l'obscurcir durablement ; jamais, par conséquent, l'écrivain ne dispose du minimum d'équilibre et de stabilité nécessaire à la création d'une œuvre de « talent ».

La Russie de 1840 a un certain « retard » sur l'Europe ; elle confond, de façon très significative, le romanesque baroque, la sensibilité rousseauesque, le *Sturm und Drang*, le romantisme de 1830. Le jeune Dostoïevski dévore, pêle-mêle, *Les Brigands* de Schiller, *Notre-Dame de Paris*, *Chatterton*, Lamartine, Byron et... Corneille. Ce dernier choix ne nous étonne que parce que nous sommes habitués à distinguer soigneusement les diverses périodes de notre histoire littéraire. De l'enfant qui aurait déclaré, à l'âge de six ans : « Je veux être dieu », on passe sans difficulté à l'adolescent qui déclame : « Je suis maître de moi comme de l'univers. » Ce même adolescent écrivait alors à son frère Michel : « Et Corneille ? As-tu lu *Le Cid* ? Lis-le, misérable, lis-le et tombe à genoux devant Corneille. Tu l'as offensé. »

Il est remarquable que Dostoïevski ait parcouru, de son adolescence à sa vieillesse, tous les moments d'une mythologie du Moi qui s'étale sur près de trois siècles en Europe occidentale. Cette prodigieuse consommation de mythes individualistes confirme d'ailleurs l'unité de la sensibilité moderne. Si, à partir des *Mémoires écrits dans un souterrain*, Dostoïevski surmonte, en les décrivant, les modalités proprement romantiques de l'individualisme, des modalités nouvelles, et en particulier la surhumanité prométhéenne, se mettent à l'obséder. En 1863, l'écrivain russe avait encore trente, cinquante, ou même deux cents ans de retard sur ses homologues allemands ou français ; en quelques années, il aura rattrapé et dépassé tout le monde, puisqu'il aura rejeté le mythe du surhomme avant même que celui-ci ne se soit emparé des imaginations occidentales.

* * *

On lit parfois que le préjugé religieux a faussé le sens des *Possédés* et que le romancier n'échapperait pas au nihilisme s'il restait fidèle à ses meilleures intuitions. Il y a là une double erreur. La première consiste à séparer le symbolisme chrétien de la structure romanesque. Nous avons vu que les vérités péniblement extraites du souterrain psychologique appellent ce symbolisme ; elles s'organisent à son contact et elles découvrent en lui une forme qui leur convient, leur forme esthétique naturelle, pourrait-on dire. Cet accord entre le symbolisme et la psychologie est d'autant plus remarquable que celle-ci, dans l'ordre de la création dostoïevskienne, est antérieure à celui-là. Le romancier ne cherche pas à « illustrer » les principes de la foi chrétienne ; il obéit au dynamisme interne de sa propre création.

La seconde erreur consiste à croire que le recours au symbolisme chrétien est incompatible avec le nihilisme. L'accord entre le symbolisme et la psychologie démontre que la conscience moderne reste prise dans une « forme » chrétienne, même lorsqu'elle se flatte d'avoir dépassé le christianisme, mais il ne démontre rien d'autre. Le Dostoïevski des *Possédés* a plus ou moins exorcisé le rationalisme, le scientisme et l'utilitarisme qui triomphent alors dans l'Europe entière, mais il n'est pas certain d'avoir exorcisé le nihilisme. Certains critiques de Dostoïevski ont tendance à précipiter le rythme de son évolution spirituelle, soit parce qu'ils désirent « christianiser » superficiellement son œuvre, soit, au contraire, parce qu'ils désirent la déchristianiser tout à leur aise. Cette œuvre est un moyen de connaissance, un instrument d'exploration ; elle est donc toujours au-delà du créateur lui-même ; elle est en avance sur son intelligence et sur sa foi. Dire ceci, c'est redire, d'ailleurs, que Dostoïevski est essentiellement romancier.

De la folie des Possédés et de leur échec, le choix chrétien se laisse déduire. Mais que pèse, encore, cette déduction en face de l'immense liturgie du mal qui se déploie d'un bout à l'autre du chef-d'œuvre ? Les platitudes de l'utilitarisme et du pragmatisme moderne sont définitivement balayées, mais l'histoire semble livrée aux puissances infernales.

C'est le triomphe de Satan que proclament les Possédés. La croyance en l'efficacité du démon devrait avoir pour contrepartie une croyance plus ferme encore en l'efficacité de la grâce. Dostoïevski s'inquiète de ne pas rencontrer en lui cette fermeté. L'écrivain se voit fasciné par le mal et il se demande si rien de bon peut lui venir de cette source. Découvrir un peu partout la présence de Satan, n'est-ce pas faire son jeu, collaborer à son œuvre de division, plus efficacement, peut-être, que si l'on s'enrôlait sous sa bannière ? *Est-il possible de croire au diable sans croire en Dieu ?* Cette question que pose Stavroguine à Tikhone nous conduit jusqu'au cœur même de l'œuvre, c'est la question que se pose Dostoïevski lui-même.

Lebedeff, dans *L'Idiot,* est un être veule et lâche, mais c'est aussi un interprète de l'*Apocalypse,* enivré de pessimisme prophétique. Il applique de façon saisissante le texte sacré aux événements contemporains. Il a des élèves, entre autres un paisible général en retraite qui vient de mourir. A l'idée que ses leçons sont pour quelque chose dans cette mort, le professeur éprouve une grande satisfaction.

Lebedeff n'est qu'un bouffon, mais ses bouffonneries se rattachent à l'examen de conscience que le romancier poursuit, par personnages interposés, dans toutes ses grandes œuvres. *L'Idiot* révèle un ordre de préoccupation qui s'épanouit dans *Les Possédés,* c'est-à-dire dans l'œuvre de Dostoïevski la plus marquée par l'esprit d'apocalypse et le pessimisme prophétique. Le créateur se demande s'il ne mêle pas quelque chose d'impur à sa propre indignation et si l'ardent, l'éternel besoin que nous éprouvons tous de nous justifier ne se manifeste pas ici sous une nouvelle forme. Il faut voir dans cette inquiétude une preuve de plus du caractère profondément logique de la création dostoïevskienne.

Pour retrouver le dialogue du romancier avec lui-même, il faut renoncer à infléchir l'œuvre, soit dans le sens du scepticisme, soit dans le sens d'une foi monolithique et *a priori* qui serait, peut-être, le contraire de la foi. Il faut suivre, dans sa marche vers le Christ, les progrès de cette conscience religieuse terriblement exigeante, car elle ne peut pas se satisfaire de demi-mesures ni de faux-semblants.

C'est Chatov, dans *Les Possédés*, qui ressemble le plus à son créateur, par son attitude politique et religieuse, par son caractère, et même par son aspect physique. Chatov est un homme gauche et lourd, mais honnête. Nous reconnaissons dans les théories slavophiles et orthodoxes de ce révolutionnaire repenti l'idéologie que défendait le romancier dans son *Journal d'un écrivain*. La femme de Chatov a vécu avec Stavroguine, mais elle est revenue à son mari et elle a donné naissance à un enfant. Chatov est à la veille d'être assassiné par ses anciens amis politiques ; son bonheur nous apporte un écho du bonheur et de la paix que connut enfin Dostoïevski dans sa vie de famille, après son second mariage.

A Stravroguine qui lui demande s'il croit en Dieu, Chatov ne répond pas directement. Il croit « en la Russie orthodoxe », au « Christ russe », il croit que « c'est en Russie qu'aura lieu Son second Avènement... ». Jamais il n'affirme qu'il croit en Dieu ; tout au plus ose-t-il dire qu'il croira. Avant de soutenir, comme on le fait parfois, que les « aveux » de Chatov contredisent le « message » du roman, il convient de préciser la nature de ce message.

L'idée de Chatov, comme toutes les idées des *Possédés*, a été semée par Stavroguine. C'est dire qu'elle reste tributaire de ce nihilisme qu'elle prétend combattre. Elle n'est pas la tradition mais l'idéologie de la tradition. Le nihilisme est la source de toutes les idéologies, car il est la source de toutes les divisions et de toutes les oppositions souterraines. C'est bien pourquoi les idées que Stavroguine répand autour de lui se contredisent toutes. Chatov est contre l'occidentalisme, contre la Révolution, contre ses anciens amis. Le credo slavophile se veut tout entier positif, mais, en dépit des apparences, le *contre* précède en lui le *pour* et le détermine.

Les « aveux » de Chatov ne nous révèlent pas une « incroyance » qui serait immuable et sous-jacente à la croyance, à la façon dont l'inconscient est sous-jacent à la conscience, ils incarnent un moment de la dialectique spirituelle dostoïevskienne. Par ses origines et sa fonction, l'« idée » slavophile est aussi éloignée du Christ que pouvait l'être, en France, l'idéologie de la Restauration. Il faudra s'en apercevoir pour avancer dans la voie du christianisme véritable.

Si le rationaliste, « l'homme du palais de cristal », pouvait comprendre que la forme judéo-chrétienne s'enracine en lui beaucoup plus profondément que ses propres négations, il s'inclinerait, sans doute, devant le mystère. Le nihiliste est d'une autre trempe. La vision des *Possédés* n'est plus compatible, assurément, avec certaines réfutations grossières du christianisme, mais elle constate l'échec tragique de cette religion ; elle peut donc conduire à un réquisitoire plus sévère que toutes les critiques du passé.

L'ingénieur Kirilov dresse ce réquisitoire. Tout le mal, à l'entendre, vient du désir d'immortalité que le Christ a follement allumé en nous. C'est ce désir, à jamais insatisfait, qui déséquilibre l'existence humaine et engendre le souterrain. C'est ce désir que Kirilov veut anéantir d'un seul coup par son suicide philosophique. Il se tuera non par désespoir de ne pas être immortel, comme tant d'autres, mais pour posséder l'infini de sa liberté dans l'acceptation totale de la finitude. Comme Raskolnikov, Kirilov est un héros nietzschéen qui espère dépasser le souterrain grâce à un orgueil tel qu'on ne puisse jamais en concevoir de plus grand ni de plus pur. C'est le même conflit que dans *Crime et Châtiment* mais nihilisme et christianisme ont tous deux grandi. On dirait qu'ils se prêtent, l'un à l'autre, de la force. Kirilov ne cherche plus l'absolu en tuant son semblable comme faisait Raskolnikov mais en se tuant lui-même.

Pour comprendre « l'idée » de Kirilov, il faut y reconnaître une forme supérieure de cette rédemption à rebours que poursuivent plus ou moins consciemment tous les disciples de Stavroguine. La mort de ce possédé doit mettre fin à l'ère chrétienne, elle se voudrait à la fois très semblable et radicalement différente de la passion. Kirilov est si convaincu de l'efficacité métaphysique de son geste que toute publicité lui est indifférente : *Quid-*

quid latet apparebit... Il n'imite pas le Christ, il le parodie ; il ne cherche pas à collaborer à l'œuvre rédemptrice mais à la corriger. L'ambivalence souterraine est ici portée au degré suprême de l'intensité et de la signification spirituelle ; le rival à la fois vénéré et haï est le Rédempteur lui-même. A l'humble imitation de Jésus-Christ s'oppose l'imitation orgueilleuse et satanique des Possédés. C'est l'essence même du souterrain qui est enfin révélée.

IV. RÉSURRECTION

L'ÉPISODE de Chatov amorce un dépassement de l'idéologie slavophile et l'épisode de Kirilov un dépassement du nihilisme qui s'accompliront tous deux dans *Les Frères Karamazov*. La sérénité de ce dernier roman est loin d'être présente dans *Les Possédés*. L'esprit de Stavroguine s'exhale dans les caricatures vengeresses qui parsèment le récit ; celle du professeur Verkhovenski ou celle de l'écrivain Karmazinov, en qui il n'est pas difficile de reconnaître Tourguéniev, l'ennemi littéraire de toujours. Les rancœurs accumulées à l'époque des débuts littéraires remontent à la surface. Certains propos des Possédés viennent de Biélinski lui-même et nous les retrouvons dans sa correspondance. Le critique se déclarait prêt, par exemple, « pour rendre ne serait-ce qu'une fraction de l'humanité heureuse, à détruire le reste par le fer et par le feu ». Il professait un athéisme radical : « Je ne vois dans les mots Dieu, religion, qu'obscurantisme, ténèbres, chaînes et knout », écrivait-il à Herzen en 1845. Fiodor Mihaïlovitch, bien qu'horrifié par ses attaques contre le Christ, fut profondément marqué par son messianisme social.

Le roman emprunte son intrigue à des événements contemporains ; il doit le plus gros de sa substance aux souvenirs du cercle Pétrachevski, mais il est tout entier dirigé contre l'homme qui domina, pendant de longues années, l'existence de Dostoïevski. On ne peut guère douter que le jeune écrivain reporta sur Biélinski, le rédempteur, l'homme qui l'avait fait passer du néant à l'être, les sentiments filiaux jamais épanouis du vivant de son père. Après sa rupture avec le groupe de Tourguéniev, Dostoïevski continua, pendant quelque temps, à fréquenter Biélinski, mais le critique, on l'a vu, finit, lui aussi, par prendre son ancien protégé en grippe ; il condamna tous les écrits postérieurs à *Pauvres gens* et il en arriva même à répudier les éloges si imprudemment répandus sur ce premier ouvrage. Voici, par exemple, ce qu'il écrivait à l'un de ses amis sur le Dostoïevski de *La Logeuse* : « C'est la pire des inepties !... Chacune de ses œuvres nouvelles est une chute nouvelle... Nous nous sommes rudement mis dedans avec le génie de Dostoïevski... Moi, le premier des critiques, je n'ai été qu'un âne bâté. »

Par son mélange de vérité et de mensonge, de lucidité et d'orgueil naïf, la lettre est elle-même souterraine. Après avoir conféré au jeune écrivain la plénitude de l'existence, Biélinski répudiait ce fils indigne et le replongeait dans le néant. Dostoïevski éprouva, désormais, pour le critique, un mélange de vénération et de haine typiquement souterraines. S'il se mit à fréquenter de *vrais* révolutionnaires, ce n'est pas par conviction raisonnée, c'est pour rivaliser de ferveur militante avec le modèle inaccessible. Au cercle Pétrachevski où l'on conspirait ferme, bien qu'abstraitement, il se fit remarquer par l'extrémisme de ses opinions. Il passait alors pour un homme « capable de prendre la tête d'une émeute en brandissant un drapeau rouge ». Il se déclara, un jour, en faveur d'une révolte armée de la paysannerie russe. Mais l'œuvre littéraire ne nous apporte pour ainsi dire aucun écho de cette fureur politique. La censure ne suffit pas à expliquer ce silence. En 1848, Dostoïevski publia *Un cœur faible* et *Les Nuits blanches* ; l'angoisse qui se fait jour dans ces œuvres n'a rien à voir avec les mouvements révolutionnaires qui secouaient l'Europe et provoquaient l'enthousiasme de l'*intelligentsia* russe. C'est une existence *double* que mène alors Dostoïevski ; tout le côté idéologique de son être est une imitation de Biélinski ; sa vie publique relève d'un véritable envoûtement.

Le 15 avril 1849, Dostoïevski fait la lecture, au cercle Pétrachevski, d'une lettre séditieuse de Biélinski à Gogol. Le futur dénonciateur du cercle était présent et il accusera Dostoïevski, plus tard, d'avoir mis à cette lecture une passion et une conviction extraordinaires. Dostoïevski, lui, se défendra très sincèrement d'approuver le texte de la lettre, mais les arguments qu'il invoque ne sont pas convaincants :

« Celui qui m'a dénoncé peut-il dire auquel des deux correspondants j'étais le plus attaché ?... [Biélinski ou Gogol]. A présent, je vous prie de considérer les particularités suivantes : aurais-je lu l'article d'un homme avec qui je m'étais brouillé pour une question d'idées (ce n'est pas un mystère ; bien des gens le savent), en le présentant comme un bréviaire, comme une formule à suivre pour chacun ?... Je l'ai lu en m'efforçant de ne marquer aucune préférence pour l'un ou pour l'autre des correspondants... »

Le dénonciateur avait tous les atouts dans son jeu. Pourquoi aurait-il introduit dans son rapport un mensonge qui ne pouvait que l'affaiblir ? Il dit vrai et on peut s'étonner, avec Henri Troyat, de voir Dostoïevski prêter « sa voix et son talent à la prose d'un *ennemi* ». Il est vain, toutefois, de chercher l'explication de cette énigme au niveau de l'idéologie. Biélinski est le rival métaphysique, la monstrueuse idole que Dostoïevski s'efforce en vain d'incarner. La haine n'est donc pas incompatible avec l'imitation passionnée, elle en est même l'inévitable contrepartie. Les deux sentiments ne sont contradictoires qu'en apparence, ou plutôt c'est dans l'orgueil souterrain, comme toujours, qu'il faut chercher la clef de la contradiction. Ce n'est pas avec la biographie de Dostoïevski qu'on expliquera son œuvre, mais on finira peut-être, grâce à l'œuvre, par rendre la biographie vraiment intelligible.

Après sa sortie du bagne, Dostoïevski se détourne, avec hésitation d'abord, puis violence, de l'héritage spirituel légué par Biélinski. Il découvre, alors, que les idées révolutionnaires qu'il affichait et qui l'ont fait condamner n'ont jamais vraiment été les *siennes.* L'idéologie des *Possédés* est tout entière copiée et imitée : « La force la plus importante, le ciment qui lie tout ensemble, c'est la honte d'avoir une opinion à soi. » L'abandon de l'idéologie biélinskiste, comme l'abandon, à la même époque, de la rhétorique sentimentale et romantique, est fruit de cet examen de conscience implacable auquel nous devons toutes les grandes œuvres. Si Dostoïevski ne nous apporte pas toute la vérité, il nous apporte certainement *sa* vérité lorsqu'il rattache le comportement révolutionnaire aux prestiges exercés par un séducteur irrésistible plutôt qu'à une authentique passion de la liberté.

Les sentiments qu'inspira Biélinski à son jeune admirateur furent déchirants dès le principe. En se laissant « adopter » par le penseur cosmopolite, révolutionnaire et athée, Dostoïevski avait forcément l'impression de trahir la mémoire de son père. Celui-ci aurait été épouvanté par les idées de Biélinski. L'influence du critique renforçait le sentiment de culpabilité du fils à l'égard de son père.

Chaque fois qu'il l'incitait à s'insurger, même en pensée, contre la tradition nationale et religieuse, c'est-à-dire contre la tradition paternelle, le maître apparaissait à son disciple comme l'instigateur d'un nouveau *parricide.* L'association entre Biélinski et le parricide est encore renforcée par le caractère blasphématoire que prend, dans la Russie tsariste, tout attentat, ou même toute pensée d'attentat, contre la personne même du monarque, père de tous ses peuples.

Nous avons traité plus haut des dédoublements sexuels et sentimentaux ; tout cela est tributaire du dédoublement essentiel que recouvre le thème du *parricide.* Les allusions à ce thème se multiplient à partir de *La Logeuse.* Mourine, le vieillard énigmatique, le rival d'Ordynov, a assassiné les parents de la jeune femme qu'il tient en son pouvoir. Celle-ci est donc complice. *Netotchka Neznovena* semble particulièrement riche en éléments psycho-pathologiques non dominés. Le rêve qui termine une des parties du roman est un texte capital où s'entrecroisent tous les éléments du drame dostoïevskien.

C'est la mère de Netotchka qui joue, d'abord, le rôle du père de Dostoïevski. Netotchka n'aime pas cette femme rude et austère dont les malheurs ont encore accru la tristesse, mais elle adore son père, violoniste, incapable et bohème. La mère tombe malade et meurt, de misère, d'épuisement, de manque d'affection surtout. Le père et la fille s'enfuient ensemble, tels deux complices, mais le père meurt à son tour et Netotchka est recueillie par des gens très riches. Une nuit, en rève, elle croit entendre à nouveau la musique déchirante et merveilleuse que jouait son père le soir où sa mère mourut ; elle ouvre une porte ; elle se trouve dans une salle immense, lumineuse et tiède, au milieu d'une grande foule assemblée là pour écouter le musicien. Netotchka s'avance lentement vers celui-ci et il la regarde en souriant ; mais, au moment où il la prend dans ses bras, elle s'aperçoit, saisie d'horreur, que l'homme n'est pas son père, mais son *double* et son assassin.

L'entrée dans le groupe de Biélinski fut, pour Dostoïevski, ce que fut, pour son héroïne, l'entrée dans la salle de concert. Mais, comme celle de Netotchka, son extase fut de courte durée et elle se paya, elle aussi, d'un redoublement d'angoisse.

Moins d'un an après la brouille définitive avec Dostoïevski, Biélinski mourait. Nous ne savons pas exactement quand débutèrent les crises d'épilepsie, ou de pseudo-épilepsie, dont l'écrivain devait souffrir toute sa vie, mais les deux premières dont nous ayons le récit eurent lieu, la première, peu de temps après l'assassinat du père et au passage d'un enterrement dont on suppose qu'il rappela au fils l'événement tragique profondément enfoui dans sa mémoire, et la seconde, à l'annonce de la mort de Biélinski. Le cercle de l'échec qui se referme alors sur Dostoïevski est donc, dans son essence originelle, le cercle du parricide. L'écrivain n'a peut-être pas tout à fait tort lorsqu'il affirme que ses quatre ans de bagne le sauvèrent de la démence.

Il y a comme une fatalité du parricide. Le révolté s'inféode à Biélinski pour se débarrasser de son père, mais il retombe aussitôt dans la paternité et dans le parricide. Biélinski devient le double du père, Spechnev le *double* de Biélinski, etc. Tous les efforts pour se libérer ne font que répéter et resserrer le cycle originel. Méditer sur les relations du père et du fils, c'est donc méditer, une fois de plus, sur la structure souterraine, sur les relations avec le rival haï qui est également le modèle vénéré, mais c'est appréhender cette structure à un niveau vraiment originel. Il n'y a donc pas un « thème du père » qui s'ajouterait aux thèmes antérieurs, il y a reprise et approfondissement de tous ces thèmes. Nous parvenons enfin au point le plus douloureux, au lieu qui commande toutes les manifestations morbides, à l'objet que tous les mécanismes souterrains s'efforcent de dissimuler.

*
* *

C'est dans *L'Adolescent* que le problème du souterrain et le problème du père commencent à se rejoindre. Arcade, fils non reconnu du noble Versilov et d'une femme serve, Sophie, souffre de ne pas appartenir de plein droit à la famille de son père, mais il ne peut pas rejeter le verdict qui l'accable. De même que Dmitri, dans *Les Frères Karamazov*, devient le rival de son père auprès de Grouchenka, Arcade concurrence Versilov auprès de l'objet de ses désirs, la générale Akhmakova ; mais ce n'est pas cette dernière qui constitue le véritable enjeu de la rivalité, c'est la mère, Sophie, la *sagesse*, symboliquement déchirée et dédoublée par ce conflit souterrain. Les derniers rêves de la « vie à trois » qu'ait décrits l'écrivain sont aussi, et dans tous les sens du terme, les premiers.

La bâtardise est la consécration légale et sociale d'une séparation dans l'union et d'une union dans la séparation qui caractérise le rapport du père et du fils, même légitime ; la bâtardise peut donc symboliser et ce rapport et la vie souterraine tout entière qui est le fruit de ce rapport. On retrouvera chez Sartre ce symbole.

Suivant les circonstances ou l'humeur du moment, Versilov peut se conduire en héros ou en gredin. Arcade apprend, par exemple, qu'il s'est rendu chez une jeune fille inconnue et sans ressources qui se propose par l'intermédiaire des journaux pour donner des leçons particulières. Peu de temps après, la jeune fille se pend. Arcade, convaincu de la perversité de Versilov, fait allusion à l'affaire devant lui, mais celui-ci, loin de se troubler, déplore que l'orgueil de la jeune fille l'ait empêchée d'accepter son aide. Arcade qui méprisait Versilov de toute son âme se demande, alors, s'il ne faut l'admirer. Ses sentiments pour Versilov sont toujours extrêmes. Il fait preuve, assurément, d'ambivalence souterraine, mais cette ambivalence est en quelque sorte justifiée par la double nature du père. Le dédoublement objectif, comme toujours, confirme, encourage et aggrave le dédoublement subjectif. Le père, être double, transmet à son fils son dédoublement.

Versilov porte en lui Myshkine et Stavroguine. Ces deux personnages, vus dans la perspective de *L'Adolescent,* incarneraient donc une nouvelle tentation individualiste, un nouvel effort, de la part de l'écrivain, pour faire prévaloir une *moitié* de la conscience souterraine à l'exclusion de l'autre. *L'Idiot* et *Les Possédés* ne sont pas exempts de « manichéisme » puisque Myshkine et Stavroguine ont, dans ces deux romans, une existence séparée. Dans *L'Adolescent,* par contre, les deux personnages n'existent qu'en fonction l'un de l'autre, sauf du point de vue d'Arcade qui se demande toujours si son père est tout à fait bon ou tout à fait mauvais ; mais la vision d'Arcade, précisément, n'a aucune stabilité. Les questions que se pose Arcade sont celles que se posait Dostoïevski lui-même dans ses œuvres antérieures. Ces questions, Dostoïevski ne les pose plus, puisqu'il y répond. En Versilov, Myshkine et Stavroguine sont juxtaposés ; c'est dire que Versilov n'est ni l'un ni l'autre de ces deux personnages. Il est peut-être la victime du diable, mais il n'est pas plus diable qu'il n'est dieu. A mesure que

Dostoïevski remonte dans son propre passé, le caractère illusoire de la métaphysique souterraine est de mieux en mieux dégagé.

Dans *L'Adolescent* Dostoïevski aborde le problème du père, mais il n'aborde pas le problème de *son* père. Si concrète que soit cette œuvre par rapport aux précédentes, elle reste abstraite par rapport aux *Frères Karamazov*. Versilov est un aristocrate, un intellectuel, un occidentaliste ; il représente encore le côté Biélinski de l'expérience dostoïevskienne ; cette existence reste encore dédoublée au niveau primordial ; l'autre moitié, le côté du père, est bien présente dans *L'Adolescent*, mais sous la forme idéalisée du père *adoptif*, Macar Dolgourouki, l'*errant* mystique. Il y a là une inversion des pères et divers phénomènes de transposition « manichéenne » qui permettent d'éviter le fond du problème et qui suggèrent à quels terribles obstacles intérieurs l'écrivain doit encore faire face.

***

L'aspect paternel du problème souterrain qui est encore en retrait dans *L'Adolescent* passe au premier plan dans *Les Frères Karamazov*. C'est sur le souvenir de Mihaïl Andréievitch Dostoïevski, l'homme assassiné par ses serfs, que ce dernier roman, le chef-d'œuvre de son auteur, repose tout entier. Le père de l'écrivain était d'ailleurs très différent, par certains côtés, du vieux Karamazov ; jamais, par exemple, il n'a négligé l'éducation de ses enfants ; il ne faut donc pas voir, dans ce vieillard sinistre et répugnant, un *portrait* du père ; un tel portrait n'aurait d'ailleurs pas la même valeur que la création romanesque. Ce n'est pas le père *en soi*, c'est le père *pour le fils* qui est révélé dans l'œuvre.

La rivalité du père et du fils implique une étroite ressemblance. Le fils désire ce que désire le père. L'orgueil du père contrecarre le fils et fortifie, ce faisant, son orgueil. Le parricide, crime du fils-esclave dressé contre un père tyran, apparaît donc comme la tragédie souterraine par excellence. Parce que père et fils sont, en un sens, identiques, le parricide est à la fois meurtre et suicide ; les deux crimes, à l'origine, ne sont pas différenciés. Tous les meurtres et tous les suicides des héros précédemment créés se rejoignent dans cette horreur fondamentale. L'écrivain est à la source de tous ses cauchemars.

Au fond de la haine de l'Autre, il y a la haine de Soi. Au-delà des oppositions souterraines, il y a l'identité qui les fonde, l'identité du père et du fils. Le père est haï en tant qu'Autre, et plus profondément encore, il est objet de honte en tant que Soi. Cette honte, on la sent déjà rôder autour de Chatov dans *Les Possédés,* autour d'Arcade dans *L'Adolescent,* mais son objet précis nous élude toujours ; il faut attendre *Les Frères Karamazov* pour que cet objet apparaisse vraiment et pour que la honte perde, du même coup, sa nocivité. Le rôle essentiel, mais secret que mouvait jusqu'ici ce sentiment va disparaître ; rien n'infléchira plus l'œuvre dans le sens de la dérision et du sarcasme.

La honte dont le père est l'objet s'étend à la tradition russe, à l'*être* national lui-même. Le premier Dostoïevski se précipite dans l'occidentalisme pour oublier son père et son héritage paternel. L'attitude occidentaliste est associée au parricide ; c'est bien pourquoi le Dostoïevski postérieur y verra toujours une véritable trahison. Il croit découvrir chez les aristocrates et les intellectuels réformistes un désir d'oublier les mœurs, la culture, la langue même de la Russie, un désir de se débarrasser de soi-même, en somme, pour devenir Autre. Ce désir mystique relève évidemment de l'idolâtrie souterraine et c'est en Dostoïevski lui-même qu'il est le plus intense. Le romancier « projette », une fois de plus, ses propres sentiments sur son entourage et transforme ses hantises en un système d'interprétation universel. Cela ne veut pas dire, d'ailleurs, que sa perspective soit mauvaise ; peut-être connaît-il mieux ses semblables qu'ils ne se connaissent eux-mêmes ; n'est-il pas l'homme, en effet, *qui pousse à l'extrême dans sa vie ce que nous n'osons pousser nous-mêmes qu'à moitié ?*

Dostoïevski s'est senti rejeté par les occidentalistes ; il

n'a pas réussi à devenir l'un d'entre eux ; il n'a pas réussi à se rendre innocent ; c'est pourquoi, après avoir nié la culpabilité dans la révolte, il se laisse rejoindre et envahir par elle. Et il va mettre à défendre l'héritage paternel autant d'ardeur qu'il en mettait jadis à l'attaquer. Mais, s'il sent pointer en lui le moujik dès qu'il entre dans le salon de Tourguéniev, il ne peut pas contempler un vrai moujik sans redevenir le citadin, l'intellectuel cosmopolite qu'il a juré de ne pas être.

Dans les œuvres de la période slavophile, l'exaltation bruyante de tout ce qui est russe recouvre un mépris secret. La misère, l'avidité, le désordre et l'impuissance sont perçus comme des attributs de l'être russe, c'est-à-dire de l'être dostoïevskien lui-même. Dans *Le Joueur*, par exemple, nous constatons sans peine que les déficiences auxquelles Dostoïevski attribue et sa passion du jeu et les pertes qu'il y subit sont celles du peuple russe dans son ensemble. Certains passages trahissent un « complexe » assez semblable à celui dont certains intellectuels des « pays sous-développés » sont aujourd'hui les victimes :

« Au cours de l'histoire la faculté d'acquérir des capitaux est entrée dans le catéchisme des vertus et des mérites de l'homme occidental civilisé ; peut-être même en est-elle devenue l'article principal. Tandis que le Russe non seulement est incapable d'acquérir des capitaux, mais il les gaspille à tort et à travers, sans le moindre sens des convenances. Quoi qu'il en soit, nous autres Russes avons aussi besoin d'argent... En conséquence, nous sommes avides de procédés tels que la roulette, où l'on peut faire fortune subitement, en deux heures, sans travailler. Cela nous ravit ; et comme nous jouons à tort et à travers, sans nous donner du mal, nous perdons. »

L'opposition Europe-Russie se ramène à la différence du modèle-obstacle et de son disciple. Le Dostoïevski de cette époque ne perçoit pas que, dans ce domaine aussi, la différence est temporaire, réversible, illusoire ; il tend, au fond de lui-même, à lui donner la fixité et la rigidité d'une *essence*. Ce Dostoïevski-là n'est pas plus réactionnaire ni slavophile, en profondeur, que le Dostoïevski de 1848 n'était révolutionnaire et occidentaliste. Il ne faut pas confondre l'écrivain, ni surtout son génie, avec les oscillations du pendule souterrain. C'est bien pourquoi toutes les interprétations qui se fondent sur l'idéologie demeurent superficielles ; elles demeurent prisonnières des oppositions stériles engendrées par le conflit entre l'Autre et le Moi. Le double extrémisme idéologique de Dostoïevski est un exemple de cette *largeur* par laquelle il définit, lui-même, l'individu moderne.

Dostoïevski ne peut adhérer durablement à rien. Il faut comprendre que toutes ses adhésions sont négatives ; il est russe mais c'est contre l'Occident ; il est prolétaire, mais c'est contre les riches ; il est coupable, mais c'est contre les innocents. Il est l'étranger partout, étranger à la vie russe dont le sépare sa vocation d'intellectuel et d'artiste aussi bien que le souvenir de son père, étranger à l'*intelligentsia* cosmopolite qui forme, avec ses lois, ses préjugés surtout, une autre société où les Tourguéniev ne se sentent pas moins à l'aise que les moujiks dans leurs isbas. Dostoïevski, lui, ne se sent à l'aise nulle part. Il sera toujours un faux moujik et un faux intellectuel. L'*outchitel*, sur ce point, est celui de ses héros auquel il ressemble le plus. Ce personnage, en effet, est doublement aliéné, doublement dépossédé ; larbin intellectuel d'aristocrates déracinés, il vit en marge d'un milieu qui vit lui-même en marge de la vie nationale.

Partout Fiodor Mihaïlovitch se sent l'exclu, le paria, celui qu'on n'invite jamais, celui qu'on jetterait volontiers dehors si on avait le malheur de l'inviter. Il n'est pas douteux, d'ailleurs, que Fiodor Mihaïlovitch fasse son possible pour donner à ses hôtes, surtout au plus respectable d'entre eux, une extrême envie de le jeter dehors. Au fond de lui-même, tous les arrêtés d'expulsion, toutes les Sibéries réelles et imaginaires, lui paraissent parfaitement justifiés, car son âme reste submergée de honte et de remords.

Honte d'être russe, honte d'être le fils de son père, honte d'être Fiodor Mihaïlovitch Dostoïevski, c'est toute cette honte accumulée qui s'aère, se ventile et se dissipe au grand souffle des *Karamazov*. Chez un homme épris de vérité le pardon et l'absolution véritables sont incompatibles avec le mensonge. C'est parce qu'il n'osait pas, jusqu'ici, regarder le père en face que le fils l'embrassait aussi étroitement. Il faut maintenant tout regarder, il faut s'avouer la culpabilité du père après s'être avoué sa propre culpabilité ; il faut reconnaître que l'indignité du fils en tant que fils est liée à l'indignité du père en tant que père ; il faut écrire *Les Frères Karamazov*.

Désacraliser le père, c'est triompher, enfin, de la révolte abstraite, c'est dépasser le faux dépassement que constituent l'hystérie slavophile et la frénésie réactionnaire. Dans les dernières années, l'attitude du romancier à l'égard de Biélinski s'adoucit considérablement. Tous les critiques l'ont noté ; ils ont noté, également, un changement d'attitude vis-à-vis de l'Europe et des mouvements réformistes. On a conclu de ceci que le dernier Dostoïevski amorce un retour à l'occidentalisme et aux idées de la jeunesse. Mais c'est peut-être regarder les choses par le gros bout de la lorgnette. Le fameux discours sur Pouchkine repose tout entier sur l'idée d'une synthèse entre les courants slavophiles et occidentalistes, c'est-à-dire sur le dépassement d'une opposition qui se révèle secondaire. C'est bien là ce que sentirent les auditeurs des deux factions lorsqu'ils tombèrent dans les bras les uns des autres, momentanément rapprochés par l'éloquence de l'orateur. Pouchkine, dans ce discours, nous est présenté comme un artiste vraiment universel, capable de réconcilier en lui le génie de tous les peuples. Il est plus espagnol que les Espagnols, plus anglais que les Anglais, plus allemand que les Allemands. Il se fait tout à tous, car, au fond, il n'est rien ; il est l'artiste universel ; il est Dostoïevski lui-même, un Dostoïevski qui n'a plus honte, mais qui revendique, enfin, et qui assume la fatalité du déracinement.

On nous objectera que cette universalité se présente ici comme un phénomène spécifiquement russe ; le dépassement dont nous parlons ne fait donc que renforcer, en définitive, le panslavisme de l'écrivain. Le fait n'est pas niable et nous ne songeons pas à le nier. Il y a, dans le dernier Dostoïevski, un mélange de particularisme et d'universalisme que les hommes du XXe siècle ne peuvent pas regarder sans méfiance. Mais ce n'est pas la valeur absolue du message qui nous intéresse, c'est la place qui lui revient dans l'évolution globale du romancier. Tout indique que ce dernier renonce de plus en plus aux modes de réflexion idéologiques. Il est regrettable que ce dépassement, encore incomplet, aboutisse à des formules plus inquiétantes, peut-être, que celles de la période strictement slavophile ; il n'est pas moins regrettable que la mort de leur auteur ait rendu ces formules définitives ; le fait même du renoncement à l'idée slavophile demeure et c'est lui seul qui nous intéresse.

Les aspects politiques de cette dernière rupture sont d'ailleurs secondaires, puisque c'est précisément la politique que Dostoïevski se prépare à laisser derrière lui ; tous les dédoublements de la pseudo-réflexion souterraine sont en train de se brouiller devant l'unité d'une méditation religieuse enfin parvenue à sa maturité.

Que signifie la fin de la révolte pour Dostoïevski ? Signifie-t-elle l'adhésion définitive et « sincère », cette fois, aux valeurs du père ? Dostoïevski réussit-il enfin là où il avait échoué auparavant ? Nous croyons, au contraire, que Dostoïevski renonce aux valeurs du père et à toutes les autres valeurs dont son orgueil s'est fait une arme contre l'Autre à un moment quelconque de son existence. Il ne peut pas y avoir de retour de l'enfant prodigue au niveau du père terrestre. La révolte n'est pas mauvaise parce qu'elle rejette telle ou telle valeur, mais parce qu'elle est aussi peu capable de rejeter ces valeurs que de les conserver. La pensée parricide se meut d'antithèse en antithèse sans jamais avancer d'un pas. Cherchant l'Autre absolu, elle retombe irrésistiblement dans le Même. La révolte est double, équivoque et diabolique parce qu'elle respecte ce qu'elle attaque et parce qu'elle attaque ce qu'elle respecte. Mais elle est bonne quand elle s'attaque aux idoles, bien qu'elle puise sa force dans une dernière et suprême idolâtrie. Il est bon de ne pouvoir adhérer à rien, pas même à la tradition russe, pas même à l'*intelligentsia* cosmopolite. Si cette dernière est insupportable, ce n'est pas parce qu'elle est déracinée, mais parce qu'elle est infidèle, en fin de compte, à sa vocation de déracinement, parce qu'elle retrouve une apparence de stabilité au sein des contradictions qui devraient la conduire là où elles conduisent Dostoïevski lui-même : au déchirement et à la rupture.

La révolte est mauvaise pourtant ; elle est incapable de pousser le déracinement jusqu'au détachement, c'est-à-dire jusqu'à la liberté qui vient du Christ et qui retourne à lui. C'est à cette liberté qu'accède enfin Dostoïevski avec l'aide du Christ dans *Les Frères Karamazov* et c'est elle qu'il célèbre dans la fameuse *Légende du Grand Inquisiteur.*

*
* *

La scène est à Séville à la fin du XVe siècle. Le Christ apparaît dans une rue et la foule se rassemble autour de lui, mais le Grand Inquisiteur vient à passer ; il observe l'attroupement et il fait arrêter le Christ. La nuit venue, il va rendre visite au prisonnier dans son cachot et il lui démontre, dans un long discours, la folie de son « idée ».

« Tu as voulu fonder ton royaume sur cette liberté que les hommes haïssent et qu'ils fuiront toujours dans quelque idolâtrie, même s'ils la célèbrent en paroles. Il fallait rendre les hommes moins libres et tu les as rendus plus libres, multipliant du même coup les idoles et les conflits d'idoles ; tu as voué l'humanité à la violence, à la misère et au désordre. »

L'Inquisiteur devine qu'une nouvelle tour de Babel va s'élever, plus monstrueuse que l'ancienne et promise, comme elle, à la destruction. La grande entreprise prométhéenne, fruit de la liberté chrétienne, se terminera dans le « cannibalisme ».

Le Grand Inquisiteur n'ignore rien de ce que le souterrain, Stavroguine et Kirilov ont appris à Dostoïevski. Les rationalistes vulgaires ne relèvent aucune trace du Christ ni dans l'âme individuelle ni dans l'histoire, mais l'Inquisiteur affirme, lui, que la divine incarnation a tout fait empirer. Les quinze siècles écoulés et les quatre siècles à venir, dont il prophétise le cours, sont là pour appuyer son dire.

L'Inquisiteur ne confond pas le message du Christ avec le cancer psychologique auquel il aboutit, à la différence de Nietzsche et de Freud. Il n'accuse donc pas le Christ d'avoir sous-estimé la nature humaine, mais de l'avoir surestimée, de ne pas avoir compris que l'impossible morale de la charité devait forcément aboutir à l'univers du masochisme et de l'humiliation.

Le Grand Inquisiteur ne cherche pas à en finir avec l'idolâtrie par un coup de force métaphysique, comme Kirilov ; il veut guérir le mal par le mal ; il veut fixer les hommes sur des idoles immuables et, en particulier, sur une conception idolâtrique du Christ. D.H. Lawrence, dans un article célèbre, a accusé Dostoïevski de « perversité » parce qu'il met dans la bouche d'un méchant inquisiteur ce que lui, Lawrence, regarde comme la vérité sur les hommes et sur le monde.

L'erreur du Christ, aux yeux de l'Inquisiteur, est d'autant moins excusable que les « avertissements ne lui ont pas manqué ». Au cours des « tentations dans le désert », le diable, ce « profond esprit de l'autodestruction et du néant », a révélé au rédempteur et mis à sa disposition les trois instruments susceptibles d'assurer la stabilité, le bien-être, et le bonheur de l'humanité. Ces trois instruments sont « le mystère, le miracle et l'autorité ». Le Christ les a dédaignés, mais l'Inquisiteur et ses pareils les ont repris et ils travaillent, toujours au nom du Christ, mais dans un esprit contraire au sien, à l'avènement d'un royaume terrestre plus conforme aux limitations de la nature humaine.

D'accord avec Dostoïevski, Simone Weil voyait dans l'inquisition l'archétype de toutes les solutions totalitaires. La fin du Moyen Age est un moment essentiel de l'histoire chrétienne ; l'héritier, parvenu à l'âge adulte, réclame son héritage ; ses tuteurs n'ont pas tort de se méfier de lui, mais ils ont tort de vouloir prolonger indéfiniment leur tutelle.

La Légende reprend le problème du mal au point précis où l'ont abandonné *Les Possédés.* Le souterrain apparaissait, dans ce roman, comme l'échec et le renversement du christianisme. La sagesse du rédempteur et surtout sa puissance rédemptrice ne sont-elles pas en défaut ? Au lieu de se cacher sa propre angoisse, Dostoïevski l'exprime et lui donne une ampleur extraordinaire. Ce n'est jamais en fuyant que l'écrivain combat le nihilisme.

Le christianisme a déçu Dostoïevski. Le Christ lui-même, c'est un fait, n'a pas répondu à son attente. Il y a d'abord la misère qu'il n'a pas abolie, il y a la souffrance et aussi ce pain quotidien qu'il n'a pas donné à tous les hommes. Il n'a pas « changé la vie ». C'est là le premier reproche ; le second est plus grave encore. Le christianisme n'apporte pas avec lui de certitude ; pourquoi Dieu n'envoie-t-il pas une preuve de son existence, un *signe,* à ceux qui voudraient croire en lui, mais n'y parviennent pas ? Et enfin, et surtout, il y a cet orgueil qu'aucun effort, aucune prosternation ne peut réduire, cet orgueil qui irait, parfois, jusqu'à jalouser le Christ lui-même...

Lorsqu'il définit ses propres griefs contre le christianisme, Dostoïevski rencontre l'Évangile, il rencontre les trois « tentations dans le désert » :

« Alors Jésus fut conduit au désert par l'Esprit, pour être tenté par le diable. Il jeûna quarante jours et quarante nuits, après quoi il eut faim. Et le tentateur, l'abordant, lui dit : "Si tu es Fils de Dieu, ordonne que ces pierres se changent en pains." Mais il répliqua : "Il est écrit : L'Homme ne vit pas seulement de pain, mais de toute parole qui sort de la bouche de Dieu."

» Alors le diable l'emmène à la Ville Sainte, le place sur le faîte du Temple et lui dit : "Si tu es Fils de Dieu, jette-toi en bas : car il est écrit : Il donnera pour toi des ordres à ses anges, et ils te porteront dans leurs mains, de peur que tu ne heurtes du pied quelque pierre."

» Jésus lui dit : "Il est encore écrit : Tu ne tenteras pas le Seigneur, ton Dieu."

» Le diable l'emmène encore sur une très haute montagne, lui montre tous les royaumes du monde avec leur gloire et lui dit : "Tout cela, je te le donnerai, si tu tombes à mes pieds et m'adores." Alors Jésus lui dit : "Retire-toi, Satan ! Car il est écrit : C'est le Seigneur ton Dieu que tu adoreras : c'est à Lui seul que tu rendras un culte." »

Ce sont bien là les tentations majeures de Dostoïevski, le messianisme social, le doute et l'orgueil. La dernière, surtout, mérite d'être méditée. Tout ce que désire l'orgueilleux se ramène, en définitive, à se prosterner devant l'*Autre,* Satan. Les seuls moments de sa vie où Fiodor Mihaïlovitch ne succombait pas à l'une ou à l'autre de ces tentations sont ceux où il succombait aux trois à la fois. C'est donc à lui, tout particulièrement, que s'adresse ce message extraordinaire ; la Légende est la preuve qu'il a fini par entendre son appel. La présence, dans l'Évangile, d'un texte aussi adapté à ses besoins lui procure un grand réconfort. Le voilà, le signe qu'il cherchait ; c'est là précisément ce qu'il nous dit, de façon éclatante et voilée, par la bouche de son Inquisiteur :

« Et pouvait-on rien dire de plus pénétrant que ce qui te fut dit dans les trois questions ou, pour parler comme les Écritures, les "tentations" que tu as repoussées ? Si jamais il y eut sur terre un miracle authentique et retentissant, ce fut le jour de ces trois tentations. Le seul fait d'avoir formulé ces trois questions constitue un miracle. Supposons qu'elles aient disparu des Écritures, qu'il faille les reconstituer, les imaginer à nouveau pour les y replacer, et qu'on réunisse à cet effet tous les sages de la terre, hommes d'État, prélats, savants, philosophes, poètes, en leur disant : imaginez, rédigez trois questions qui non seulement correspondent à l'importance de l'événement, mais encore expriment en trois phrases toute l'histoire de l'humanité future, crois-tu que cet aéropage de la sagesse humaine pourrait imaginer rien d'aussi fort et d'aussi profond que les trois questions que te proposa alors le puissant Esprit ? Ces trois questions prouvent à elles seules que l'on a affaire à l'Esprit éternel et absolu et non à un esprit humain transitoire. Car elles résument et prédisent en même temps, toute l'histoire ultérieure de l'humanité ; ce sont les trois formes où se cristallisent toutes les contradictions insolubles de la nature humaine. On ne pouvait pas s'en rendre compte alors, car l'avenir était voilé, mais maintenant, après quinze siècles écoulés, nous voyons que tout avait été prévu dans ces trois questions et s'est réalisé au point qu'il est impossible d'y ajouter ou d'en retrancher un seul mot. »

La Légende n'est, au fond, que la répétition et l'amplification de la scène évangélique évoquée par le Grand Inquisiteur. C'est cela qu'il faut comprendre lorsqu'on s'interroge un peu naïvement sur le silence que conserve Aliocha en face des arguments de ce nouveau tentateur. Il n'y a pas à « réfuter » la Légende, puisque, du point de vue chrétien, c'est le diable, c'est le Grand Inquisiteur, c'est Ivan qui a raison. Le monde est livré au mal. Dans saint Luc, le diable affirme que toute puissance terrestre lui a été remise « et je la donne à qui je veux ». Le Christ ne « réfute » pas cette affirmation. Jamais il ne parle en son nom propre ; il se retranche derrière des citations de l'Écriture. Comme Aliocha, il refuse la discussion.

Le Grand Inquisiteur croit faire le panégyrique de Satan, mais c'est de l'Évangile qu'il nous parle, c'est l'Évangile qui a conservé sa fraîcheur après quinze, après dix-neuf siècles de christianisme. Et ce n'est pas seulement dans le cas des tentations, c'est à chaque instant que la Légende se fait l'écho de paroles évangéliques :

« Pensez-vous que je sois apparu pour établir la paix sur la terre ? Non, je vous le dis, mais la division. Désormais en effet dans une maison de cinq personnes, on sera divisé, trois contre deux et deux contre trois : On sera divisé, père contre fils et fils contre père, mère contre fille et fille contre mère. »

L'idée centrale de la Légende, celle du risque qu'entraîne pour les hommes le surcroît de liberté, ou de grâce, conféré par le Christ, risque que le Grand Inquisiteur refuse de courir, figure, elle aussi, dans des passages de l'Évangile qui évoquent irrésistiblement l'idée dostoïevskienne du souterrain métaphysique.

« Lorsque l'esprit immonde est sorti d'un homme, il erre par les lieux arides en quête de repos. N'en trouvant pas, il dit : “Je vais retourner dans ma maison, d'où je suis sorti.” A son arrivée, il la trouve balayée, bien en ordre. Alors il s'en va prendre sept autres esprits plus méchants que lui, ils reviennent et s'y installent. Et l'état final de cet homme devient pire que le premier. Ainsi en sera-t-il également de cette génération mauvaise. »

Derrière le noir pessimisme du Grand Inquisiteur s'ébauche une vision eschatologique de l'histoire qui répond à la question que *Les Possédés* laissent en suspens. Parce qu'il a prévu la rébellion de l'homme, le Christ a prévu les souffrances et les déchirements que causerait sa venue. L'assurance orgueilleuse de l'orateur nous laisse entrevoir un nouveau paradoxe, celui de la Providence divine qui déjoue sans effort les calculs de la révolte. La recrudescence de Satan n'empêche pas qu'il soit déjà vaincu. Tout, en fin de compte, doit converger vers le bien, même l'idolâtrie.

Si le monde fuit le Christ, celui-ci saura faire servir cette fuite à son dessein rédempteur. Il accomplira dans la division et la contradiction ce qu'il voulait accomplir dans l'union et dans la joie. En cherchant à se diviniser sans le Christ, l'homme se met, lui-même, sur la croix. C'est la liberté du Christ, dévoyée mais vivante, qui engendre le souterrain. Pas une parcelle de la nature humaine qui ne soit malaxée et triturée dans le conflit entre l'Autre et le Moi ; Satan, divisé contre lui-même, expulse Satan ; les idoles détruisent les idoles ; l'homme épuise, peu à peu, toutes les illusions, y compris les notions inférieures de Dieu, balayées par l'athéisme ; il est pris dans un tourbillon de plus en plus rapide ; son univers toujours plus frénétique et menteur révèle de façon éclatante l'absence et le besoin de Dieu. La prodigieuse série de catastrophes historiques, l'invraisemblable cascade d'empires, de royaumes, de systèmes sociaux, philosophiques et politiques que nous appelons la civilisation occidentale, ce cercle toujours plus vaste et qui recouvre un abîme au sein duquel l'histoire s'effondre de plus en plus rapidement, tout cela accomplit le plan de rédemption divin. Non pas celui que le Christ aurait choisi pour l'homme s'il n'avait pas respecté sa liberté mais celui que l'homme a lui-même choisi en rejetant le Christ.

L'art dostoïevskien est littéralement prophétique. Il ne l'est pas au sens où il prédirait l'avenir mais en un sens véritablement biblique ; il dénonce inlassablement la retombée du peuple de Dieu dans l'idolâtrie. Il révèle l'exil, le déchirement et les souffrances qui résultent de cette idolâtrie. Dans un monde où l'amour du Christ et l'amour du prochain ne font qu'un, la véritable pierre de touche est notre rapport à autrui. C'est l'Autre qu'il faut aimer *comme soi-même* si on ne veut pas l'idolâtrer et le haïr au fond du souterrain. Ce n'est plus le veau d'or, c'est cet Autre qui risque de séduire les hommes dans un monde voué à l'Esprit, pour le meilleur et pour le pire.

Entre les deux formes d'idolâtrie, celle de l'*Ancien Testament* et celle du *Nouveau*, il y a les mêmes différences et le même rapport d'analogie qu'entre la rigidité de la loi et l'universelle liberté chrétienne. Toutes les paroles qui décrivent la première idolâtrie décrivent, analogiquement, la seconde ; c'est bien pourquoi la littérature prophétique de l'*Ancien Testament* est demeurée vivante.

Le christianisme que les paroles de l'Inquisiteur dessinent « en creux », le même que dessinent, également « en creux », les paroles de Satan dans le récit des tentations, n'a rien à voir avec l'emplâtre métaphysique que certaine dévotion bourgeoise croit faire miroiter à nos yeux. Le Christ, le premier, voulut faire de l'homme un surhomme, mais par des moyens opposés à ceux de la pensée prométhéenne. Tous les arguments du Grand Inquisiteur se retournent donc contre lui dès qu'on les entend comme il faut les entendre. C'est là ce que le pur Aliocha fait observer à son frère Ivan, l'auteur et le narrateur de la Légende. « Tout ce que tu dis, ce n'est pas le blâme, mais l'éloge du Christ. »

Le Christ s'est volontairement dépouillé de tout prestige et de toute puissance ; il se refuse à exercer sur l'homme la moindre pression ; il désire se faire aimer pour lui-même. C'est, une fois de plus, l'Inquisiteur qui parle ; quel est le chrétien qui voudrait « réfuter » de tels propos ? L'Inquisiteur voit tout, sait tout, comprend tout ; il entend même l'appel muet de l'amour, mais il est incapable d'y répondre. Que faire, dans ce cas, sinon réaffirmer la présence de cet amour ? Tel est le sens du baiser que donne le Christ, sans mot dire, au malheureux vieillard. Aliocha, lui aussi, embrasse son frère à la conclusion de son récit et celui-ci l'accuse, en riant, de plagiat.

* * *

Le choix diabolique de l'Inquisiteur n'est qu'un reflet du choix diabolique d'Ivan Karamazov. Les quatre frères sont complices dans l'assassinat de leur père, mais le plus coupable de tous est Ivan, car c'est de lui que vient l'inspiration véritable du geste meurtrier. Le bâtard Smerdiakov est le double d'Ivan ; il l'admire et le hait passionnément. Tuer le père à la place d'Ivan, c'est mettre en pratique les propos audacieux de ce maître de révolte, c'est aller au-devant de ses désirs les plus secrets, c'est le dépasser sur le chemin qu'il a lui-même désigné. Mais à ce double encore humain se substitue bientôt, aux côtés d'Ivan, un double diabolique.

L'hallucination du double synthétise, nous l'avons vu, toute une série de phénomènes subjectifs et objectifs particuliers à la vie souterraine. Cette hallucination, à la fois vraie et fausse, n'est perçue que lorsque les phénomènes de dédoublement parviennent à un certain degré d'intensité et de gravité.

L'hallucination du diable s'explique, sur le plan phénoménal, par une *nouvelle aggravation* des troubles psychopathologiques engendrés par l'orgueil et elle incarne, sur le plan religieux, le dépassement métaphysique de la psychologie souterraine. Plus on se rapproche de la folie, plus on se rapproche également de la vérité et, si l'on ne tombe pas dans celle-là, c'est à celle-ci, forcément, que l'on doit aboutir.

Quelle est la conception traditionnelle du diable ? Ce

personnage est le père du mensonge ; il est donc à la fois vrai et faux, illusoire et réel, fantastique et quotidien. Hors de nous lorsque nous le croyons en nous, il est en nous lorsque nous le croyons hors de nous. Bien qu'il mène une existence inutile et parasitaire, il est moral et résolument « manichéen ». Il nous offre la caricature grimaçante de ce qu'il y a de pire en nous. Il est à la fois le séducteur et l'adversaire ; il ne cesse de contrecarrer les désirs qu'il suggère et si, par hasard, il les satisfait, c'est encore pour nous décevoir.

Inutile de souligner les rapports entre ce diable et le double dostoïevskien. L'individualité du diable, comme celle du double, n'est pas un point de départ, mais un aboutissement. De même que le double est le lieu et l'origine de tous les dédoublements, le diable est le lieu et l'origine de toutes les possessions et autres manifestations démoniaques. La lecture objective du souterrain aboutit à la démonologie. Et il ne faut pas s'en étonner ; nous sommes toujours, en effet, dans ce « royaume de Satan » qui ne saurait se maintenir, car « il s'est *divisé* contre lui-même ».

Entre le double et le diable ce n'est pas un rapport d'identité qui s'établit, mais un rapport d'analogie. On passe du premier au second à la façon dont on passe du portrait à la caricature ; le dessinateur appuie sur les traits caractéristiques et supprime ceux qui ne le sont pas ; le diable, parodiste par excellence, est lui-même le fruit d'une parodie. L'artiste s'imite lui-même ; il simplifie, schématise et se renforce dans sa propre essence, afin de rendre toujours plus frappantes les significations dont son œuvre est imprégnée.

Il n'y a donc pas de solution de continuité, pas de *saut* métaphysique entre le double et le diable ; on passe insensiblement de l'un à l'autre, de même qu'on passait insensiblement des dédoublements romantiques au double personnifié. La démarche est essentiellement *esthétique*. Il y a, chez Dostoïevski comme chez la plupart des grands artistes, ce qu'on pourrait appeler un « formalisme opérationnel » dont il ne faut pas déduire, d'ailleurs, une théorie formaliste de l'art. Peut-être la distinction, toujours dialectique, entre la forme et le fond, n'est-elle vraiment légitime que du point de vue de la démarche créatrice. Il est juste de définir l'artiste par la recherche de la forme, car c'est par l'intermédiaire de celle-ci que s'accomplit, chez lui, la pénétration de la réalité, la connaissance du monde et de soi-même. La forme ici, précède littéralement le sens, c'est bien pourquoi elle est donnée en tant que forme « pure ».

Le diable est donc appelé, chez Dostoïevski, par une tendance irrésistible à dégager la structure des quelques obsessions fondamentales qui constituent la matière première de l'œuvre. L'idée du diable n'introduit aucun élément nouveau, mais elle organise les anciens de façon plus cohérente, plus signifiante ; elle se révèle seule capable d'unifier tous les phénomènes observés. Il n'y a pas irruption gratuite du surnaturel dans un univers naturel. Le diable ne nous est pas présenté comme la *cause* des phénomènes ; il répète toutes les idées d'Ivan qui reconnaît en lui une « projection » de son cerveau malade mais qui finit, tel Luther, par lui jeter un encrier à la tête.

Le diable d'Ivan est d'autant plus intéressant que le réalisme de son créateur est plus scrupuleux. Jamais, avant *Les Frères Karamazov*, le thème du diable n'avait contaminé celui du double ; même à l'époque « romantique », nous ne trouvons pas, chez Dostoïevski, de ces rapprochements purement littéraires et décoratifs auxquels s'adonnent si volontiers les écrivains allemands. L'écrivain, par contre, avait déjà songé à donner un double satanique au personnage de Stavroguine, mais ce double-là est déjà celui d'Ivan ; c'est, en effet, à partir des *Possédés*, on s'en souvient, que la psychologie souterraine tout entière apparaît à Dostoïevski comme une image inversée de la structure chrétienne, comme son *double*, précisément. Si Dostoïevski renonça temporairement à son idée, ce n'est pas parce que le romancier, en lui, tenait encore en échec un fanatisme qui se donnera libre cours dans *Les Frères Karamazov*, c'est parce qu'il redoutait l'incompréhension du public ; l'exigence intérieure n'était pas encore assez mûre pour surmonter cet obstacle.

Avec *Les Frères Karamazov*, les temps sont révolus. Le diable est totalement objectivé, expulsé, exorcisé ; il doit donc figurer dans l'œuvre en tant que diable. Le mal pur se dégage et révèle son néant ; il ne fait plus peur ; séparé de l'être qu'il hante, il semble même dérisoire et ridicule ; il n'est plus qu'un mauvais cauchemar.

Cette impuissance du diable n'est pas une idée en l'air ; c'est une vérité inscrite à toutes les pages de l'œuvre. Si l'Inquisiteur ne peut plus énoncer que le bien, c'est parce qu'il va plus loin, dans le mal, que tous ses prédécesseurs. Il n'y presque plus de différence entre *sa* réalité et celle des élus. C'est en connaissance de cause, en effet, qu'il choisit le mal. Presque tout ce qu'il dit est juste, mais ses conclusions sont radicalement fausses. Les derniers mots qu'il prononce sont l'inversion pure et simple des paroles qui terminent, avec l'*Apocalypse*, le *Nouveau Testament* tout entier ; au *Marana Tha* des premiers chrétiens — « Viens, Seigneur ! » — l'Inquisiteur oppose un diabolique « Ne reviens pas, ne reviens jamais, jamais ! »

Ce mal qui est à la fois le plus fort et le plus faible est le mal saisi à sa racine, c'est-à-dire le mal révélé comme *choix* pur. Le point extrême de la lucidité diabolique est aussi le point extrême de l'aveuglement. Le Dostoïevski des *Frères Karamazov* est aussi ambigu que le Dostoïevski romantique, mais les termes de l'ambiguïté ne sont pas les mêmes. Dans *Humiliés et Offensés*, la rhétorique de l'altruisme, de la noblesse et du dévouement recouvrait l'orgueil, le masochisme et la haine. Dans *Les Frères Karamazov* c'est l'orgueil qui passe au premier plan. Mais les discours forcenés de cet orgueil laissent entrevoir un bien qui n'a d'ailleurs rien de commun avec la rhétorique romantique.

Dostoïevski laisse parler le mal pour l'amener à se réfuter et à se condamner lui-même. L'Inquisiteur révèle son mépris des hommes et son appétit de domination qui le pousse à se prosterner devant Satan. Mais cette autoréfutation, cette autodestruction du mal ne doit pas être tout à fait explicite, sans quoi elle perdrait toute valeur esthétique et spirituelle ; elle perdrait, en d'autres termes, sa valeur de *tentation*. Cet art dont la Légende est le modèle pourrait, en effet, se définir comme l'art de la tentation. Tous les personnages du roman, ou presque, sont les tentateurs d'Aliocha ; son père, ses frères et aussi Grouchenka, la séductrice, qui donne de l'argent au mauvais moine Rakitine pour qu'il lui amène Aliocha ; le père Zossime lui-même, devient, après sa mort, l'objet d'une nouvelle tentation : la corruption rapide de son corps choque la foi naïve de la communauté monastique.

Mais le plus terrible tentateur est certainement Ivan lorsqu'il présente la souffrance des enfants innocents comme un motif de révolte métaphysique. Aliocha est bouleversé, mais le tentateur, une fois de plus, est impuissant ; il travaille même, sans le savoir, au triomphe du bien, puisqu'il incite son frère, par ses propos, à s'occuper du malheureux petit Ilioucha et de ses camarades. Les raisons qui éloignent le révolté du Christ poussent vers lui ceux qui sont ouverts à l'amour. Aliocha sait bien que c'est du Christ lui-même que lui vient la douleur qu'il éprouve à l'idée de la souffrance des enfants.

Entre les tentations du Christ et les tentations d'Aliocha, il y a une analogie que souligne le parallélisme des deux baisers aux deux tentateurs. La Légende se présente comme une série de cercles concentriques autour de l'archétype évangélique : cercle de la Légende, cercle d'Aliocha et enfin cercle du lecteur lui-même. L'art du romancier tentateur consiste à révéler, derrière toutes les situations humaines, le choix qu'elles comportent. Le romancier n'est pas le diable, mais son avocat, *advocatus diaboli* ; il prêche le faux pour nous mener au vrai. La tâche du lecteur consiste à reconnaître, avec Aliocha, que tout ce qu'il vient de lire « n'est pas le blâme, mais l'éloge du Christ ».

Les amis slavophiles et réactionnaires de Dostoïevski ne reconnurent rien du tout. Personne, semble-t-il, n'était vraiment prêt pour un art aussi simple et aussi grand. On attendait du romancier chrétien des formules rassurantes, des distinctions bien tranchées entre les bons et les méchants, de l'art « religieux » au sens idéologique du terme. L'art du dernier Dostoïevski est terriblement ambigu du point de vue des oppositions stériles dont le monde est rempli parce qu'il est terriblement clair du point de vue spirituel. Constantin Pobedonostzev, le procureur du Saint-Synode, fut le premier à réclamer cette « réfutation » dont l'absence continue à chagriner ou à réjouir tant de critiques contemporains. Il ne faut pas s'étonner si Dostoïevski lui-même ratifie, en quelque sorte, cette lecture superficielle de son œuvre en promettant la réfutation demandée. Ce n'est pas l'auteur, c'est le lecteur qui définit la signification objective de l'œuvre. Si le lecteur ne s'aperçoit pas que la négation la plus forte affirme, comment le créateur saurait-il que cette affirmation est réellement présente dans son œuvre ? Si le lecteur ne s'aperçoit pas que la révolte et l'adoration ont fini par converger, comment le créateur saurait-il que cette convergence est effectivement réalisée ? Comment pourrait-il analyser l'art qu'il est en train de vivre ? Comment devinerait-il que ce n'est pas lui, mais le lecteur qui a tort ? Il sait dans quel esprit il a écrit son œuvre, mais les résultats lui échappent. Si on lui dit que l'effet cherché n'est pas visible, il n'a qu'à s'incliner. C'est bien pourquoi Dostoïevski promet, sans d'ailleurs jamais s'exécuter et pour cause, de réfuter l'irréfutable.

Les pages consacrées à la mort du père Zossime sont belles, mais elles n'ont pas la force géniale des invectives d'Ivan. Les critiques qui cherchent à incliner Dostoïevski dans le sens de l'athéisme insistent sur le caractère laborieux qu'a toujours, chez Dostoïevski, l'expression positive du bien. L'observation est juste, mais les conclusions qu'on en tire ne le sont pas. Ceux qui réclament de Dostoïevski un art « positif » voient dans cet art la seule expression adéquate de la foi chrétienne. Mais ce sont toujours des gens qui se font une bien piètre idée soit de l'art, soit du christianisme. L'art de l'extrême négation est peut-être, au contraire, le seul art chrétien adapté à notre temps, le seul digne de lui ; il ne fait pas entendre de sermons, car notre époque ne peut pas les supporter ; il laisse de côté la métaphysique traditionnelle à laquelle personne, ou presque, ne peut accéder ; il ne s'appuie pas, non plus, sur des mensonges rassurants, mais sur la conscience de l'universelle idolâtrie.

L'affirmation directe est inefficace, dans l'art contemporain, car elle rappelle, forcément, l'insupportable bavardage sur les *valeurs* chrétiennes. La Légende du Grand Inquisiteur échappe au nihilisme honteux et à la fadeur écœurante des valeurs. Cet art qui surgit tout entier de l'expérience misérable et splendide de l'écrivain va chercher l'affirmation au-delà des négations. Dostoïevski ne prétend pas échapper au souterrain ; il s'y enfonce, au contraire, si profondément que c'est de l'autre extrémité que lui vient sa lumière. *Ce n'est pas comme un enfant que je crois au Christ et le confesse. C'est à travers le creuset du doute que mon hosanna est passé.*

***

Cet art qui révèle au grand jour les divisions et les dédoublements de l'orgueil idolâtre n'est plus, lui-même, dédoublé. Dire qu'il révèle le bien et le mal comme choix pur, c'est dire qu'aucun manichéisme ne subsiste en lui. Nous sentons qu'à tout instant Ivan peut se sauver et Aliocha se perdre. La pureté toujours menacée de celui-ci n'a rien à voir avec l'immobile perfection d'un Myshkine. Il n'y a plus de bons ni de méchants *en soi*. Il n'y a plus qu'une seule réalité humaine. C'est là la forme suprême de ce que nous avons appelé l'art « par rassemblement ». Le mal et le bien y sont comme les voix alternées d'un même chœur. Si farouche que soit leur combat, il ne peut plus nuire à l'harmonie de l'ensemble. Les grandes scènes du roman sont autant de fragments d'une véritable épopée chrétienne.

Les œuvres de la vie souterraine se déroulent fréquemment, on l'a vu, par un temps de brouillard, ou de neige mêlée de pluie. Ce temps équivoque et indistinct de demi-saison, ce temps double fait place, dans de nombreuses scènes des *Frères Karamazov* et en particulier dans les épisodes de l'enfance, au vent, au soleil, au froid glacial, et à la neige éclatante de journées vraiment hivernales. La lumière pure restitue aux objets netteté et identité ; le gel resserre et contracte toutes choses. Ce temps tonique et allègre est le temps de l'unité enfin conquise et possédée.

C'est la richesse et la diversité de l'œuvre qui rendent cette unité particulièrement remarquable. On en jugera mieux si l'on songe que les différentes sciences humaines auxquelles ressortit la matière du roman sont incapables de réconcilier leurs découvertes. Les sociologues reconnaîtront, par exemple, dans l'idolâtrie souterraine, une forme de ce fétichisme qui imprègne les structures sociales dépassées par l'évolution historique. Ils voudront rendre compte de toutes les données romanesques par le fait que les Karamazov appartiennent à une société féodale en pleine décomposition. Les psychanalystes, eux, feront remonter cette même idolâtrie au conflit « œdipien ». Sociologues et psychanalystes referment brutalement le cercle de leurs descriptions. Ils ne connaissent qu'un étroit secteur arbitrairement découpé dans le réel et ils veulent toujours déterminer les causes au niveau même des phénomènes observés.

Dostoïevski nous montre que, dans la société pourrie des Karamazov, on ne traite pas les serfs comme des enfants, mais on traite toujours les enfants comme des serfs. Il nous montre comment l'individu, traumatisé dans sa petite enfance, imprègne d'irrationnel les situations les plus diverses, transformant chacune d'elles en une répétition du traumatisme initial. Et il nous montre, enfin, l'imbrication perpétuelle du comportement individuel et des structures collectives. Le romancier est un excellent sociologue et un excellent psychanalyste. Mais ces deux talents, chez lui, ne sont pas contradictoires. La dynamique phénoménale n'est jamais interrompue par une cause ou par un système de causes. Le Dieu d'Aliocha n'est pas une cause ; il est ouverture au monde et à l'Autre. Et c'est parce que le romancier ne ferme jamais le cercle de l'observation phénoménale que sa force d'évocation est prodigieuse.

Au fond de toutes choses, il y a toujours l'orgueil humain ou Dieu, c'est-à-dire les deux formes de la liberté. C'est l'orgueil qui maintient profondément enfouis les souvenirs gênants ; c'est l'orgueil qui nous sépare de nous-mêmes et d'autrui ; les névroses individuelles et les structures sociales oppressives sont essentiellement de l'orgueil durci, pétrifié. Prendre conscience de l'orgueil et de sa dialectique c'est renoncer aux découpages de la réalité, c'est surmonter la division des connaissances particulières vers l'unité d'une vision religieuse, seule universelle.

Mais, pour se rendre maître de cette dialectique, il faut autre chose que de l'intelligence, il faut une victoire sur l'orgueil lui-même. Jamais l'intelligence orgueilleuse ne comprendra la parole du Christ : *Qui ne rassemble pas avec moi disperse.* L'orgueil va toujours vers la dispersion et la division finale, c'est-à-dire vers la mort ; mais accepter cette mort, c'est renaître à l'unité. L'œuvre qui rassemble au lieu de disperser, l'œuvre vraiment une, aura donc elle-même la forme de la mort et de la résurrection, c'est-à-dire la forme de la victoire sur l'orgueil.

Le double expulsé, l'unité retrouvée, c'est l'ange et la bête romantiques qui s'évanouissent pour faire place à l'homme dans son intégrité. La droite raison et le réalisme vrai triomphent sur les chimères du souterrain. En acceptant de se regarder d'abord comme pécheur, l'écrivain ne s'est pas écarté du concret, il ne s'est pas abîmé dans la délectation morose ; il s'est ouvert à une expérience spirituelle dont son œuvre est à la fois la récompense et le témoin.

L'expérience ne diffère pas, dans son essence, de celle de saint Augustin ou de Dante ; c'est pourquoi la structure des *Frères Karamazov* est proche de celle des *Confessions* et de *La Divine Comédie.* C'est la structure de l'incarnation, la structure fondamentale de l'art occidental, de l'expérience occidentale. Elle est présente toutes les fois que l'artiste réussit à donner à son œuvre la *forme* de la métamorphose spirituelle qui lui a donné le jour. Elle ne se confond pas avec le récit de cette métamorphose, bien qu'elle puisse coïncider avec lui ; elle ne s'achève pas toujours dans la conversion religieuse qu'exigerait son plein épanouissement... Si nous jetons un dernier coup d'œil sur l'œuvre de Dostoïevski à la lumière des *Frères Karamazov*, nous constaterons que cette forme, parfaite dans ce dernier roman, n'apparaît pas avec lui, mais qu'elle a fait l'objet d'une lente maturation.

Elle apparaît pour la première fois dans la conclusion de *Crime et Châtiment* ; elle est à nouveau absente de *L'Idiot*, œuvre qui porte des traces de l'angélisme romantique ; elle s'affirme à nouveau dans *Les Possédés*, avec la mort de Stéfane Trofimovitch qui est une guérison spirituelle. Dans *L'Adolescent*, le héros, Arcade, prend peu à peu conscience de l'enfer où il est plongé et, de ce fait, s'en dégage. Le souterrain n'apparaît plus comme une condition quasi irrévocable, mais comme un passage. La haine qu'il inspire s'éloigne avec lui, car cette haine est elle-même souterraine. Mais la forme de l'incarnation ne réussit pas à s'épanouir dans ce roman comme elle fait, enfin, dans *Les Frères Karamazov* où elle n'est plus limitée à un seul personnage et se confond, cette fois, avec l'œuvre elle-même.

Cette forme a donc une histoire et cette histoire coïncide avec les étapes d'une guérison spirituelle. Elle ne peut naître que le jour où le romancier commence à émerger du souterrain ; elle ne peut atteindre son plein développement qu'avec la pleine liberté. Toute la période « romantique » se présente donc, rétrospectivement, comme une descente aux enfers et le Dostoïevski d'*Humiliés et Offensés* appelle la question que pose Aliocha au sujet de son frère Ivan : « Ou bien il ressuscitera dans la lumière de la vérité, ou bien il succombera dans la haine. » C'est dire que, non seulement les œuvres particulières, à la lumière des *Frères Karamazov*, mais l'ensemble de ces œuvres et l'existence même du romancier épousent la forme d'une mort et d'une résurrection. Et le dernier roman reprend tout, résume tout, conclut tout, car il incarne seul la plénitude de cette résurrection. Parce que les exhortations spirituelles du père Zossime nous apportent l'expérience religieuse de Dostoïevski, elles nous apportent également son esthétique, sa vision de l'histoire et la signification profonde de sa vie.

« Ce qui vous semble mauvais en vous est purifié pour cela seul que vous l'avez remarqué... Au moment où vous verrez avec effroi que, malgré vos efforts, non seulement vous ne vous êtes pas rapproché du but, mais que vous vous en êtes même éloigné, à ce moment-là, je vous le prédis, vous atteindrez le but et verrez au-dessus de vous la force mystérieuse du Seigneur qui, à votre insu, vous aura guidé avec amour. »

POUR UN NOUVEAU PROCÈS DE L'ÉTRANGER[1]

Je me suis toujours représenté Meursault comme un être étranger aux sentiments des autres hommes. Amour, haine, ambition, envie, cupidité et jalousie : tout cela lui est inconnu. Il assiste aux obsèques de sa mère aussi impassiblement qu'il regarde, le lendemain, un film de Fernandel. Meursault finit par tuer un homme, mais comment pourrait-on voir en lui un vrai criminel ? Comment cet homme pourrait-il avoir un quelconque mobile ?

Le personnage de Meursault incarne l'individualisme nihiliste exposé dans *Le Mythe de Sisyphe* et que l'on désigne généralement sous le nom d'« absurde ». Meursault est possédé par l'absurde comme certains, dans un tout autre contexte spirituel, sont possédés par la grâce. Mais le mot « absurde » n'est pas absolument indispensable. L'auteur lui-même, dans sa préface à l'édition américaine de *L'Étranger*, définit son héros comme quelqu'un *« qui ne joue pas le jeu »*[2], Meursault *« refuse de masquer*

1. Écrit en langue anglaise, le texte original de l'essai qu'on va lire a paru aux États-Unis. L'auteur y réagit contre ce qu'on a appelé le « culte » de Camus, phénomène qui se traduisait sur le plan universitaire par une masse considérable de publications dont la majorité, peut-être, célébrait la gloire de *L'Étranger*. On s'autorisait des principes du « new criticism », parfois sommairement interprétés, pour appréhender ce livre comme pur objet esthétique, en dehors de tout contexte sociologique et même littéraire.

2. Préface réimprimée dans *Théâtre, récits, nouvelles* (I, 1920-1).

ses sentiments » et aussitôt, « *la société se sent menacée* ». Le héros a donc une signification positive. Ce n'est pas « *une épave* », un être à la dérive ; « *c'est un homme pauvre et nu, amoureux du soleil* ».

Il est facile d'opposer *L'Étranger* à un roman tel que *Crime et Châtiment.* Alors que Dostoïevski *approuve* la sentence qui frappe son héros, Camus *s'en indigne. L'Étranger* semble donc être une œuvre innocente et généreuse s'élevant très au-dessus du marécage de notre littérature rongée par les complexes de culpabilité. Mais le problème n'est pas aussi simple qu'il en a l'air. Meursault n'est pas l'unique personnage du roman. S'il est innocent, alors ce sont les juges qui le condamnent qui sont coupables. Présenter le procès comme une parodie de justice revient à mettre implicitement les juges en accusation. De nombreux critiques ont formulé cet acte d'accusation de façon explicite, ainsi d'ailleurs que Camus dans sa préface à l'édition américaine de *L'Étranger.* Après avoir présenté la mort de son héros comme l'odieux produit d'une collectivité indigne, l'auteur conclut en disant : « *Dans notre société, tout homme qui ne pleure pas à l'enterrement de sa mère risque d'être condamné à mort.* » Cette remarque frappante est en réalité extraite d'une déclaration antérieure... Camus la qualifie de « *paradoxale* » mais il la répète néanmoins avec l'intention manifeste de ne laisser place à aucun malentendu autour d'une interprétation de *L'Étranger* dont la validité, en un sens, est incontestable.

L'édition américaine de *L'Étranger* parut en 1955 et *La Chute* en 1956. Un avocat parisien en renom, Clamence, a acquis une grande réputation en défendant les criminels dans lesquels il voyait sous une forme ou sous une autre, des victimes des « juges ». Clamence est profondément content de lui-même car il a toujours pris le parti des « opprimés » contre les « juges » iniques. Pourtant, il découvre un jour qu'il est plus facile d'être vertueux en paroles qu'en actes. C'est le début d'une introspection qui conduit « l'avocat généreux » à renoncer à sa brillante carrière et à se réfugier à Amsterdam. Clamence se rend compte qu'entre ses mains la pitié était une arme secrète pour lutter contre les sans-pitié, une forme plus subtile de pharisaïsme. Ce qu'il cherchait en réalité, ce n'était pas tant à sauver son client qu'à prouver sa supériorité morale en discréditant les juges. Autrement dit, Clamence était le type même d'avocat que le héros de *L'Attrape-Cœurs* voudrait à tout prix éviter de devenir :

« Les avocats, c'est très bien [..] s'ils s'occupaient tout le temps de sauver la vie aux types innocents, et des trucs comme ça, mais vous ne faites pas cette sorte de machin quand vous êtes avocat [...] Même si vous vous occupiez de sauver la vie aux types et tout ça, comment sauriez-vous si c'est vraiment parce que vous voulez sauver la vie aux types, ou bien parce que ce que vous voulez faire en réalité c'est devenir un avocat terrible avec tout le monde au tribunal qui vous donne des tapes dans le dos et vous congratule quand la saleté de procès est fini [...] Comment sauriez-vous que vous n'étiez pas un imposteur ? L'ennui c'est que vous ne le sauriez pas[1] ! »

« L'avocat généreux » veut être *au-dessus* de tout le monde et s'ériger en juge des juges eux-mêmes. C'est un juge déguisé. A l'encontre des juges ordinaires qui jugent directement et à visage découvert, il juge indirectement et par des voies détournées. Quand on se sert de l'anti-pharisaïsme comme d'une arme pour écraser les pharisiens, cela peut devenir une forme plus pernicieuse encore de pharisaïsme. L'idée ne manque pas d'à-propos, surtout à notre époque, mais elle n'est pas neuve et ne retiendrait guère notre attention si Camus, afin de la faire ressortir, ne revenait aux thèmes et aux symboles de ses premières œuvres, et en particulier à ceux de *L'Étranger*.

Dans *La Chute*, comme dans *L'Étranger*, nous trouvons un tribunal, un procès, l'accusé et bien entendu les

1. J.D. Salinger, *L'Attrape-Cœurs*, Robert Laffont, 1953, pp. 205-6 (traduction, par Jean-Baptiste Rossi, de *The Catcher in the Rye*). Le mot « phony », que le traducteur du roman a rendu par « imbécile », se rapproche plutôt du sens d'« imposteur » (note de l'éditeur).

inévitables juges. Le seul personnage nouveau c'est l'avocat généreux lui-même qui défend ses « bons criminels » tout comme Camus le romancier défendait Meursault dans *L'Étranger*. Les « bons criminels » — comme Meursault — perdent leur procès, mais dans les deux cas cette défaite est plus compensée par leur triomphe devant le grand tribunal de l'opinion publique. En lisant *L'Étranger*, nous sommes pris de pitié pour Meursault et de colère envers ses juges. Ce sont là précisément les sentiments que Clamence est censé éprouver dans l'exercice de sa profession d'avocat.

Le Camus d'avant *La Chute* ne ressemble guère à son héros Clamence, mais ils ont un point commun : leur mépris des « juges ». Tous deux ont fondé leur vie intellectuelle complexe et leur réussite sociale sur ce principe sacré. L'apôtre moderne de la « révolte » littéraire remet sans cesse en cause les institutions et les valeurs sociales, mais cette remise en cause, comme celle de l'avocat, fait maintenant partie elle-même de ces institutions. Loin de lui faire courir le moindre risque, ses activités apportent dans leur sillage la notoriété et le succès.

Si Camus avait eu le moindre doute quant à la validité de sa position morale et avait voulu formuler ce doute dans un roman, il n'aurait pu trouver thème plus adéquat que celui de *La Chute*. Toutes ses œuvres précédentes reposent sur la conviction, exprimée ou non, qu'une hostilité systématique à l'égard de tous les « juges » constitue le fondement le plus sûr d'une vie morale « authentique ». *La Chute* tourne ouvertement cette doctrine en dérision. Il est donc normal de conclure que cette œuvre contient un élément d'autocritique[1]. Mais il est tout aussi normal de rejeter une telle conclusion lorsqu'elle menace de détruire toutes les idées bien établies sur Camus, l'homme et l'écrivain.

Nous vivons dans une époque d'« individualisme »

1. A propos de *La Chute*, Jacques Madaule écrit : « En un certain sens, c'est comme une réplique et une réponse à *L'Étranger*. » (Camus et Dostoïevski, *La Table ronde*, CXLVI, 1960, p. 132 ; cf. aussi l'article de Roger Quilliot, « Un monde ambigu », *Preuves*, nº 10, avril 1960, pp. 28-38).

bourgeois dans laquelle rester fidèle à ses propres opinions est considéré comme une vertu cardinale. Mais un penseur n'obéit pas aux mêmes règles qu'un banquier ou qu'un homme d'État. Le fait que Gœthe ait désavoué son *Werther* ne diminue en rien notre admiration pour lui. Et il n'y a rien d'infamant à avoir, comme Rimbaud, renié toute son œuvre, ou comme Kafka refusé jusqu'au bout de laisser publier ses manuscrits. Dans le domaine de l'esprit, le progrès prend souvent la forme de l'autodestruction et peut s'accompagner d'une réaction violente contre le passé. S'il fallait, pour être admiré, qu'un artiste continue d'admirer ses propres œuvres toute sa vie, Monsieur Prud'homme, cette caricature de bourgeois français, surpasserait sans doute Pascal, Racine, Chateaubriand ou Claudel.

Le processus créateur de l'écrivain est devenu un des grands thèmes littéraires de notre époque, sinon le principal. L'avocat de *La Chute,* comme le docteur de *La Peste* est, au moins dans une certaine mesure, une représentation allégorique du créateur. Faut-il écarter cette affirmation sous prétexte qu'elle procède d'une confusion naïve entre l'écrivain et son œuvre ? La crainte de tomber dans le « piège » de la biographie ne doit pas être prétexte à éluder les vrais problèmes de fond que soulève la création littéraire. C'est cette crainte elle-même qui est naïve car elle suppose qu'entre un écrivain et son œuvre les rapports sont nécessairement du type « tout ou rien ». Quand je dis que Clamence *est* Albert Camus, je ne prétends pas qu'il y ait identité entre eux, au sens où un document original est identique à sa copie conforme, ou un voyageur à la photographie qui figure sur son passeport. Quand une œuvre est vraiment profonde, la signification existentielle des personnages et des situations ne peut jamais se ramener à de simples données biographiques ; mais pourquoi faudrait-il qu'il en soit ainsi ?

Même si je concède que le passé de Camus est présent dans *La Chute,* je peux encore ne pas en tirer toutes les conséquences que cela implique. En mettant l'accent sur les allusions politiques et sociales, je peux voir dans la confession de Clamence une attaque dirigée contre tout ce que contient le mot « engagement ». La querelle de Camus avec Sartre, ainsi que la réserve qu'il observa durant les dernières années de sa vie pourraient venir à l'appui de cette interprétation. Si *La Chute* n'est qu'une réaction contre un passé récent, ne peut-on pas y voir un retour à un passé plus lointain et une réaffirmation vigoureuse — quoique énigmatique — des points de vue soutenus dans *Le Mythe de Sisyphe* et *L'Étranger* ? Cette interprétation restrictive est séduisante : malheureusement, rien dans le texte ne la confirme et elle repose sur le postulat implicite que tout l'itinéraire de Camus peut et doit se définir par référence à l'alternative « engagement »/« dégagement » qui faisait loi dans les années cinquante. Le seul inconvénient, c'est que cette alternative exclut précisément l'éventualité qui se trouve réalisée dans *La Chute*, celle d'un changement radical de perspective, si radical qu'il transcende à la fois l'« engagement » de *La Peste* et le « dégagement » de *L'Étranger*.

On ne peut que difficilement séparer l'« engagement » des autres valeurs visées par la satire dans *La Chute* car, pour Clamence, il ne représente plus une position vraiment autonome. Le Camus des premières œuvres répond tout aussi bien au signalement de « l'avocat généreux » que le Camus « engagé » qui lui succède. La seule différence, c'est que les « clients » sont des personnages de fiction dans le premier cas et de vrais êtres humains dans le second. Pour le cynique Clamence c'est là une différence de détail. Aux yeux de « l'avocat généreux », les clients ne sont jamais tout à fait réels puisqu'ils ne représentent rien en eux-mêmes, mais ils ne sont pas non plus tout à fait fictifs puisqu'ils servent à discréditer les juges. L'« engagement » n'est qu'une variation sur le thème de la mauvaise foi, une des nombreuses formes que peut revêtir un dévouement pour les opprimés qui secrètement ne poursuit que des buts égoïstes. Derrière les « clients », ce sont les personnages des premières œuvres qui se profilent, tels que Caligula, les deux meurtrières du *Malentendu*, et surtout Meursault, tout autant que les êtres réels mais vagues dont un écrivain est censé épouser la cause quand il « s'engage ».

Le passage dans lequel Clamence décrit sa sollicitude pour les vieilles dames en détresse et autres déshérités est sans doute la seule allusion directe à l'engagement que contienne *La Chute*. Et remarquons au passage que cette conduite de boy-scout nous est présentée comme un simple prolongement de la conduite professionnelle de l'avocat. Clamence est tellement absorbé par ses fonctions d'homme de loi qu'il continue à jouer son rôle d'« avocat généreux » en dehors du tribunal. La comédie finit par envahir progressivement les moindres aspects de sa vie quotidienne. La littérature et la vie se confondent, non pas parce que la littérature copie la vie mais parce que la vie copie la littérature. L'harmonie se fait au niveau d'une imposture générale.

Il faut lire *La Chute* dans la bonne perspective — c'est-à-dire une perspective humoristique. L'auteur, las de la popularité dont il jouissait auprès des « bien-pensants » de l'élite intellectuelle, trouva une façon subtile de tourner en dérision son rôle de « prophète » sans scandaliser les « purs » parmi ses fidèles. Certes, il faut faire la part de l'exagération, mais on ne saurait écarter ce roman sous prétexte que c'est une boutade, ni se contenter benoîtement d'y voir un bon exemple d'art pur. La confession de Clamence, c'est celle — au sens large de confession spirituelle et littéraire — de Camus. Afin d'établir ceci, je me propose tout d'abord d'examiner *L'Étranger* et d'y faire apparaître un défaut de structure qui, à ma connaissance, n'a encore jamais été mis en évidence. La signification de ce défaut structural nous fournira les éléments dont nous avons besoin pour étayer notre interprétation de *La Chute* en tant qu'autocritique.

***

Rester fidèle aux intentions évidentes du premier Camus, c'est admettre que la condamnation de Meursault n'a pratiquement rien à voir avec son crime. Tous les détails du procès concourent à prouver que les juges sont hostiles au meurtrier non pas à cause de son acte mais à cause de sa personnalité. Albert Maquet, le critique, a parfaitement formulé cette vérité en écrivant : « Le meurtre de l'Arabe n'est qu'un prétexte. Au-delà de la personnalité de l'accusé, les juges veulent détruire la vérité qu'il incarne[1]. »

S'il n'y avait pas eu de meurtre, les juges auraient sans doute perdu un bon prétexte pour se débarrasser de Meursault, mais ils ne devraient pas avoir de mal à en trouver un autre, précisément parce qu'un prétexte n'a pas besoin d'être bon. Si la société était aussi impatiente d'éliminer Meursault que Maquet le laisse entendre, la vie extraordinaire du héros devrait lui fournir plus de « prétextes » qu'il n'en faut pour envoyer un innocent à l'échafaud.

Cette hypothèse est-elle fondée ? En posant cette question, nous avons pleinement conscience d'écarter les intentions formelles de l'auteur pour donner la parole au simple bon sens. Si nous avons l'impression en lisant le roman que Meursault vit dangereusement, cette impression ne résiste pas à l'analyse. Il va travailler régulièrement, se baigne dans la Méditerranée et sort avec les filles du bureau. Il aime le cinéma, mais la politique ne l'intéresse pas. Laquelle de ces activités pourrait bien le conduire en prison, et *a fortiori* à la guillotine ?

Meursault n'a pas de responsabilités, pas de famille, pas de problèmes personnels et aucune sympathie pour les causes impopulaires. Apparemment il ne boit que du café au lait. Il mène vraiment la vie prudente et paisible de n'importe quel petit bureaucrate, doublé dans son cas d'un petit-bourgeois français. Il pousse la prévoyance jusqu'à observer les consignes des médecins quant au temps qu'il faut laisser s'écouler entre le repas et la baignade. Son mode de vie devrait le mettre à l'abri de la dépression nerveuse, de la fatigue cérébrale, de la crise cardiaque et *a fortiori* de la guillotine.

1. Albert Maquet in *Albert Camus ou l'invincible été*, Nouvelles Éditions Debresse, 1956.

Il est vrai que Meursault ne pleure pas à l'enterrement de sa mère, et c'est bien le genre d'action que ses voisins ne manqueront pas de critiquer. Mais de ces critiques à l'échafaud, il y a un abîme qui ne serait jamais franchi si Meursault ne commettait pas de crime. Même le juge le plus féroce ne pourrait rien contre lui s'il n'avait pas tué un homme.

Le meurtre est peut-être un prétexte, mais c'est le seul dont disposent les juges et toute la signification du roman tourne autour de ce fâcheux événement. Il est essentiel de comprendre comment le meurtre se produit. Comment un homme peut-il commettre un crime et ne pas en être responsable ? La réponse s'impose : il doit d'agir d'un *accident*. De nombreux critiques ont adopté cette solution ; pour Louis Hudon, par exemple, Meursault est tout au plus coupable d'homicide involontaire[1]. Comment Meursault aurait-il pu préméditer un meurtre alors qu'il est incapable de faire des projets de carrière à Paris ? L'homicide involontaire, comme chacun sait, n'entraîne pas la peine capitale. Cette interprétation semble étayer les accusations que Camus porte contre « les juges ».

Il y a pourtant une difficulté. Si Meursault doit commettre un crime, nous admettrons volontiers qu'il s'agisse d'un homicide involontaire. Mais pourquoi faut-il qu'il commette un crime ? Un accident peut toujours arriver, bien sûr, mais il est impossible d'en tirer des conclusions générales, sinon il cesse manifestement d'être un *accident*. Si le meurtre est accidentel, il en est de même de la sentence qui frappe Meursault, et *L'Étranger* ne prouve pas que « tout homme qui ne pleure pas à l'enterrement de sa mère risque d'être condamné à mort ». Tout ce que le roman prouve, c'est que cet homme sera condamné à mort s'il lui arrive aussi de commettre un homicide involontaire : on conviendra que c'est là une restriction importante. La théorie de l'accident réduit le cas de Meursault aux dimensions

1. Louis Hudon, « *The Stranger and the Critics* », Yale French Studies, XXV, p. 61.

d'un fait divers pathétique mais de signification limitée.

Les disciples de « l'absurde » pourront toujours imiter la vie de Meursault jusque dans ses moindres détails, enterrer toute leur famille sans verser une seule larme : personne ne mourra jamais sur l'échafaud pour la bonne raison que cette *imitatio absurdi* n'ira jamais jusqu'au meurtre accidentel de l'Arabe. Ce malheureux incident ne se reproduira sans doute jamais.

Adopter la théorie de l'accident c'est forcément minimiser, sinon escamoter le conflit tragique entre Meursault et la société. C'est pour cela que cette théorie ne s'accorde pas avec ce que ressent le lecteur. Pour que les significations voulues par l'auteur soient présentes, il faut que la relation entre Meursault et son crime ne puisse pas se ramener à un simple mobile, comme chez les criminels ordinaires ; mais il faut que cette relation soit essentielle, et non accidentelle. Dès le début du roman, on sent qu'une catastrophe se prépare et que Meursault ne peut rien faire pour se protéger. Le héros est innocent il n'y a pas de doute, et c'est cette innocence même qui cause sa perte.

Les critiques qui ont le plus finement analysé l'atmosphère du meurtre, comme Carl Viggiani, repoussent toutes les interprétations rationnelles et attribuent l'événement à ce même *Fatum* qui préside aux destinées des héros épiques et tragiques dans les littératures archaïques ou de l'Antiquité. Ils soulignent que les divers incidents et objets en rapport avec cet épisode peuvent s'interpréter comme autant de symboles d'une implacable Némésis.

De nos jours, nous invoquons encore le Destin quand nous refusons d'attribuer un événement au hasard, bien que nous soyons incapables de l'expliquer. Mais nous ne prenons pas au sérieux cette « explication » par le Destin lorsqu'il s'agit de faits réels. Le monde dans lequel nous vivons est essentiellement rationnel et il demande à être interprété rationnellement.

Dans le cadre de ses recherches esthétiques, un artiste a parfaitement le droit de s'écarter des règles de la logique. Personne ne conteste cela. Toutefois, s'il fait usage de ce droit, le monde qu'il crée n'est plus seulement fictif, il devient fantastique. Si Meursault est condamné à mort dans un univers fantastique, l'indignation que soulève l'iniquité des juges sera elle aussi fantastique ; il n'est plus permis de dire, comme le fait Camus, que « dans notre société », tout homme qui se conduit comme Meursault risque d'être condamné à mort. Les conclusions que nous tirons du roman ne sont valables que pour ce roman et pas pour le monde de la réalité, puisque les lois de ce monde ne sont pas respectées. La tragédie de Meursault ne nous autorise pas à mépriser les vrais juges qui officient dans les vrais tribunaux. Pour que ce mépris soit justifié, il faudrait un enchaînement rigoureux de causes et d'effets conduisant de la mort de sa mère à la mort du héros. Si au tournant décisif de cet enchaînement on fait surgir le Destin ou quelque autre puissance aussi irrésistible que mystérieuse, nous devons prendre note de cette entorse soudaine au cours normal des choses de ce monde et examiner de très près le message antisocial du roman.

Si une fatalité surnaturelle est à l'œuvre dans *L'Étranger,* comment se fait-il que Meursault soit le seul à en subir les effets ? Pourquoi ne pas juger tous les personnages d'un même roman selon des critères uniformes ? Si nous ne tenons pas le meurtrier pour responsable de ses actions, pourquoi tenir les juges pour responsables des leurs ? On peut, certes, conclure qu'une partie de *L'Étranger* relève du genre fantastique et le reste relève du genre réaliste. Mais le roman ainsi fragmenté n'offre plus de vision cohérente. Si admirable soit-il du point de vue esthétique, il ne peut pas fournir de base à un diagnostic portant sur la société réelle.

La théorie du destin semble satisfaisante tant qu'on isole l'épisode du meurtre mais il est impossible, alors, d'intégrer ce meurtre au reste de l'œuvre. La sympathie que nous éprouvons pour Meursault va de pair avec notre ressentiment envers les juges. On ne saurait négliger ce ressentiment sans trahir un des aspects de notre expérience globale. Ce ressentiment, l'auteur entend nous le faire éprouver, et il réussit : les lecteurs l'éprouvent réellement ; il faut donc parvenir à en rendre compte même s'il ne semble pas se justifier rationnellement.

Parmi les actions de Meursault, la seule qui soit susceptible de lui attirer des ennuis est sa fréquentation d'un milieu interlope. Sans cette fréquentation, Meursault ne se mettrait pas dans la situation qui permet le crime, il n'aurait pas, entre les mains, au moment voulu, l'arme de ce crime, etc. C'est vrai mais il en est de cet épisode comme de ce qui précède. Ou bien Meursault est responsable de ses actes, il sait ce qu'il fait et nous retombons dans le cas du criminel ordinaire ou bien Meursault ne sait pas ce qu'il fait et nous retombons dans l'erreur judiciaire. Ni dans un cas, ni dans l'autre, son exécution ne nous autorise à affirmer qu'on se met en danger de mort si on ne pleure pas à l'enterrement de sa mère.

Nos efforts pour donner un sens au geste criminel de Meursault n'aboutissent à rien. La mort de l'Arabe ne peut ni être accidentelle ni venir de l'au-delà. Et pourtant, dans la mesure où ce n'est pas un acte volontaire, il faut bien qu'elle entre dans l'une de ces deux catégories. Il est aussi difficile d'attribuer un statut ontologique au meurtre qu'il est facile d'établir son rôle dans le récit. Meursault, nous l'avons vu, n'aurait jamais pu être jugé et condamné s'il n'avait pas tué l'Arabe. Mais Camus n'était pas de cet avis, avant *La Chute* tout au moins. « Tout homme qui ne pleure pas à l'enterrement de sa mère risque d'être condamné à mort. » Est-ce là un jugement *a posteriori* inspiré par les péripéties de l'œuvre, comme on l'a toujours supposé, ou bien est-ce un principe *a priori* auquel il faut soumettre les faits vaille que vaille ? Tout s'éclaire si l'on adopte la deuxième hypothèse. Camus a besoin de son « meurtre innocent » parce que son principe *a priori* est manifestement faux. Le culte irritant de la maternité, dans le monde moderne, et la soi-disant profondeur de l'« absurde » ne doivent pas nous détourner du problème essentiel. Replaçons le brillant paradoxe de l'auteur dans le contexte de l'histoire qu'il raconte, écartons le halo d'intellectualisme qui entoure le roman et personne ne prendra plus son message au sérieux. Personne ne nous fera croire que l'appareil judiciaire d'un État moderne prend réellement pour objet l'extermination des petits bureaucrates qui s'adonnent au café au lait, aux films de Fernandel et aux passades amoureuses avec la secrétaire du patron.

Une des raisons pour lesquelles on accepte sans protester le message ahurissant de *L'Étranger*, c'est la modeste condition sociale du héros. Les petits employés sont réellement les victimes toutes désignées de la société moderne. Comme tous ceux de sa classe, Meursault est exposé à une foule de fléaux sociaux qui vont de la guerre à l'oppression économique. Mais si l'on regarde de plus près, cela n'entre pas en ligne de compte dans la tragédie de Camus. Les modes d'oppression réels ne jouent aucun rôle dans *L'Étranger*. Ce roman traite d'une révolte individuelle et non sociale, bien que l'écrivain joue sur l'ambiguïté, ou tout au moins se garde de la dissiper. On nous demande de croire que Meursault est un être exceptionnel, nullement le représentant d'une classe sociale. Ce que les juges sont censés exécrer en Meursault, c'est ce qui fait l'originalité du personnage, ce qui le distingue des autres. Malheureusement, cette prétendue originalité ne se manifeste en rien dans ses actes. En fin de compte, Meursault est un petit bureaucrate sans ambition et en tant que tel, rien ne le destine à être persécuté. Les seules menaces véritables qui peuvent peser sur lui sont celles qui pèsent sur tous les petits bureaucrates et sur la race humaine en général.

L'idée sur laquelle repose le roman est invraisemblable. C'est pour cela qu'une démonstration directe est impossible. L'écrivain veut soulever chez ses lecteurs une indignation qu'il ressent lui-même mais il doit tenir compte des exigences du réalisme élémentaire. Pour faire de Meursault un martyr, il faut lui faire commettre un acte vraiment répréhensible, mais pour lui conserver la sympathie du lecteur, il faut préserver son innocence. Son crime doit donc être involontaire, mais pas au point que l'homme qui ne pleure pas à l'enterrement de sa mère puisse échapper à la sentence. Tous les événements qui conduisent à la scène au cours de laquelle Meursault tire sur l'Arabe, y compris cette scène elle-même avec ses coups de revolver, tantôt voulus, tantôt involontaires, sont présentés de manière à remplir ces exigences contradictoires. Meursault mourra innocent et, pourtant, sa mort dépasse la portée d'une simple erreur judiciaire.

Cette solution n'en est pas une. Elle ne peut que dissimuler sans la résoudre la contradiction entre le premier et le second Meursault, entre le paisible solipsiste et la victime de la société. C'est justement cette contradiction, résumée tout entière dans l'opposition des deux termes « innocent » et « meurtre », qu'on nous propose sous la forme d'une combinaison verbale inhabituelle et intéressante, un peu comme une image surréaliste. Les deux termes ne peuvent pas plus fusionner en un concept unique qu'une image surréaliste ne peut évoquer un objet réel.

L'habileté de la technique narrative rend le défaut de logique dans la structure du roman très difficile à déceler. Quand on nous décrit dans ses moindres détails une existence aussi peu mouvementée que celle de Meursault, sans trace d'humour, on crée automatiquement une atmosphère d'attente et de tension. Au fil de la lecture, notre attention se concentre sur certains détails, insignifiants en eux-mêmes, mais qui finissent par prendre une valeur de présage, simplement parce que l'auteur a jugé bon de les noter. Nous avons le sentiment qu'une tragédie se prépare et ce sentiment, qui ne doit rien aux actions du héros, semble pourtant s'en dégager. Il suffit qu'on nous montre une femme en train de tricoter au début d'un roman policier pour nous convaincre que le tricot est une occupation lourde de périls.

Au cours du procès, tous les incidents mentionnés dans la première partie sont rappelés et se retournent contre Meursault. L'atmosphère d'angoisse qui entoure ces incidents nous paraît donc justifiée. Nous voyons bien qu'il ne s'agit que de petits détails, mais on nous a conditionnés à voir en eux des connotations inquiétantes pour le héros. Il est donc normal de trouver l'attitude des juges à la fois injuste et inévitable.

Dans un roman policier, les indices conduisent finalement à l'assassin. Dans *L'Étranger,* ils conduisent tous aux juges. Le meurtre lui-même est traité avec le même détachement, le même fatalisme que les autres actes de Meursault. De sorte que l'écart entre cette action lourde de conséquences et l'action de se baigner ou de prendre un café au lait s'amenuise ; on nous conduit insensiblement à l'incroyable conclusion que *le héros est condamné à mort non pour le crime dont il est accusé et dont il est réellement coupable, mais à cause de son innocence que ce crime n'a pas entachée, et qui doit rester visible aux yeux de tous comme si elle était l'attribut d'une divinité.*

L'Étranger n'a pas été écrit pour l'amour de l'art pur, pas plus qu'il n'a été écrit pour défendre la cause des opprimés. Camus a voulu prouver que le héros selon son cœur serait nécessairement persécuté par la société. Autrement dit, il a voulu prouver que « les juges ont toujours tort ». La vérité qui se cache dans *L'Étranger* aurait été découverte bien avant qu'elle ne devienne explicite dans *La Chute* si l'on avait soumis le drame de Meursault à une véritable analyse critique. Une lecture attentive conduit en fait à mettre en cause la structure du roman, et à travers elle « l'authenticité » de *L'Étranger,* en utilisant les termes mêmes de la confession de Clamence. L'allégorie de « l'avocat généreux » ne prend tout son sens qu'en fonction de la faille structurelle qu'on vient de dégager, interprétée dans *La Chute* comme la trace objective d'une mauvaise foi, celle de l'auteur lui-même.

L'explication de certains passages obscurs ou apparemment contradictoires va permettre d'étayer cette lecture.

Voici un premier exemple. Au cours du récit de ses activités professionnelles, Clamence fait la remarque suivante : « Je ne me trouvais pas sur la scène du tribunal mais quelque part, dans les cintres, comme ces dieux que, de temps en temps, on descend au moyen d'une machine, pour transfigurer l'action et lui donner un sens. » Les lecteurs qui connaissent la terminologie de la critique française de l'après-guerre se souviendront que Sartre et son groupe accusaient les romanciers de se prendre pour des « dieux » quand ils modifient arbitrairement le destin d'un personnage et, consciemment ou non, l'acheminent vers un dénouement arrêté à l'avance. Si, derrière le masque de l'avocat, nous reconnaissons la présence de l'écrivain, nous déchiffrons dans cette étrange remarque de Clamence une allusion d'ailleurs très pertinente aux « mauvais » romanciers. Cette remarque garderait-elle son sens si l'on ne voyait pas dans *La Chute* une allégorie du passé littéraire de l'écrivain ?

A l'origine, l'image du dieu est de Sartre, mais l'élément grec nous ramène aux critiques qui refusent toute explication rationnelle du meurtre. Ces derniers ne s'attachent qu'à des problèmes de symbolisme ; leurs écrits ont fort bien pu aider Camus à prendre conscience de ce qu'il dénonce enfin explicitement, à savoir la « mauvaise foi » de sa propre création. Le meurtre de l'Arabe, dans un roman qui est par ailleurs de type rationnel et réaliste, est un *deus ex machina* ou, mieux, un *crimen ex machina*, qui fournit à l'auteur un dénouement non pas heureux mais tragique, alors que le caractère qu'il a lui-même attribué à son héros interdit un tel dénouement.

Autre exemple : Clamence nous dit qu'il choisissait ses clients « à la seule condition qu'ils fussent de bons meurtriers comme d'autres sont de bons sauvages ». Cette phrase est absolument inintelligible en dehors de son contexte littéraire. C'est une allusion transparente à Meursault qui joue dans son univers romanesque un rôle identique à celui du « bon sauvage » dans la littérature du XVIIIe siècle. Ici aussi, l'image a pu être suggérée par Sartre qui dans son article de *Situations*, définissait *L'Étranger* comme un conte philosophique du XXe siècle.

Comme le « bon sauvage », Meursault est censé servir de catalyseur. Sa présence suffit à révéler au grand jour l'arbitraire des valeurs qui structurent toute communauté. La « bonté » de cet être abstrait est un absolu auquel nulle dose de « sauvagerie » ne peut porter atteinte. La supériorité de Meursault est de même nature. Bien qu'il ait avoué son crime, il est tout aussi innocent et les juges aussi coupables que si nul crime n'avait été commis. L'innocence et la culpabilité sont des essences immuables. Les vicissitudes de la vie ne peuvent rien contre elles, pas plus qu'Ormazd et Ahriman ne peuvent échanger leurs rôles respectifs de principe du Bien et principe du Mal.

Dans *La Chute*, l'auteur, à l'intérieur même du cadre romanesque, fait le procès des mobiles qui le poussent à écrire des romans. Meursault, en tant que « client » de Clamence, est passé à l'arrière-plan et a sombré dans l'anonymat, mais il reste un *dramatis persona* et on peut faire allusion à la raison d'être véritable de *L'Étranger* en la mettant au compte de ce héros déchu, en la présentant comme mobile caché de l'acte criminel. Il suffira de faire dire à Clamence qu'« après tout ses clients n'étaient pas aussi innocents que cela ». Leurs méfaits soi-disant spontanés et gratuits étaient en réalité prémédités. Si Camus respecte les règles du jeu romanesque établies dans son premier roman, il se doit d'attribuer au héros la « mauvaise foi » qui est en réalité celle de son créateur ; et c'est exactement ce qu'il fait. Les « bons criminels » n'ont pas tué pour les raisons habituelles, cela saute aux yeux, mais parce qu'ils *voulaient* être jugés et condamnés. Clamence nous dit que leurs mobiles étaient en fin de compte les mêmes que les siens : comme beaucoup de nos semblables dans ce monde anonyme, ils voulaient un peu de publicité.

Mais Meursault est un personnage de fiction et, en dernière analyse, c'est l'auteur lui-même qui est responsable de son crime. L'interprétation que nous proposons serait plus convaincante si Clamence, au lieu de rejeter le blâme sur ses « clients », s'accusait franchement lui-même. Mais Clamence est déjà l'avocat. Il ne peut pas être aussi l'instigateur du crime sans qu'on tombe dans l'absurdité. Une allégorie aussi transparente enlèverait son caractère énigmatique à *La Chute* et notre exégèse n'aurait plus de raison d'être. Que le lecteur veuille donc nous pardonner d'insister pesamment sur des vérités trop évidentes : Clamence se présente bel et bien comme étant à la fois le défenseur zélé *et* le complice de ses bons criminels. Il n'hésite pas à assumer ces deux rôles incompatibles. Il faut tirer de cette contradiction les conséquences qui s'imposent, ou renoncer à voir dans *La Chute* autre chose que du charabia.

Voilà certes un curieux avocat, qui d'en haut tire les ficelles des juges comme s'ils étaient des marionnettes et découvre que ses clients sont coupables *après* le verdict, bien qu'il soit lui-même complice de leur crime. Notons d'autre part que cette collusion avec les criminels devrait détruire l'idée que nous nous faisons de « l'avocat généreux » — celle d'un grand bourgeois pompeux et très imbu de son sens de la justice — si nous ne sentions inconsciemment que ces criminels ne sont que des effigies de papier. Le récit de la carrière de Clamence n'est en fait qu'une série de métaphores qui renvoient toutes à la « création inauthentique », et que Camus utilise selon ses besoins, déchirant à mesure le mince voile de la fiction romanesque. Le personnage de Clamence nous suggère que l'auteur de *L'Étranger* n'était pas vraiment conscient de ses propres raisons d'agir jusqu'à ce qu'il subisse sa propre « chute ». Ce qu'il cherchait, sous le couvert de la « générosité », c'était, en réalité à satisfaire un égotisme effréné. Il ne faut pas lire *L'Étranger* comme un roman à thèse. L'écrivain n'a pas délibérément cherché à endoctriner son public, mais il y a d'autant mieux réussi qu'il est d'abord parvenu à se tromper lui-même. La dichotomie entre Meursault et ses juges représente la dichotomie entre le Moi et Autrui dans un monde de conflits intersubjectifs.

L'Étranger, en tant qu'expression de valeurs et de significations subjectives, constitue une structure double qui doit son apparence d'unité à la passion de l'auteur et des lecteurs. Camus croyait « sincèrement » à sa propre innocence — et par conséquent à celle de Meursault — parce qu'il croyait passionnément à la culpabilité des « juges ». L'incohérence de l'intrigue n'est pas due à une tentative maladroite pour prouver quelque chose dont Camus n'était qu'à moitié convaincu. Il était au contraire si certain de l'iniquité des juges que rien n'aurait pu ébranler sa conviction. Pour lui, l'innocent sera toujours traité en criminel. Au cours de sa démonstration, Camus est contraint à faire de son innocent un vrai criminel pour obtenir sa condamnation, mais la force de sa certitude est telle qu'il ne s'aperçoit même pas de la tautologie. On comprend maintenant pourquoi « l'avocat généreux » se présente à la fois comme le défenseur sincère de ses clients et comme le complice de leurs crimes.

Tant qu'il était sous l'emprise de la puissance d'illusion qui informe *L'Étranger,* Camus ne pouvait pas déceler le défaut de structure de son roman. Toutes les illusions font bloc. Elles règnent ensemble et s'écroulent ensemble dès qu'on prend conscience de la passion qui les anime. La confession de Clamence ne conduit pas à une nouvelle « interprétation » de *L'Étranger,* mais à un acte de transcendance. Tous les thèmes du premier roman sont métamorphosés.

Le renoncement à la vision du monde exprimée dans *L'Étranger* est le résultat non d'une découverte empirique, mais d'une espèce de conversion. Et, sans aucun doute possible, une telle conversion nous est dépeinte sur le mode ironique dans *La Chute* sous la forme, précisément, d'une « chute » qui ébranle la personnalité de Clamence. Ce qui déclenche cette métamorphose spirituelle, c'est l'épisode de la noyade ; mais, en fin de compte, elle ne doit rien aux événements extérieurs. C'est ce qui explique que pour reconsidérer *L'Étranger* à la lumière de *La Chute* on ne puisse pas s'en remettre exclusivement aux données extrinsèques fournies par l'appareil critique ou les « explications de texte ». Tout ceci ne portera que si l'on accepte au préalable le parti pris d'autocritique de l'écrivain. Le lecteur doit subir une épreuve, sans doute moins intense, mais semblable à celle de l'écrivain. Le vrai critique ne reste pas orgueilleusement et froidement objectif. Il *communie* vraiment avec l'auteur et peine avec lui. Il faut, nous aussi, descendre de notre piédestal ; en tant qu'admirateurs de *L'Étranger,* nous devons courir le risque d'une *chute* exégétique.

On ne saurait justifier le refus d'analyser la confession

de Clamence sous prétexte que la réputation de Camus n'a rien à y gagner. C'est le contraire qui est vrai. Le fait que *La Chute* transcende le point de vue de *L'Étranger* ne veut pas dire que celui-ci doive baisser dans notre estime par rapport à d'autres romans contemporains. Cela signifie, par contre, que *La Chute* occupera une position plus élevée.

Ceux qui abordent *La Chute* avec réserve se condamnent à ne pas voir la vraie grandeur de Camus, et on peut d'ores et déjà qualifier ce roman de chef-d'œuvre ignoré. Camus est porté aux nues par certains, et raillé par d'autres à cause de son rôle de « directeur de conscience » de la bourgeoisie, mais on ne tient pas compte de *La Chute*, ou on n'y fait que de rapides allusions. La plupart négligent le fait que Camus fut le premier à réagir contre le culte dont il était l'objet. De temps à autre, une voix s'élève pour défendre une vérité que personne, semble-t-il, ne tient vraiment à entendre. Philippe Sénart, par exemple, soutient que Camus se refusait à être le pape infaillible de son propre néo-humanisme :

« Il ne voulait être que le *pape des fous* et il écrivait *La Chute* pour se tourner en dérision et il s'accusait en se moquant. Clamence, avocat déchu, qui avait « bien vécu de sa vertu », qui se trouvait avec coquetterie, « un peu surhomme », était, dans le bouge où il se déguisait en juge pour mieux rire de lui, le bouffon de l'humanité, d'aucuns disaient le singe de Dieu, comme Satan. Clamence, l'Homme-qui-rit, c'était l'Anti-Camus[1]. »

Dans l'un des discours qu'il prononça à l'époque où il reçut le Prix Nobel, Camus ouvre encore une nouvelle perspective aux critiques de son œuvre :

« Le thème du poète maudit né dans une société marchande (Chatterton en est la plus belle illustration), s'est durci dans un préjugé qui finit par vouloir qu'on ne puisse être un grand artiste que contre la société de son temps, quelle qu'elle soit. Légitime à son origine quand il affirmait qu'un artiste véritable ne pouvait composer

1. Ph. Senart, « Camus et le juste milieu », *La Table ronde*, nos 174-175, juillet-août 1962.

avec le monde de l'argent, le principe est devenu faux lorsqu'on en a tiré qu'un artiste ne pouvait s'affirmer qu'en étant contre toute chose en général (II, 1084). »

Tout au long du *Discours de Suède*, Camus se dissocie de son propre passé autant qu'il lui était possible de le faire en la circonstance. Dans le passage cité, il rattache le genre de littérature qu'il a pratiquée pendant si longtemps, non point à une impressionnante tradition philosophique, comme dans *L'Homme révolté*, mais au romantisme français. Comme archétype de la « révolte », il cite *Chatterton*, l'œuvre d'Alfred de Vigny que les lecteurs contemporains jugent sans doute la moins satisfaisante. Il laisse entendre que les conflits tragiques exposés dans ses premières œuvres ne sont en réalité qu'une forme *dégradée* du drame romantique à la Vigny.

Quelques années auparavant, Camus aurait sans doute écarté d'emblée ce rapprochement en dépit, ou plutôt à cause de son extrême pertinence. *L'Étranger* est en fait beaucoup plus proche de *Chatterton* que du conte philosophique ; le conte a un contenu positif et un objectif précis, tandis que *Chatterton* comme *L'Étranger*, est la protestation abstraite d'un individu insatisfait. Une œuvre qui s'en prend à tout en général n'atteint rien de particulier et elle ne dérange personne. Comme l'homme souterrain de Dostoïevski, Meursault s'écrie : « Je suis seul et les autres sont tous ensemble. » Ce roman est le dernier avatar qui conduit à la démocratisation du mythe romantique ; il fournit à un vaste public un symbole de l'aliénation du moi dans un monde où chacun se sent « étranger ».

Chatterton, comme Meursault, est un solitaire, quelqu'un qui refuse de « jouer le jeu ». Tous deux vivent dans un univers à eux qui s'oppose au monde inauthentique des autres. Tous deux souffrent et meurent parce que la société les empêche de vivre leur vie en solitaire et avec infiniment plus de noblesse que leurs semblables.

Mais il y a une différence. Quand on offre à Chatterton le même genre d'emploi subalterne qu'occupe Meursault, il refuse dédaigneusement : cette condition servile lui paraît incompatible avec sa mission. Son destin s'explique facilement par l'orgueil romantique.

A côté de Chatterton, le héros de Camus paraît très humble. Il ne se sent pas de mission à remplir, il n'a en apparence aucune ambition ; il est prêt à faire ce qu'il faut pour assurer sa médiocre subsistance.

Cette modestie apparente cache en réalité une forme exacerbée d'orgueil romantique. Entre Chatterton et Autrui, il y a encore des rapports et des échanges. Chez Meursault, il n'en est plus question. Chatterton apporte son « génie », et la communauté doit en échange lui fournir le gîte et le couvert. Si la société ne respecte pas ses obligations, le poète ne peut pas remplir son rôle de mage. La foule souffre alors d'un grand vide spirituel, et le poète de son estomac vide. Cette famine générale n'atteint certes pas à la grandeur de la tragédie grecque ou classique. Toute tragédie digne de ce nom exige que le héros soit dans le monde. Il est quelque peu ironique, soit dit en passant, qu'une doctrine aussi éthérée que le romantisme de 1830 n'ait donné naissance qu'à des tragédies « alimentaires » du type *Chatterton*. Mais encore ce maigre élément de tragique est-il présent, alors qu'il a totalement disparu chez Camus. L'existence poétique dont rêvait Chatterton fait maintenant partie du jeu honteux que l'individu doit refuser de jouer s'il tient à sauvegarder son « authenticité ». *L'Étranger* ne peut pas finir en une tragédie à la Chatterton. Cette œuvre ne peut que parcourir le cercle clos d'une personnalité qui se suffit totalement à elle-même : une succession ininterrompue de cafés au lait, de films de Fernandel et d'intermèdes érotiques, une sorte d'Éternel Retour en miniature.

L'orgueil romantique sépare Chatterton de ses congénères, mais c'est un orgueil plus grand encore qui isole Meursault, à tel point qu'il ne reste plus aucune possibilité de tragique. Pour se persuader qu'il en est bien ainsi, il faut comparer Meursault à un autre romantique déguisé, M. Teste, le héros solipsiste de la jeunesse de Valéry. M. Teste est extraordinairement brillant et original, mais il est le seul à avoir connaissance de son génie.

Il se contente, comme Meursault, d'un emploi subalterne ; peu lui importe d'avoir l'air quelconque et de demeurer inconnu. Teste ne sera jamais « un grand homme » parce qu'il refuse de faire la moindre concession aux goûts du public. Meursault est un Teste sans diplômes, un Teste qui préfère le café au lait aux mathématiques supérieures, un « super-Teste », en somme, qui ne se donne même pas la peine d'être intelligent.

L'idée qu'on puisse voir en Teste un martyr de la société aurait paru ridicule à Valéry. Tout ce qu'un solipsiste est en droit d'attendre de la société, c'est l'indifférence, et il l'obtiendra sans aucun doute s'il se conduit comme Meursault ou Teste. Valéry savait pertinemment que plus l'individualisme devient extrême, plus les possibilités offertes à l'écrivain diminuent ; et il renonça à toute littérature dramatique parce qu'il la trouvait « impure ».

L'Étranger commence comme *Monsieur Teste* et finit comme *Chatterton*. A l'encontre de Valéry, Camus ne voit pas ou refuse d'accepter les conséquences de son solipsisme littéraire. Il a recours au procédé du « meurtre innocent » afin de récupérer l'archétype du « poète maudit » ou, sous une forme plus générale, de « l'homme d'exception persécuté par la société ». Le *crimen ex machina* permet au romancier d'éluder les conséquences de sa propre philosophie.

Les lecteurs modernes sentent qu'il y a quelque chose de forcé dans *Chatterton,* et pourtant Vigny n'a pas encore besoin de faire de son héros un meurtrier pour qu'il devienne un martyr de la société. *L'Étranger* devrait sembler encore plus forcé ; s'il n'en est rien, c'est à cause du rôle inquiétant et méconnu qu'y joue la violence, ainsi que dans toutes les versions récentes du mythe romantique de l'individu.

Déjà, Chatterton préfère être persécuté plutôt qu'oublié mais cela est difficile à prouver, car il est encore vraisemblable que la société empêche un poète de réaliser son destin de poète. En ce qui concerne Meursault, on peut aisément prouver le penchant morbide pour le martyre, car il n'est pas vraisemblable que la société empêche un petit bureaucrate de réaliser son destin de petit bureaucrate. Camus retire son héros de la société d'une main pour l'y replonger de l'autre. Il veut en faire un solipsiste, puis il en fait la vedette d'un procès, symbole par excellence des rapports humains dégradés qui ont cours dans la société moderne.

Pourquoi Camus aspire-t-il à la solitude et à la vie en société en même temps ? Pourquoi est-il à la fois attiré et repoussé par *les autres* ? Cette contradiction est en réalité inhérente à toute personnalité romantique. Le romantique ne veut pas vraiment être seul ; il veut *qu'on le voie* choisir la solitude. Dans *Crime et Châtiment*, Dostoïevski montre que les rêves solitaires et le « procès » sont les deux aspects inséparables, les deux « moments » d'une oscillation de la conscience romantique et moderne. Mais cette conscience orgueilleuse se refuse à admettre ouvertement la fascination que les autres exercent sur elle. A l'époque où vivait Vigny, un retour discret à la société était toujours possible, car tous les ponts n'étaient pas coupés entre l'individualiste et les autres hommes : il y avait « la mission du poète », par exemple, ou l'amour romantique. Camus coupe ces dernières attaches, car le besoin de nier autrui est plus fort qu'il ne l'a jamais été. Mais le besoin inavoué de cet autrui est de ce fait même plus fort que jamais. Et les conditions créées par le premier de ces besoins ne permettent plus de satisfaire le second.

Le meurtre est en réalité une tentative secrète pour rétablir le contact avec les autres. L'ambivalence dont il porte la marque est caractéristique de tout art à tendance solipsiste, mais jamais, sans doute, elle n'avait été aussi clairement exprimée dans la structure même d'une œuvre. On repère aussi cette contradiction dans *Monsieur Teste* ; Valéry ne peut pas l'éliminer complètement. M. Teste vit et meurt dans la solitude, mais pas au point que le lecteur ignore ses qualités cachées de surhomme. Le *Deus absconditus* de l'égotiste se manifeste par le truchement de grands prêtres et d'intermédiaires. Le narrateur ambigu joue ici le rôle du « meurtre innocent » dans *L'Étranger*. C'est un intermédiaire artificiel entre le solipsiste et le commun des mortels. Il ressemble assez à Teste pour le comprendre et il nous ressemble assez pour daigner s'adresser à nous. Un tel être, par définition, ne devrait pas exister, et l'œuvre n'aurait jamais dû voir le jour. Valéry en était tellement conscient qu'à la suite de *Monsieur Teste* il garda le silence pendant vingt ans.

Camus aussi aurait dû garder le silence, et il en était à demi-conscient puisque dans *Sisyphe,* il juge nécessaire de justifier l'activité littéraire, d'en faire un passe-temps digne d'un chevalier de l'absurde — à condition, bien entendu, qu'elle ne soit pas orientée vers *les autres* ! Dans cette justification *a posteriori,* il faut voir avant tout une preuve que le problème ne peut manquer de se poser. C'est dans *L'Étranger* et non dans *Sisyphe* qu'on trouvera le vrai solipsisme. Meursault ne lit pas et n'écrit pas. On ne l'imagine pas en train de soumettre un manuscrit à un éditeur ou de corriger les épreuves. Les activités de cet ordre n'ont pas leur place dans une existence « authentique ».

Le jeune Valéry et le jeune Camus tenaient à la littérature. Tous deux savaient que c'était un moyen d'échapper à leur condition médiocre. Et pourtant, tous deux s'enfermaient dans des systèmes qui leur interdisaient de pratiquer leur art. Chez ces deux auteurs, on a affaire à un individualisme si exacerbé qu'il frise la paralysie.

Dans la vie, nous connaissons tous des gens qui sont trop orgueilleux pour admettre qu'ils souffrent d'un certain état de choses. Ces gens vont même jusqu'à faire tout leur possible pour prolonger ou aggraver cette situation afin de se prouver à eux-mêmes qu'elle est *librement consentie.*

Le personnage de Meursault reflète sans aucun doute une telle attitude. Objectivement, la vie de ce héros est triste et sordide. Meursault est vraiment une épave. Il n'a aucune vie intellectuelle, pas d'amour ni d'amitié ; il ne s'intéresse à personne et n'a foi en rien. Sa vie se réduit aux sensations physiques et aux plaisirs faciles de la culture de masse. Les lecteurs non informés — les jeunes étudiants américains, par exemple — sentent bien cette détresse fondamentale. Ils saisissent la signification *objective* du roman parce que l'intention *subjective* de l'auteur leur échappe.

Le lecteur « éclairé », au contraire, écarte la signification objective qu'il juge naïve, parce qu'il saisit tout de suite l'intention subjective. Et il a l'impression que l'œuvre n'a plus de secrets pour lui, jusqu'au moment où il lit et comprend *La Chute.* Seul Clamence sait qu'il y a deux niveaux de signification, le subjectif et l'objectif, et c'est ce dernier qu'il considère comme le plus important quand il déclare que ses « bons criminels » étaient *au fond* d'eux-mêmes des malheureux.

Le jugement du plus lucide confirme celui du plus naïf. La vérité appartient au lecteur qui a *tous* les éléments en main ou à celui qui n'en a *aucun* ; entre ces deux extrêmes, l'erreur triomphe.

Naturellement, les étudiants apprennent vite qu'il ne faut pas s'apitoyer sur le sort de Meursault sous peine de passer pour naïf. Mais ils continuent à se demander vaguement comment la critique peut bien faire un paradis de l'univers dans lequel vit Meursault. Cet univers terne et secrètement honni, c'est celui auquel Camus, à tort ou à raison, se sentait condamné à l'époque de *L'Étranger.*

Le désespoir contenu qui règne dans le roman a des causes psychologiques, sociales et même métaphysiques. Les temps étaient difficiles, il y avait peu de débouchés, la santé du jeune Camus l'inquiétait. Il n'était pas encore célèbre, et rien ne l'assurait qu'il le serait un jour. Comme tant d'autres avant et après lui, il décida de revendiquer, de faire siennes cette solitude et cette médiocrité qui lui semblaient sans issue. C'était un acte d'orgueil et de désespoir intellectuels, pareil à l'*amor fati* de Nietzsche. Le *Monsieur Teste* de Valéry jaillit d'une expérience semblable dans un monde analogue. Un jeune homme qui se sent condamné à l'anonymat est poussé à répondre par l'indifférence à l'indifférence de la société. S'il a du talent, il élaborera peut-être une forme nouvelle et extrême du solipsisme romantique ; peut-être créera-t-il un Teste ou un Meursault.

Certains passages du *Traité du désespoir*, consacrés à ce que Kierkegaard appelle « défi » ou « le désespoir où l'on veut désespérément être soi-même », sont ici plus à propos qu'une interprétation psychiatrique :

« Mais n'est-ce pas une autre forme de désespoir que le refus d'espérer comme possible qu'une misère temporelle, qu'une croix d'ici-bas puisse nous être enlevée ? C'est ce que refuse ce désespéré qui, dans son espoir, veut être lui-même. Mais s'il s'est convaincu que cette épine dans la chair (qu'elle existe vraiment ou que sa passion l'en persuade) pénètre trop profond pour qu'il puisse l'éliminer par abstraction, éternellement alors il voudra la faire sienne. Elle lui devient un sujet de scandale ou plutôt elle lui donne l'occasion de faire de toute existence un sujet de scandale (...) Car escompter une chance de secours, surtout par cette absurdité qu'à Dieu tout est possible, non ! non ! il ne le veut pas. Ni pour rien au monde en chercher chez un autre, aimant mieux, même avec tous les tourments de l'enfer, être lui-même qu'appeler au secours (...) trop tard ! Naguère il eût gaiement tout donné pour en être quitte, mais on l'a fait attendre, à présent c'est trop tard, il préfère enrager contre tout, être l'injuste victime des hommes et de la vie, rester celui qui veille justement à bien garder sous la main son tourment pour qu'on ne le lui ôte pas — sinon comment prouver son droit et s'en convaincre soi-même ?[1] »

L'absurde dont parle Kierkegaard n'est pas, cela va sans dire, l'absurde de Camus. Il en est même l'antithèse, puisque Kierkegaard renonce définitivement au nihilisme, renoncement que Camus lui-même écarte et condamne dans *Sisyphe* en le qualifiant d'optimisme facile. Le jeune Camus croyait pouvoir disposer de Kierkegaard en quelques phrases, mais paradoxalement, bien des remarques de Kierkegaard s'appliquent à Camus et vont beaucoup plus loin que celles de Camus sur Kierkegaard : « (...) tant de maîtrise de soi, cette fermeté de roc, toute cette ataraxie, etc., confinent à la fable. (...) Le moi

1. Soeren Kierkegaard, *Traité du désespoir* (traduit par Knud Ferlov et Jean J. Gateau), Gallimard, « Les Essais », 1949, pp. 152-154.

(...) veut (...) réclam(er) l'honneur du poème, d'une trame si magistrale, bref, d'avoir si bien su se comprendre. Mais (...) à l'instant même qu'il croit terminer l'édifice, tout peut, arbitrairement, s'évanouir en néant. »

La forme la plus élevée du désespoir, selon Kierkegaard, ne se rencontre que chez quelques grands poètes, et nous sentons bien ce qui unit le Vigny de *Chatterton*, le Valéry de *Teste* et le Camus de *L'Étranger*, quand le philosophe ajoute : « On pourrait la dire stoïcienne, sans penser seulement à la secte. » Le génie de Kierkegaard traverse la forêt des différences de détail qui permettent à un écrivain d'affirmer son originalité propre, mais cachent le sens profond de ses positions littéraires. Kierkegaard, par un seul acte d'intuition, saisit l'ensemble des fondements spirituels et en révèle les moments successifs, communs, le plus souvent, à un certain nombre d'écrivains. Le passage qui suit, par exemple, nous permet d'éclairer les ressemblances entre Teste et Meursault :

« Les formes les plus inférieures du désespoir, sans intériorité réelle ni rien en tout cas à en dire, on devrait les peindre en se bornant à décrire ou indiquer d'un mot les signes extérieurs des individus. Mais plus le désespoir se spiritualise, plus l'intériorité s'isole comme un monde inclus dans l'hermétisme, plus deviennent indifférents ces dehors sous lesquels le désespoir se cache. Mais c'est qu'à mesure même qu'il se spiritualise, il a soin de plus en plus, par un tact démoniaque, de se dérober sous l'hermétisme et par suite de se revêtir d'apparences quelconques, aussi insignifiantes et neutres que possible. (...) Cette dissimulation même a quelque spiritualité, et c'est un moyen entre autres de s'assurer en somme derrière la réalité un *enclos*, un monde exclusivement pour soi, un monde où le moi désespéré, sans répit comme Tantale, s'occupe de vouloir être lui-même[1]. »

Cette dernière allusion pourrait aussi bien s'appliquer à Sisyphe qu'à Tantale. Le *Sisyphe* de Camus, comme *Monsieur Teste*, est une formulation non critique du

1. *Ibid.*, pp. 155-156.

désespoir kierkegaardien, alors que *L'Étranger* est l'expression esthétique ou naïve — et, partant, la plus révélatrice — de ce même désespoir.

Là encore, il ne faut pas se laisser prendre au piège de la biographie qui ne mène à rien et nous détourne des problèmes fondamentaux. Il faut distinguer le créateur de ses créatures, mais leurs rapports sont complexes. Meursault est le portrait, et même la caricature, d'un homme que Camus n'a jamais été, mais qu'il s'était promis de devenir au sortir de l'adolescence, parce qu'il craignait de ne jamais pouvoir devenir quelqu'un d'autre.

La scène avec le patron est révélatrice. Celui-ci offre à Meursault un voyage à Paris, fait miroiter à ses yeux la possibilité d'un poste avantageux là-bas. Meursault n'est pas tenté. L'épisode, visiblement, n'a qu'un but qui est de souligner, chez ce héros, l'absence totale d'ambition. La démonstration est trop appuyée. A l'échelon le plus bas, celui de Meursault, Paris ne devrait pas offrir de possibilités d'avancement très différentes de celles de l'Algérie. Et il n'y a rien dans le triste hiver parisien qui puisse attirer un amateur de mer et de soleil. A quelle séduction secrète s'agit-il de montrer qu'on n'est pas sensible ?

C'est à Saint-Germain-des-Prés que Meursault-Camus, avec une indifférence étudiée, refuse d'aller vivre. Le vrai Camus, lui, quittera l'Algérie ensoleillée pour les brumes nordiques. Il écrira et publiera un certain nombre de livres. Il se pliera aux exigences d'une carrière littéraire. Il faut bien conclure que le créateur, à la différence de son héros, ne manquait pas d'ambition, que la *réussite*, littéraire ou autre, lui était moins indifférente qu'elle ne paraît l'être à son héros. Ces vérités sont aussi inoffensives qu'évidentes mais elles ont presque l'air de blasphèmes dans le climat d'égotisme puritain et inverti, indispensable à la naissance d'œuvres comme *Monsieur Teste* ou *L'Étranger*, nuisible, par conséquent, à toute lecture vraiment critique de ces mêmes œuvres. Exactement comme Camus et plus encore, peut-être, que Camus, Valéry se prêta, pendant pas mal d'années, à ce qu'il appelait lui-même les « bassesses », nécessaires à la « fabrication d'un grand homme ».

Le besoin d'échapper à la solitude était plus fort que la pression destructrice de l'orgueil introverti. Mais il fallait satisfaire ce besoin d'une façon détournée. Camus ne pouvait pas se contredire trop ouvertement. Le style de son roman révèle comment il a réussi à se tromper lui-même. L'auteur évite systématiquement les effets rhétoriques. Il n'utilise aucun des procédés qui permettent de mettre en valeur une trouvaille. On a l'impression qu'il ne nous regarde pas et desserre à peine les dents. Le fameux refus du passé simple et du présent, les deux temps de la narration traditionnelle, au profit du passé composé, qui appartient au langage parlé, équivaut à un abandon de toutes les techniques conventionnelles du récit. L'auteur refuse d'être un raconteur qui travaille pour un public. Son « écriture blanche » produit un effet de grisaille monotone qui a suscité d'innombrables imitateurs. A moins de se taire vraiment, pour obéir à l'injonction des esthétiques solipsistes qui sont toujours en fin de compte des *esthétiques du silence*, on doit se rabattre sur un pis-aller de silence, sur un compromis plus ou moins heureux et *L'Étranger* propose l'une des formules qui ont connu le plus de succès.

Ce style ressemble étonnamment à celui des actions qui conduisent Meursault au meurtre. On a l'impression que quelqu'un, un beau jour, a tendu un stylo et du papier à Camus et Camus, machinalement, s'est mis à écrire. A Meursault, c'est un revolver qu'on a tendu et, machinalement lui aussi, il s'est mis à tirer. Le livre, de même que le meurtre, semble le résultat de circonstances fortuites, bien qu'il n'ait rien d'accidentel. On peut supposer qu'il s'est écrit lui-même, l'auteur se trouvant dans un état second un peu semblable à celui de Meursault quand il s'avance vers le meurtre. Des deux côtés, c'est la même apparence de nonchalance et d'indifférence qui fait qu'on a bien un crime mais pas de criminel, et qu'on a un livre mais qu'on n'a pas d'écrivain.

Camus et son héros ont fait le serment de ne plus avoir

avec autrui que des contacts superficiels. En apparence, tous deux respectent leur serment. Meursault refuse d'aller à Paris ; Camus critique les écrivains et les penseurs qui ont la naïveté de croire qu'il est possible de communiquer. Mais Meursault ne va pas jusqu'à éviter de tuer l'Arabe, et Camus ne va pas jusqu'à s'interdire d'écrire *L'Étranger*. Un meurtre et un livre dépassent le cadre des rapports superficiels, mais en ce qui concerne le meurtre, le caractère destructeur de l'acte ainsi que le détachement avec lequel il est exécuté, permettent de nier qu'il y ait vraiment contact. De même, le caractère antisocial du roman, ainsi que la matière furtive dont il est écrit, permettent de nier que le solipsiste essaie vraiment de communiquer avec autrui.

Camus trahit le solipsisme en écrivant *L'Étranger* tout comme Meursault le trahit quand il tue l'Arabe. Le roman porte dans tous ses aspects la marque d'un acte créateur unique qui est à ce qu'il engendre — le livre —, ce que la conduite de Meursault est à son meurtre. Le « meurtre innocent » est en vérité le symbole et le noyau central de cet acte créateur. Clamence en a conscience quand il affirme que lui-même, en tant qu'avocat, obéissait aux mêmes mobiles secrets que ses clients. Lui aussi voulait un peu de publicité, mais il ne voulait pas payer aussi cher que les vrais criminels, la satisfaction de ce désir impur. Ayant partagé les crimes, il aurait dû partager les châtiments mais on l'acclamait au contraire comme un parangon de vertu :

« Le crime tient sans trêve le devant de la scène, mais le criminel n'y figure que fugitivement pour être aussitôt remplacé. Ces brefs triomphes enfin se paient trop cher. Défendre nos malheureux aspirants à la réputation revenait, au contraire, à être vraiment reconnu, dans le même temps et aux mêmes places, mais par des moyens plus économiques. Cela m'encourageait aussi à déployer de méritoires efforts pour qu'ils payassent le moins possible ; ce qu'ils payaient, ils le payaient un peu à ma place. »

L'Étranger est une véritable œuvre d'art. Les caractères du style se reflètent dans l'intrigue et *vice versa*. Mais on ne saurait parler d'*unité* à propos de ce roman, car il repose sur une dualité et une ambiguïté radicales. Comment pourrait-il avoir une unité alors que l'acte créateur se retourne en fait contre lui-même ? Chaque page du roman reflète la contradiction et la dualité inhérentes au meurtre. Tout refus de communiquer est en réalité une tentative de communication. Tout geste d'indifférence ou d'hostilité est un appel déguisé. La perspective que *La Chute* ouvre à la critique éclaire même les éléments structuraux, auxquels les formalistes attachent le plus d'importance sans parvenir à les éclairer car ils les isolent des données concrètes de leur engendrement.

Est-il possible de ramener le meurtre de l'Arabe, la structure du roman, son style et l'« inspiration » du romancier à un processus unique ? Oui, si l'on rapproche ce processus de certaines conduites enfantines. Imaginons un enfant à qui on a refusé quelque chose qu'il désirait vivement. Il se réfugie à l'écart de ses parents et aucune promesse n'arrive à le faire sortir de sa retraite. Comme Meursault et comme le jeune Camus, l'enfant réussit à se persuader que son seul désir est qu'on le laisse en paix.

Si on laisse l'enfant à sa solitude, celle-ci devient très vite insupportable, mais l'orgueil l'empêche de rentrer la tête basse dans le cercle de famille. Que faire alors pour rétablir le contact avec le monde extérieur ? Il faut que l'enfant commette une action qui attirera l'attention des adultes, mais ne passera pas pour une reddition humiliante, une action *répréhensible*, naturellement.

Une provocation ouverte serait encore trop transparente. L'action répréhensible doit être commise en cachette et de façon détournée. L'enfant doit affecter envers la sottise qu'il est sur le point de commettre, le même détachement que Meursault envers son crime ou que Camus envers la littérature.

Regardez Meursault : il commence à fréquenter la pègre, négligemment, comme il fréquenterait n'importe qui. La chose est sans importance puisque, pour lui, les *autres* n'existent pas vraiment. Peu à peu, Meursault se trouve mêlé aux affaires louches de ses compagnons, mais il ne s'en rend guère compte. Pourquoi s'en soucier puisque toutes les actions se valent ? L'enfant agit exactement de la même façon : il prend une boîte d'allumettes, par exemple, et joue avec distraitement. Il ne pense pas à mal, bien sûr, mais soudain une allumette flambe, et les rideaux aussi s'ils se trouvent à proximité. S'agit-il d'un accident, du destin ? C'est de la « mauvaise foi », et l'enfant, comme Meursault, ne se sent pas responsable. Pour lui, les objets ne sont que des fragments de matière perdus dans un univers chaotique. L'« absurde », tel que *Sisyphe* l'a fait connaître au grand public, s'est déjà incarné dans cet enfant.

C'est dans une optique faussée que *L'Étranger* a été écrit et qu'on le lit encore généralement. On refuse de reconnaître le côté secrètement provocateur du crime, et on présente les représailles de la société comme une agression injustifiée. Cela revient à renverser les rapports entre l'individu et la société. On nous présente Meursault comme un solitaire totalement indifférent à la société, tandis que la société, elle, est censée s'occuper de très près de son existence quotidienne. Ce tableau est manifestement faux : nous savons tous que l'indifférence est du côté de la société, et que les préoccupations angoissées sont le lot du malheureux héros solitaire. Le tableau conforme à la vérité, ce sont les grandes œuvres romanesques de tous les temps qui nous le donnent : Cervantès, Balzac, Dickens, Dostoïevski, et peut-être aussi le Camus de *La Chute*.

La vérité que *L'Étranger* refuse de reconnaître est si éclatante qu'elle s'exprime presque ouvertement à la fin du roman dans l'explosion passionnée de ressentiment à laquelle s'abandonne Meursault. Beaucoup de lecteurs estiment avec raison que cette conclusion sonne plus juste que le reste du roman. Le ressentiment est présent dans toute l'œuvre, sans doute, mais l'orgueil lui impose silence jusqu'à la condamnation à mort qui donne à Meursault un prétexte pour crier son désespoir sans perdre la face trop visiblement. L'enfant aussi veut être puni afin de pouvoir donner libre cours à son chagrin sans en avouer la véritable cause, pas même à lui-même.

Dans la dernière phrase, Meursault admet pratiquement que la seule exécution dont il soit vraiment menacé, c'est l'indifférence des autres : « Pour que tout soit consommé, pour que je me sente moins seul, il me restait à souhaiter qu'il y ait beaucoup de spectateurs le jour de mon exécution et qu'ils m'accueillent avec des cris de haine. »

Le défaut de structure de *L'Étranger* prend toute sa signification quand on rapproche le roman d'un type de conduite très répandu dans le monde moderne, même parmi les adultes. Cette existence vide, cette tristesse cachée, ce monde à l'envers, ce crime secrètement provocateur, tout cela est caractéristique des crimes dits de délinquance juvénile. Analyser le meurtre, en se guidant sur *La Chute,* c'est reconnaître qu'il relève de ce que la psychologie américaine nomme « attention getting devices ». L'aspect social du roman se rattache aisément à la conception ultra-romantique du Moi qui domine le premier Camus. De nombreux observateurs ont signalé, dans la délinquance juvénile, la présence d'un élément de romantisme moderne et démocratisé. Au cours de ces dernières années, plusieurs romans et films qui traitent ouvertement de ce phénomène social, ont emprunté certaines particularités à *L'Étranger,* ouvrage qui en apparence n'a rien à voir avec ce sujet. Le héros du film *A bout de souffle,* par exemple, tue un policier à demi volontairement et devient ainsi un « bon criminel » à la manière de Meursault. La délinquance juvénile ne figure pas dans *L'Étranger* en tant que *thème* parce que le roman est l'équivalent littéraire de l'acte, son *analogon* parfait.

L'Étranger n'offre assurément pas une peinture fidèle de la société qui lui sert de cadre. Faut-il en conclure, comme le font les formalistes, qu'il constitue un « monde à part », complètement détaché de cette société ? Le roman *renverse* les lois de notre société, mais ce renversement ne signifie pas qu'il y ait absence de relations. On a affaire à une relation complexe qui contient à la fois des éléments positifs et négatifs et qu'il est impossible de formuler mécaniquement au moyen de la vieille terminologie réaliste ou positiviste. C'est une relation négative qu'il faut nettement dégager si on veut saisir la structure esthétique elle-même. La seule façon de mettre en évidence cette structure, c'est d'évoquer à son propos le phénomène social appelé « délinquance juvénile ». *L'Étranger* n'est pas séparable de la réalité sociale qu'il renverse puisque ce renversement est en fait une conduite sociale parmi d'autres, conduite d'ailleurs bien connue et définie. L'autonomie de la structure peut paraître absolue aux yeux de l'écrivain dans le moment de la création, mais elle n'est que relative.

L'Étranger reflète la vision du monde du jeune délinquant avec une perfection inégalée précisément parce que le livre n'a pas conscience de refléter quoi que ce soit, excepté naturellement l'innocence de son héros et l'iniquité de ses juges.

Camus a écrit *L'Étranger* contre « les juges », ou en d'autres termes, contre les bourgeois qui étaient les seuls susceptibles de le lire. Au lieu de rejeter le livre comme l'auteur le souhaitait et en même temps le redoutait, ces lecteurs de la bourgeoisie le couvrirent de louanges. De toute évidence, les « juges » ne reconnaissaient pas leur propre portrait. Eux aussi s'élevèrent contre l'iniquité des juges et réclamèrent la clémence à grands cris. Eux aussi s'identifièrent à l'innocente victime et saluèrent en Meursault un preux chevalier de « l'authenticité » et du « culte solaire ». Le public, en somme, se révéla composé non de « juges », comme l'auteur l'avait pensé, mais « d'avocats généreux » comme lui-même, de gens qui lui ressemblaient.

Puisque tous les admirateurs des premières œuvres de Camus partagent à des degrés divers la culpabilité de l'« avocat généreux », ils ont, eux aussi, leur place dans *La Chute*. Ils y paraissent en effet, en la personne de l'auditeur silencieux. Cet homme n'a rien à dire car Clamence répond à *ses* questions et à *ses* objections avant même qu'elles aient été formulées dans *notre* esprit. A la fin du roman, cet homme révèle son identité : c'est, lui aussi, un « avocat généreux ».

Ainsi, Clamence s'adresse à chacun de nous personnellement. C'est sur nous qu'il se penche, par-dessus la petite table du café ; c'est notre regard qu'il fixe. Son monologue est ponctué d'exclamations, d'interjections et d'apostrophes. Toutes les trois lignes nous trouvons un « allons », « tiens », « quoi ! », « eh bien », « ne trouvez-vous pas », « mon cher compatriote », etc. Le style de *La Chute* est l'antithèse parfaite de « l'écriture blanche », impersonnelle et dépourvue de rhétorique. L'attitude faussement détachée de Meursault a disparu. Nous sommes passés de « l'indignation contenue » de l'avocat généreux, très bien définie par Clamence, expert en la matière, à l'exhibition publique d'une mauvaise foi avouée et pourtant insurmontable. Le symbolisme délibérément facile et disparate de *La Chute* est une parodie du symbolisme « sérieux » des premières œuvres.

Tout en mettant en question l'authenticité de *L'Étranger* et autres œuvres du même genre, Camus met la question elle-même en question. *La Chute*, comme *L'Étranger*, est dirigée contre tous les lecteurs en puissance, puisqu'elle est dirigée contre les avocats dans un monde où il ne reste plus que des avocats. La technique d'agression mentale a gagné en subtilité, mais son objectif reste le même.

Pourquoi Clamence attire-t-il notre attention sur le fait que sa nouvelle attitude relève encore de la mauvaise foi ? Il sape ses propres positions afin d'empêcher les autres de le faire. Après s'être moqué de l'« avocat généreux », il se décrit lui-même ironiquement comme un « juge-pénitent ». Très habilement, il coupe l'herbe sous les pieds de lecteurs qu'il sait aptes à retirer un réconfort moral des paraboles les plus sombres ; il exécute une nouvelle pirouette dans l'espoir de garder une longueur d'avance sur tout le monde dans ce jeu d'auto-justification, qui s'est transformé en une partie d'autocritique.

Qu'un juge renonce à juger, et il devient un juge déguisé, c'est-à-dire un avocat. Que l'avocat renonce au déguisement et le voilà devenu juge-pénitent. Que le juge-pénitent... C'est une descente en spirale dans un enfer épouvantable, mais cette « chute » vertigineuse n'est peut-être pas aussi fatale qu'il y paraît. Le juge-pénitent est loin de prendre son rôle avec autant de sérieux que l'avocat généreux.

Le besoin de se justifier hante toute la littérature moderne du « procès ». Mais il y a plusieurs niveaux de conscience. Ce qu'on appelle le « mythe » du procès peut être abordé sous des angles radicalement différents. Dans *L'Étranger*, la seule question est de savoir si les personnages sont innocents ou coupables. Le criminel est innocent et les juges sont coupables. Dans la littérature traditionnelle, le criminel est généralement coupable et les juges innocents. La différence n'est pas aussi importante qu'il le semble. Dans les deux cas, le Bien et le Mal sont des concepts figés, immuables : on conteste le verdict des juges, mais pas les valeurs sur lesquelles il repose.

La Chute va plus loin. Clamence s'efforce de démontrer qu'il est du côté du Bien et les autres du côté du Mal, mais les échelles de valeurs auxquelles il se réfère s'effondrent une à une. Le vrai problème n'est plus de savoir « qui est innocent et qui est coupable ? » mais « pourquoi faut-il continuer à juger et à être jugés ? ». C'est là une question plus intéressante, celle-là même qui préoccupait Dostoïevski. Avec *La Chute*, Camus élève la littérature de procès au niveau de son génial prédécesseur.

Le Camus des premières œuvres ne savait pas à quel point le jugement est un mal insidieux et difficile à éviter. Il se croyait en dehors du jugement parce qu'il condamnait ceux qui condamnent. En utilisant la terminologie de Gabriel Marcel, on pourrait dire que Camus considérait le Mal comme quelque chose d'extérieur à lui, comme un « problème » qui ne concernait que les juges, alors que Clamence sait bien qu'il est lui aussi concerné. Le Mal, c'est le « mystère » d'une passion qui en condamnant les autres se condamne elle-même sans le savoir. C'est la passion d'Œdipe, autre héros de la littérature de procès, qui profère les malédictions qui le mènent à sa propre perte. La réciprocité entre le Je et le Tu s'affirme à travers tous les efforts que je fais pour la nier. « La sentence dont vous frappez vos semblables », dit Clamence, « vous est toujours renvoyée au visage et y cause de sérieux dégâts. »

L'étranger n'est pas en dehors de la société mais en dedans, bien qu'il l'ignore. C'est cette ignorance qui limite la portée de *L'Étranger* tant au point de vue esthétique qu'au point de vue de la pensée. L'homme qui ressent le besoin d'écrire un roman-procès n'appartient pas à la Méditerranée, mais aux brumes d'Amsterdam.

Le monde dans lequel nous vivons est un monde de jugement perpétuel. C'est sans doute le vestige de notre tradition judéo-chrétienne. Nous ne sommes pas de robustes païens, ni des juifs, puisque nous n'avons pas de Loi. Mais nous ne sommes pas non plus de vrais chrétiens puisque nous continuons à juger. Qui sommes-nous ? Un chrétien ne peut s'empêcher de penser que la réponse est là, à portée de la main : « Aussi es-tu sans excuse, qui que tu sois, toi qui juges. Car en jugeant autrui, tu juges contre toi-même : puisque tu agis de même, toi qui juges. » Camus s'était-il aperçu que tous les thèmes de *La Chute* sont contenus dans les Épîtres de saint Paul ? Si oui, aurait-il tiré de cette analogie et des réponses de saint Paul, les conclusions qu'un chrétien en tirerait ? Personne ne peut répondre à ces questions.

Meursault était coupable d'avoir jugé, mais il ne le sut jamais. Seul Clamence s'en rendit compte. On peut voir en ces deux héros deux aspects d'un même personnage dont le destin décrit une ligne qui n'est pas sans rappeler celle des grands personnages de Dostoïevski. Comme Raskolnikov, comme Dimitri Karamazov, Meursault-Clamence se croit d'abord victime d'une erreur judiciaire, mais se rend finalement compte que la sentence est juste, même si les juges pris individuellement, sont injustes, parce que le Moi ne peut offrir qu'une parodie grotesque de Justice.

Pour découvrir la portée universelle de *La Chute*, il faut d'abord en saisir la signification la plus individuelle, intime même. D'ailleurs, ces deux aspects ne font qu'un : la structure de l'œuvre forme un tout, et sa signification aussi. Extérieurement, cette signification paraît purement négative. Mais une phrase du *Discours de Suède* résume ses aspects positifs. Camus oppose ses deux attitudes successives et confirme nettement la signification personnelle qui vient d'être reconnue, ici, à la confession de Clamence :

« L'art (...) oblige (...) l'artiste à ne pas s'isoler ; il le soumet à la vérité la plus humble et la plus universelle. Et celui qui, souvent, a choisi son destin d'artiste parce qu'il se sentait différent, apprend bien vite qu'il ne nourrira son art, et sa différence, qu'en avouant sa ressemblance avec tous. (II, 1071-2) »

(Traduit de l'anglais par Régis Durand et l'auteur.)

DE « LA DIVINE COMÉDIE » A LA SOCIOLOGIE DU ROMAN

PAOLO et Francesca, les amants adultères de *La Divine Comédie*, connurent un succès tout particulier au début du XIXe siècle. Les deux jeunes gens défient les lois divines et humaines et ils font triompher la passion, semble-t-il, même sur le plan de l'éternité. Qu'importe l'enfer à leurs yeux puisqu'ils y sont *ensemble* ? Dans l'esprit d'innombrables lecteurs romantiques et modernes le décor infernal, si remarquable soit-il sur le plan esthétique, n'est qu'un hommage un peu vide aux conventions morales et théologiques de l'époque.

Loin d'ébranler l'individualisme, la passion romantique est censée l'accomplir. Les amants se donnent l'un à l'autre dans un acte parfaitement spontané et qui n'engage qu'eux-mêmes, bien qu'il les engage totalement. Il y aurait donc là une espèce de *cogito* amoureux qui fonderait les partenaires dans leur existence d'amants, la seule authentique à leurs yeux, et qui engendrerait un être neuf, à la fois un et double, absolument autonome par rapport à Dieu et aux hommes.

Telle est l'image de la passion qui émerge des commentaires de Dante, comme elle émerge de mille autre textes littéraires de l'époque. Cette lecture romantique est évidemment contraire à l'esprit de *La Divine Comédie*. L'enfer, pour Dante, est une réalité. Aucune union véritable n'y est possible entre ces *doubles* désincarnés que sont l'un pour l'autre Paolo et Francesca. L'entreprise amoureuse a bien un sens prométhéen mais son échec est total et c'est cet échec que le lecteur romantique ne perçoit pas. Pour révéler le contresens dans sa plénitude il faut lire, simplement, la genèse de cette passion, telle que la décrit Francesca elle-même à la requête de Dante.

Un jour, Paolo et Francesca lisaient ensemble, en toute innocence, le roman de Lancelot. Au moment de la scène d'amour entre le chevalier et la reine Guenièvre, femme d'Arthur, ils éprouvèrent une gêne et ils rougirent. Vint ensuite le premier baiser des amants légendaires, Paolo et Francesca se retournèrent l'un vers l'autre et s'embrassèrent, eux aussi. L'amour avance dans leurs âmes à mesure qu'ils avancent eux-mêmes dans le livre. La parole écrite exerce une véritable fascination. Elle pousse les deux adolescents à agir dans un sens déterminé ; elle est un miroir dans lequel ils se contemplent pour se découvrir semblables à leurs brillants modèles.

Paolo et Francesca ne réalisent donc jamais, même sur le plan humain, le solipsisme à deux qui définit la passion absolue : l'*Autre*, le livre, le modèle est présent dès le principe ; c'est lui qui est à l'origine du projet solipsiste. Le lecteur romantique et individualiste ne perçoit pas le rôle de l'imitation livresque précisément parce qu'il a foi, lui aussi, en la passion absolue. Attirez l'attention de ce lecteur sur le livre et il vous répondra qu'il s'agit là d'un détail sans importance. La lecture, à l'en croire, ne fait guère que révéler un désir préexistant. Mais Dante donne à ce « détail » un relief qui rend plus saisissant encore le silence fait autour de lui par les commentateurs modernes. Les interprétations qui minimisent le rôle du livre sont toutes balayées par la conclusion du récit de Francesca :

Galeotto fu il libre et chi lo scrisse.

Galeotto, Gallehaut, est le chevalier félon, l'ennemi d'Arthur, qui sème dans le cœur de Lancelot et de

Guenièvre les germes de la passion. C'est le roman lui-même, affirme Francesca, qui joua dans notre vie le rôle de l'entremetteur diabolique, le rôle du médiateur. La jeune femme maudit le livre et son auteur. Il ne s'agit pas d'attirer notre attention sur un écrivain particulier. Dante ne fait pas d'histoire littéraire ; il souligne qu'écrite ou orale c'est toujours la parole de *quelqu'un* qui suggère le désir. Le roman occupe dans le destin de Francesca la place du Verbe dans le quatrième évangile. Le Verbe de l'Homme devient Verbe diabolique s'il usurpe dans nos âmes la place du Verbe divin.

Paolo et Francesca sont les dupes de Lancelot et de la reine ; ceux-ci sont eux-mêmes les dupes de Gallehaut. Et les lecteurs romantiques sont les dupes à leur tour de Paolo et de Francesca.

La suggestion maléfique est un procès qui se renouvelle indéfiniment à l'insu de ses victimes. Une même censure intérieure efface toute perception du médiateur, supprime toute information contraire à la « vision du monde » romantique et solipsiste. George Sand et Alfred de Musset partant pour l'Italie se prennent pour Paolo et Francesca mais jamais ils ne doutent de leur spontanéité. Le romantisme fait de *La Divine Comédie* un nouveau roman de chevalerie. C'est un aveuglement extrême qui fait jouer le rôle du médiateur à l'œuvre qui dénonce expressément la médiation.

La Francesca qui parle dans le poème n'est plus dupe mais c'est à la mort qu'elle doit sa lucidité. Imitatrice d'imitateurs elle sait que la ressemblance est réelle entre elle et son modèle, car on obtient toujours ce qu'on désire fortement, mais cette ressemblance ne se situe pas dans le triomphe de l'absolutisme passionnel, comme l'imaginèrent d'abord les amants et comme l'imaginent encore les lecteurs, elle se situe dans l'échec, un échec déjà consommé au moment où s'échangera, à l'ombre de *Lancelot*, le premier baiser.

Don Quichotte recherche dans l'imitation d'un modèle chevaleresque la même quasi-divinité que Paolo et Francesca. Et il répand, lui aussi, le mal dont il est la victime. Il a ses imitateurs et le roman dont il est le héros a ses plagiaires, ce qui permet à Cervantès de prophétiser ironiquement, dans sa seconde partie, la critique délirante qui devait sévir une fois de plus à partir du romantisme, celle d'Unamuno par exemple, qui l'insultera, lui, le romancier, pour « l'incompréhension » dont il fait preuve à l'égard de son sublime et génial héros. L'individualiste n'ignore pas qu'il existe une passion seconde et dérivée mais ce n'est jamais, à ses yeux, la vraie passion, c'est-à-dire la sienne ou celle de ses modèles. Le génie de Dante, comme celui de Cervantès est lié à l'abandon du préjugé individualiste. C'est donc l'essence même de ce génie qui est méconnue par le romantisme et ses séquelles contemporaines.

Cervantès et Dante ouvrent, sur l'essence de la littérature, un domaine de réflexion qui inclut le « *play within the play* » shakespearien et la « mise en abîme » gidienne. Ces écrivains nous suggèrent également, en liaison avec les œuvres romanesques modernes, une interprétation de la conscience malheureuse assez différente de celle de Hegel.

Le héros du désir dérivé cherche à conquérir l'*être* du modèle par une imitation aussi fidèle que possible. Si ce héros vivait dans le même univers que ce modèle, au lieu d'être à jamais séparé de lui par toute la distance du mythe ou de l'histoire, comme dans les exemples ci-dessus, il en viendrait forcément à désirer le *même* objet que lui. A mesure que le médiateur se rapproche, la vénération qu'il inspire fait place à la rivalité haineuse. La passion n'est plus éternelle. Un Paolo qui coudoierait tous les jours Lancelot préférerait sans doute la reine Guenièvre à Francesca, à moins qu'il ne parvînt à lier spirituellement celle-ci à son rival, à la lui faire désirer pour mieux la désirer lui-même, pour la désirer *en lui* ou plutôt contre lui, pour l'arracher, en somme, à un désir transfigurateur. C'est cette deuxième possibilité qu'illustrent, dans *Don Quichotte*, le récit du « Curieux impertinent » et, chez Dostoïevski, la nouvelle de *L'Éternel Mari*. Chez les romanciers de la médiation *interne*, c'est l'envie et la jalousie morbide qui triomphent. Stendhal parle de « vanité », Flaubert et ses critiques de « bovarysme » ;

Proust révèle les mécanismes du snobisme et de l'amour-jalousie.

Le modèle, ici, est toujours un obstacle. A un degré de « dégradation » plus grand, tout obstacle va servir de modèle. Masochisme et sadisme sont donc des formes dégradées du désir médiatisé. Que la valeur érotique se déplace de l'objet vers le médiateur-rival et l'on aura le type d'homosexualité illustré par Marcel Proust. Les divisions et les déchirements produits par la médiation trouvent leur paroxysme dans l'hallucination du *double*, présente chez de nombreux écrivains romantiques et modernes mais comprise par le seul Dostoïevski en fonction de cette médiation.

Il faut considérer les grandes œuvres romanesques comme un seul ensemble signifiant. L'histoire individuelle et collective du désir dérivé va toujours vers le néant et la mort. Une description fidèle dégage une structure dynamique en forme de spirale descendante.

Comment le romancier peut-il percevoir les structures du désir ? La vision de la totalité est vision simultanée du tout et des parties, du détail et de l'ensemble. Elle exige à la fois le recul et l'absence de recul. Le vrai romancier n'est ni le dieu olympien et paresseux que décrit Sartre dans *Qu'est-ce que la Littérature* ni l'homme « engagé » que le même Sartre voudrait substituer à ce faux dieu. Il faut que le romancier soit à la fois « engagé » et « dégagé ». Il est l'homme qui a d'abord été « pris » dans la structure du désir et qui en est sorti. Le Flaubert de *La Première Éducation sentimentale,* le Proust de *Jean Santeuil,* le Dostoïevski d'avant le *Souterrain* nous présentent tous les dédoublements engendrés par la médiation comme des déterminations objectives du monde romanesque. Leur vision demeure pénétrée de manichéisme. Tous, donc, ont été des « romantiques » avant de devenir des romanciers.

A cette emprise initiale de l'illusion sur l'écrivain correspond dans l'œuvre décisive, l'illusion du héros, enfin révélée comme telle. Ce héros ne se libère jamais qu'au terme de l'œuvre, dans une conversion qui est un renoncement au désir médiatisé, c'est-à-dire une mort du

Moi romantique et une résurrection dans la vérité romanesque. C'est pourquoi la mort et la maladie sont toujours physiquement présentes dans la conclusion et elles ont toujours le caractère d'une délivrance joyeuse. La conversion finale du héros est une transposition de l'expérience fondamentale du romancier, de son renoncement à ses propres idoles, c'est-à-dire de sa métamorphose spirituelle. Marcel Proust révèle pleinement, dans *Le Temps retrouvé,* une signification toujours présente mais voilée chez les romanciers antérieurs.

La conclusion qui est mort au monde est une naissance à la création romanesque. On peut vérifier très concrètement ce fait dans le chapitre intitulé « Conclusion » du *Contre Sainte-Beuve* et dans d'autres textes tirés des archives proustiennes. Les premières ébauches du *Temps retrouvé* sont là et elles se ramènent à un constat d'échec généralisé, à un désespoir existentiel et littéraire qui précède de peu la mise en chantier de *La Recherche du temps perdu.*

Il faut appliquer aux conclusions la même méthode qu'aux univers romanesques, il faut les envisager comme une seule totalité signifiante. Ce qu'on découvre, cette fois, n'est pas un développement historique continu mais une forme dynamique toujours à peu près identique bien que plus ou moins parfaitement réalisée chez les romanciers particuliers. La révélation finale illumine, rétrospectivement, le chemin parcouru. L'œuvre est elle-même rétrospective ; elle est à la fois le récit et la récompense de la métamorphose spirituelle. A la lumière de celle-ci, l'existence dans le monde, la descente en spirale, apparaît comme une *descente aux Enfers,* c'est-à-dire comme une étape nécessaire sur la voie de la révélation finale. Le mouvement descendant finit par se transformer en mouvement ascendant sans qu'il y ait jamais retour en arrière. C'est là, évidemment, la structure de *La Divine Comédie.* Et sans doute faut-il remonter plus haut, encore, pour définir l'archétype de la forme romanesque, jusqu'aux *Confessions* de saint Augustin, première œuvre dont la genèse soit véritablement inscrite dans la forme.

Ces observations ne relèvent pas d'une théologie mais

d'une phénoménologie de l'œuvre romanesque. Nous ne cherchons pas à christianiser superficiellement les romanciers et nous sommes à peu près d'accord avec Lucien Goldmann lorsqu'il écrit :

« La conversion finale de *Don Quichotte* ou de *Julien Sorel* n'est pas... l'accès à l'authenticité, à la transcendance verticale, mais simplement la prise de conscience de la vanité, du caractère dégradé, non seulement de la recherche antérieure, mais aussi de tout espoir, de toute recherche possible[1]. »

Cette phrase est d'ailleurs plus vraie encore de Flaubert que de Stendhal et de Cervantès. Ces romanciers définissent une conversion « minimale » par rapport à la conversion « maximale » de Dostoïevski ; il n'en est pas moins vrai que l'archétype dantesque et augustinien demeure inscrit dans la forme de l'œuvre. Le recours au symbolisme chrétien, chez un Stendhal ou un Proust, nous paraît même d'autant plus intéressant qu'il n'a pas de signification religieuse et que toute imitation extérieure d'une forme reconnue comme chrétienne et recherchée en tant que telle est exclue.

Le problème qui se pose ici n'est pas celui du sens ultime de la réalité mais celui de la vision des « visions du monde ». Il y a vision, dans *Les Confessions*, d'une vision païenne et d'une vision chrétienne ; c'est dans le passage de l'une à l'autre que les deux visions deviennent visibles. La *vita nova* de Dante implique quelque chose d'un peu analogue. Et également le passage du romantisme au roman qui peut, certes, se définir comme « une prise de conscience » mais qui ne peut guère constituer quelque chose de simple et de facile, quelque chose qui va de soi, comme le suggère Lucien Goldmann dans la citation précédente. L'interprétation nous paraît, sur ce point, incompatible avec la notion de « vision du monde » et avec la stabilité, la résistance au changement qui caractérise les structures sociales et spirituelles.

L'archétype dantesque reparaît, dira-t-on, dans des

1. Lucien Goldmann, « Marx, Lukàcs, Girard et la sociologie du roman », in *Médiations 2*, 1961, p. 145.

œuvres de contenu philosophique très divers. Sans vouloir minimiser ces divergences, on peut signaler qu'il existe aussi des analogies étroites. Et ces analogies ne sont pas limitées aux romanciers. On les retrouve, par exemple, chez un Georges Lukàcs dont la théorie des « visions du monde » repose nécessairement sur une vision de ces visions, c'est-à-dire sur une expérience un peu semblable à celle des romanciers. Il y a quelque chose d'assez « dantesque » dans la perspective de Lukàcs. Lorsqu'il qualifie de « démoniaque » la recherche dégradée des héros de roman, ne nous donne-t-il pas l'équivalent métaphorique de cet enfer où Dante a plongé ses propres héros ? Dans *La Signification présente du réalisme critique*[1], les expressions suivantes reviennent souvent caractériser la littérature de l'avant-garde occidentale : « infernal, diabolique, fantomatique, monstrueux, grimaçant, puissances souterraines, principe démoniaque ». On peut certes reprocher à Lukàcs un peu trop de sévérité à l'égard de la littérature contemporaine, mais ce reproche, si légitime soit-il, ou l'ironie un peu facile qu'appelle ce langage théologique ne doivent pas nous faire perdre de vue l'intuition profonde qu'exprime ce langage. Freud emploie, lui aussi, le terme « démoniaque » pour désigner le caractère morbidement répétitif de la névrose.

La pensée religieuse authentique, les grandes œuvres romanesques, la psychanalyse et le marxisme ont ceci de commun qu'ils s'opposent tous à une « idolâtrie » ou à un « fétichisme ». On répète à tout venant que le marxisme est une « religion » mais le judaïsme et le christianisme primitif, également acharnés contre les idoles, apparurent à l'univers païen comme un premier athéisme. L'accusation de fétichisme se retourne aujourd'hui contre une chrétienté qui l'a souvent méritée et qui la mérite encore mais c'est cette chrétienté, il ne faut pas l'oublier, qui nous a transmis l'horreur du fétichisme sous toutes ses formes.

1. *La vision du monde sous-jacente à l'avant-garde littéraire*, in G. Lukàcs. *La signification présente du réalisme critique*, Paris, 1960, pp. 25-85.

Le caractère irremplaçable du langage religieux nous oblige à nous demander si la pensée qui, la première, anima ce langage n'est pas plus apte à embrasser le concret qu'on ne l'imagine parfois. Aucun mode de cette pensée ne nous paraît plus vieilli et plus vide de sens que l'*allégorie* patristique et médiévale. Les progrès de la réflexion moderne nous obligeront peut-être à réviser ce jugement. Rien de plus éloigné, semble-t-il, de cette pensée allégorique, que le rapport établi par Lucien Goldmann entre l'univers romanesque du désir et l'économie du marché :

« Dans la vie économique qui constitue la partie la plus importante de la vie sociale moderne, toute relation authentique avec l'aspect qualitatif des objets et des êtres tend à disparaître aussi bien des relations des hommes et des choses, que des relations interhumaines, pour être remplacée par une relation médiatisée et dégradée : la relation avec les valeurs d'échange purement quantitative. »

Toutes les idoles particulières se résument et se dépassent dans l'idole suprême du monde capitaliste : l'argent. Il y a une « homologie rigoureuse » entre tous les domaines de l'être. Notre vie sentimentale et même notre vie spirituelle ont la même structure que notre vie économique. L'idée paraît scandaleuse à une religiosité qui n'affirme l'autonomie des « valeurs spirituelles » que pour mieux dissimuler la médiation et la dégradation universelles. Mais les pères de l'Église auraient accueilli l'intuition marxiste, eux qui faisaient de l'argent le symbole inférieur de l'Esprit-Saint et de la vie spirituelle. Si l'argent devient le centre de la vie humaine il devient aussi le cœur d'un système analogique qui reproduit en l'inversant la structure de la rédemption chrétienne, c'est-à-dire qui nous replonge dans l'enfer de Dante et dans le « démoniaque » de Lukàcs ou de Freud. La pensée allégorique est autre chose, peut-être, qu'un jeu littéraire. Reconnaître les liens qui unissent la méditation patristique aux secteurs les plus avancés de la réflexion contemporaine, c'est poser, à un niveau un peu plus profond, peut-être, que par le passé, le problème de l'unité de la pensée occidentale.

MONSTRES ET DEMI-DIEUX DANS L'ŒUVRE DE HUGO

Le héros de *L'Homme qui rit*, Gwynplaine, est un monstre artificiel, une victime de ces fabricants de bouffons et de nains auxquels Hugo donne le nom espagnol de *comprachicos* ou acheteurs d'enfants. S'ils ont mutilé le visage de Gwynplaine, en y imprimant un éternel rictus, les *comprachicos* n'ont pas pu mutiler son âme qui reste généreuse et belle. Gwynplaine, le bateleur, est l'antithèse vivante de Lord David et de la duchesse Josiane, tous deux beaux comme des dieux, élégants, richissimes mais blasés, cruels, immoraux. A Gwynplaine, laid au physique et beau au moral, s'opposent Lord David et Josiane, beaux au physique et laids au moral.

L'association est si naturelle entre le beau et le bien, entre le mal et le laid, que nous parlons de beauté et de laideur morales sans avoir conscience de recourir à une image. Dans *L'Homme qui rit*, ce rapport analogique est inversé : la beauté est systématiquement associée au mal, la laideur au bien. Et ce phénomène d'inversion, il est facile de le constater, n'est pas limité au thème de la beauté et de la laideur. Entre les grandes images élémentaires et l'antithèse fondamentale, celle du bien et du mal, le rapport qu'établit Hugo contredit toujours le rapport auquel nous sommes habitués, le rapport inscrit dans le langage sinon dans la nature des choses. Cette contradiction, directement liée au message que le romancier veut nous transmettre, se reflète jusque dans les noms propres. L'homme qui recueille Gwynplaine s'appelle Ursus et sa bête, un loup, s'appelle Homo. L'animal chez le dernier Hugo, est presque toujours plus humain ou, tout au moins, moins bestial que l'homme. L'antithèse lumière/obscurité est également retournée. La seule personne qui *voit* le véritable Gwynplaine est Dea, une aveugle, qui fut jadis sauvée par lui : « De ses yeux pleins de ténèbres elle contemplait au zénith de son abîme cette bonté, lumière profonde. »

Le Hugo de *L'Homme qui rit* est âgé de soixante-sept ans ; depuis plus de cinquante ans, sans se lasser, il crée des monstres. Le premier, le nain Habribah de Bug-Jargal, est un bouffon, comme Gwynplaine ; le second, Han d'Islande, tient du vampire, du démon et de la bête féroce. Dans les deux cas, la laideur physique est associée à la laideur morale et cette double laideur sert de repoussoir à la double beauté du héros principal. L'ordonnance des antithèses reste donc traditionnelle et rassurante. Deux ou trois passages, toutefois, font déjà jouer au monstre un rôle qui préfigure celui de Gwynplaine. Dans *Han d'Islande*, le traître du roman, âme noire s'il en fut et ministre du roi de Norvège, cherche à associer Han à ses ténébreux desseins ; il se livre, en sa présence, à quelques confidences. Celui-ci, frappé par l'hypocrisie de son interlocuteur, le regarde « bien en face » et s'écrie : « Si nos deux âmes s'envolaient de nos corps en ce moment, je crois que Satan hésiterait avant de décider laquelle des deux est celle du monstre. » Plus tard, devant ses juges, Han se vante de ses crimes : « J'ai commis plus de meurtres et allumé plus d'incendies, affirme-t-il, que vous n'avez à vous tous prononcé d'arrêts iniques dans votre vie. »

Le premier Hugo ne réhabilite pas encore le monstre mais il pose, en face de la monstruosité bien visible, et, pour tout dire, honnête de la brute, la monstruosité cachée des juges, évêques et ministres. Ce parallèle contient les germes d'une opposition qui se précise et s'accuse dans *Notre-Dame de Paris*. Quasimodo est encore un peu méchant, au moins dans son principe, mais il est incapable d'hypocrisie. Il est l'antithèse du prêtre Frollo, fourbe et sinistre, en dépit de son allure majestueuse et du prestige qui s'attache à ses fonctions.

La monstruosité physique de Quasimodo relève encore de la nature mais sa monstruosité morale relève de la société.

« La méchanceté n'était peut-être pas innée en lui. Dès ses premiers pas parmi les hommes il s'était senti, puis il s'était vu conspué, flétri, repoussé... En grandissant il n'avait trouvé que la haine autour de lui. Il l'avait prise. Il avait gagné la méchanceté générale. Il avait ramassé l'arme dont on l'avait blessé. »

Quasimodo est déjà la victime de *comprachicos* moraux. La première fois que nous voyons cet être difforme, sur le parvis de la cathédrale, une meute de vieilles bigotes l'entoure, toutes griffes dehors. Le romancier tâtonne vers le personnage de Gwynplaine, c'est-à-dire vers une monstruosité qui n'engage en rien la nature profonde ou la liberté du monstre, une monstruosité tout entière *pour* et *par autrui*, une monstruosité qui est l'innocence absolue.

Quasimodo est le bouc émissaire d'une société superstitieuse et cruelle. Gwynplaine, lui, a perdu jusqu'à cette laideur naturelle du bouc qui polarise les brimades et les injustices. Il est vraiment l'agneau sacrifié et la mission rédemptrice dont il se charge le grandit encore aux yeux du lecteur. Gwynplaine se découvre un jour fils de grand seigneur ; appelé à siéger à la Chambre des lords il y paraît en champion des opprimés. Il se lance dans un grand discours démocratique mais son visage, plus encore que ses idées, provoque les huées de la noble assistance. Livré une première fois aux *comprachicos* sur l'ordre de la monarchie, Gwynplaine succombe, une seconde fois, sous les coups de bourreaux aristocratiques. « Prodigieux déni de justice, s'exclame alors son créateur ; le mal qu'on lui avait fait servait de prétexte et de motif au mal qui restait à faire. »

Non seulement Gwynplaine est toujours innocent mais les hommes autour de lui, sont toujours les coupables. Hugo finit par se convaincre, dans les dernières pages de son œuvre que son héros n'a aucune part dans les malheurs qui l'accablent. Il oublie, visiblement, ce que faisait Gwynplaine dans un chapitre précédent. L'homme qui rit s'est introduit, subrepticement, dans la chambre de l'infernale Josiane ; il a contemplé cette beauté nue, endormie sur son lit, semblable, nous dit le poète, à une araignée monstrueuse au centre de sa toile. Gwynplaine ne songeait pas, alors, à la démocratie ; il obéissait à un vertige érotique assez trouble, bientôt relayé par l'ambition, autre sentiment impur.

La première déconfiture de Gwynplaine est causée par les *comprachicos* mais la seconde est le fruit du désir. La première n'engage pas la responsabilité du héros mais la seconde l'engage d'autant plus complètement que la vie paisible auprès d'Ursus, l'homme et d'Homo, le loup et surtout l'amour de Dea, l'aveugle, ont annulé en quelque sorte cette horrible mutilation. La haute naissance de Gwynplaine soudain révélée et les conséquences de cette révélation ne suffiraient pas à détruire l'humble bonheur des amants si Gwynplaine n'abandonnait pas son âme sœur, un peu trop éthérée peut-être, pour l'ensorceleuse et capiteuse Josiane.

A la fin du roman, Hugo ne fait aucune distinction entre les affronts reçus par Gwynplaine et la mutilation jadis infligée par les *comprachicos*. Josiane et Lord David font figure, à ses yeux, de *comprachicos* aristocratiques. La duchesse éprouve une attirance malsaine pour la laideur fantastique de Gwynplaine. Quant à Lord David, il se passionne pour la boxe ; il dépiste et entraîne de futurs champions, c'est-à-dire des gens qui défigurent leurs semblables ou se font défigurer par eux. Le soufflet que Lord David donne à Gwynplaine constitue une nouvelle mutilation, et une nouvelle humiliation plus cuisante que la première.

Toutes les relations humaines, dans *L'Homme qui rit*, sont symbolisées par la mutilation. Et le processus de réhabilitation du monstre est un processus d'identification. L'échec à la Chambre des lords, c'est la douleur amère du justicier des *Châtiments*, du prophète Hugo qu'on prend pour un simple homme de lettres, un amuseur public. Josiane, la femme fatale qui éveille savamment un désir qu'elle se refuse à satisfaire, incarne l'érotisme du Hugo vieillissant. C'est Hugo lui-même qui se plaint de ses semblables et qui proclame son innocence par l'intermédiaire de Gwynplaine. Et il nous en dit plus long peut-être, qu'il ne le croit lui-même. Josiane et Lord David représentent tout ce qui ne se laisse pas séduire et dominer par Hugo, l'obstacle infranchissable, objet d'indignation sans doute, mais plus encore de désir et pour la seule raison qu'il est infranchissable. L'orgueil immense de Hugo a toujours besoin de *preuves*, et c'est ce besoin qui fait de l'obstacle le seul but vraiment désirable, l'écueil tranchant sur lequel Gwynplaine, victime assurément, mais victime consentante, revient inlassablement se meurtrir.

L'identification à Gwynplaine définit le moment « masochiste » de la conscience de Hugo ; c'est le moment de l'attendrissement humanitariste et révolutionnaire ; il est au premier plan dans *L'Homme qui rit* et dans la poésie métaphysique. Mais ce moment masochiste est précédé d'un moment « sadique » qui fait de Gwynplaine un objet extérieur et qui le définit comme monstre. Ce moment est celui de l'exaltation orgueilleuse et de l'identification à Lord David dont le goût insolent pour les monstres ressemble étonnamment à celui qui s'exprime et s'étale dans l'œuvre de Hugo :

« Lord David, quoique beau, était du club des Laids. Ce club était dédié à la difformité. On y prenait l'engagement de se battre non pour une belle femme mais pour un homme laid. La salle du club avait pour ornement des portraits hideux, Thersite, Triboulet, Duns Hudibras, Scarron ; sur la cheminée était Esope entre deux borgnes, Coclès et Camoens ; Coclès étant borgne de l'œil gauche et Camoens de l'œil droit, chacun était sculpté de son côté borgne et ces deux profils sans yeux se faisaient vis-à-vis. »

Pourquoi Hugo se prend-il pour Gwynplaine, le monstre ? Parce qu'il s'est d'abord pris pour Lord David, le dieu. C'est toujours le regard d'un dieu qui enfante les monstres. Tout ce qui n'est pas la perfection du dieu, tout ce qui ne se laisse pas assimiler par le dieu apparaît comme difforme. Mais Jupiter-Hugo découvre bientôt la vanité de son tonnerre, l'inefficacité pratique de ses excommunications ; le monstre ne se laisse pas rejeter dans les ténèbres extérieures. Si le poète acceptait les limites de sa puissance, il deviendrait un homme comme les autres mais il refuse ces limites. Son orgueil n'admet pas le partage et il abandonne à autrui ce royaume de la forme, de la lumière et de l'harmonie où il découvre qu'il n'est pas seul à régner. Il se précipite donc dans le domaine de l'informe, de l'obscurité et du désordre ; il se réfugie parmi les monstres et il se confond avec eux. Parce que l'orgueil refuse d'abdiquer, l'échec devient mutilation, monstruosité et chute dans les ténèbres. Le dieu manqué doit s'accabler lui-même des foudres dont il croyait accabler autrui. Il se découvre monstre mais il cherche alors à diviniser le monstre car il ne cesse pas, monstre, de se vouloir dieu.

La réhabilitation des monstres dont nous avons esquissé les étapes coïncide avec l'assombrissement graduel du poète pendant les années quarante et le début des années cinquante. Et ce double processus ne fait qu'un avec l'évolution vers la poésie dite métaphysique. Cette poésie se définit, elle aussi, par l'identification au monstre et la chute dans les ténèbres, c'est-à-dire par le renversement des images élémentaires que nous avons constaté dans *L'Homme qui rit.* Pour reconnaître en Dea l'aveugle voyante, celle qui voit la beauté secrète du monstre, une allégorie de la poésie métaphysique, il suffit de songer à ces deux vers des *Contemplations* :

L'aveugle voit dans l'ombre un monde de clartés,
Quand l'œil du corps s'éteint, l'œil de l'esprit s'allume.

Il ne faut donc pas s'étonner si les meilleures pages de *La Fin de Satan* sont les premières, celles qui décrivent la chute du Maudit dans l'abîme. Plongée vertigineuse dans le gouffre, astres qui s'éteignent, métamorphose de la splendeur en horreur et de l'ange de lumière en ange de ténèbres, qu'est-ce que tout cela sinon le dynamisme même de la poésie hugolienne, tel qu'il s'affirme dans d'innombrables poèmes et tel que le révèle l'évolution globale du poète, la métamorphose du Hugo romantique en Hugo métaphysique ?

Cette chute de Satan est poétique mais elle n'est pas théologique, intentionnellement tout au moins, car Hugo ne peut pas concevoir la culpabilité de Satan. S'identifier au monstre, c'est, en dernier ressort, s'identifier à Satan, le paria par excellence, le prince du difforme et de l'informe. Paul Zumthor[1] a bien montré qu'il n'y a pas rédemption de Satan chez Hugo mais réhabilitation pure et simple. Hugo ne se l'avoue pas à lui-même mais il tend toujours à diviniser Satan, de même qu'il tend à diviniser Gwynplaine. Dans son discours aux Lords, Gwynplaine affirme que son rire accuserait Dieu s'il était le rire de Satan. Ailleurs, Hugo nous dit que Gwynplaine est un révolté, et il nous dit aussi qu'il est « Lucifer, le trouble-fête effrayant » ; pas Satan, précise-t-il, mais Lucifer. Or Satan n'est autre, nous le savons, que Lucifer révolté. C'est donc Dieu, en instance ultime, qui fait ici figure d'accusé.

L'imagerie élémentaire de la poésie occidentale nous vient des troubadours ; elle est empruntée à la mystique chrétienne ; elle est donc toujours tournée vers Dieu, au moins implicitement, et on ne peut pas la renverser, comme le fait Hugo, sans la diriger vers Satan. Mais pourquoi le poète éprouve-t-il le besoin de renverser cette imagerie ? S'agit-il là d'une découverte purement littéraire, d'un simple procédé technique qui renouvelle la poésie ? Je ne le crois pas. *L'Homme qui rit* nous révèle le fondement existentiel du satanisme de Hugo. Gwynplaine, poursuivi par les *comprachicos* comme Oreste par les Euménides nous apparaît comme la victime d'une malédiction imméritée. La difformité finit par ressembler à un péché originel dont les conséquences s'aggravent sans cesse et dont le difforme est seul à ne pas être responsable. L'épanouissement de l'imagerie monstrueuse est lié à un appétit de domination qui, refusant

1. Cf. *Victor Hugo, poète de Satan,* Laffont 1946, ch. III.

d'abdiquer devant l'obstacle et d'interrompre à hauteur humaine sa marche vers la toute-puissance préfère se précipiter, verbalement tout au moins, dans les royaumes inférieurs. A l'origine de cette hantise du laid, on découvre donc une combinaison d'orgueil, d'échec et de désir analogue à la combinaison d'orgueil, d'échec et de désir qui définit la chute de Satan dans la théologie traditionnelle.

Hugo est incapable de concevoir la faute de Satan car cette faute, il la commet lui-même. C'est sa propre révolte qu'il justifie et c'est sa propre innocence qu'il affirme lorsqu'il justifie la révolte de Gwynplaine. Ni les critiques, ni les psychanalystes de Hugo n'ont jamais pleinement révélé cette analogie entre la chute de Satan et la chute de Hugo ; c'est elle, pourtant, qui fonde « l'authenticité » de la poésie métaphysique et qui en constitue l'élément le plus sensationnel. Hugo n'est pas axé sur Satan parce qu'il invertit l'imagerie traditionnelle ; il invertit l'imagerie traditionnelle parce qu'il est axé sur Satan.

Peut-on parler de cette orientation vers Satan sans tomber dans les partis pris théologiques ou métaphysiques, sans condamner la poésie de Hugo au nom de quelque orthodoxie ou sans l'exalter au nom de quelque anti-orthodoxie ? Je crois, au contraire, que c'est pour éviter ce double écueil qu'il faut dégager pleinement les assises existentielles du satanisme hugolien.

Comment se définit la faute cachée de Gwynplaine, c'est-à-dire la faute de Hugo, celle qui est à l'origine du satanisme poétique et de l'imagerie monstrueuse ? Il faut chercher cette faute dans le désir qu'éprouve Gwynplaine pour la belle Josiane, dans la fascination exercée par l'aristocratique Lord David. Si Gwynplaine-Hugo dénonce aussi violemment qu'il le fait Josiane et Lord David, ce n'est pas parce qu'il échappe à leur influence, c'est parce qu'il y demeure soumis. Et que représentent Josiane et Lord David sinon la tradition, l'autorité, et la puissance établie ? Hugo reste plus proche qu'il ne le croit de ce conformisme éthique et esthétique qu'il ne cesse de stigmatiser. L'élément proprement satanique, chez lui, ne doit pas se définir par la rupture avec des traditions qui ont perdu toute leur fécondité mais par le caractère incomplet de cette rupture. Le poète respecte ce qu'il attaque et attaque ce qu'il respecte ; le satanisme est lié à la révolte, c'est-à-dire à l'ambiguïté et à la duplicité qui caractérise la révolte.

Considérons, par exemple, le cas du gothique. Hugo se passionne pour cet art, non pas parce qu'il le goûte comme nous le goûtons mais parce qu'il y voit une machine de guerre contre la conception néo-classique du beau. Le gothique, en somme, fait partie de ce *laid* dont la préface de *Cromwell* nous dit qu'il doit entrer dans les ingrédients de l'œuvre d'art. Le gothique, c'est du laid-beau qui s'oppose au beau-laid néo-classique, tout comme Gwynplaine s'oppose à Lord David. Le gothique, c'est Quasimodo, chapiteau grotesque descendu de son pilier et proche encore de ces « magots » dont Louis XIV voulait qu'on le débarrassât. Pour Hugo, le vrai gothique, c'est le flamboyant et le cœur du flamboyant, c'est la gargouille. Les premiers monstres hugoliens sortent de ces *gothic novels* anglais dont le nom même révèle l'esthétique. Ce n'est pas Dieu, c'est le diable qui habite la cathédrale de Hugo ; Dieu ne fera sa rentrée dans le gothique qu'une fois exorcisés les derniers sortilèges de la forme néo-classique.

Le traitement de l'animal dans la dernière poésie de Hugo n'est pas moins significatif. Le crapaud est un autre Gwynplaine, un autre Satan, un autre « élu-maudit » :

> Peut-être le maudit se sentait-il béni...
> Pas de monstre chétif, louche, impur, chassieux
> Qui n'ait l'immensité des astres dans les yeux.

Chétif, le crapaud l'est, sans doute, mais pourquoi loucherait-il, et qui a jamais vu de la chassie dans les yeux d'un batracien ? Le « monstre impur » que nous décrit Hugo n'est pas un vrai crapaud, c'est encore une gargouille. Le poète commence par condamner l'innocente bestiole du haut d'un puritanisme formel exacerbé ; après quoi il s'identifie à sa victime et la réhabilite sans mesure. Au cours du poème, un vieux prêtre, une jeune femme et quatre petits écoliers martyrisent le crapaud, c'est-à-dire l'enlaidissent un peu plus. Les bourreaux appartiennent tous à des groupes humains qui, pour une raison ou pour une autre, devraient se rapprocher au maximum de la condition angélique, toujours au sein de cette même vision hiérarchique et conventionnelle qui fait de l'animal un être répugnant, sinistre et un peu démoniaque. A la bête angélique, s'opposent les anges bestiaux, comme dans *L'Homme qui rit*. Les animaux réhabilités par Hugo sont toujours ceux qu'ostracise la sagesse des nations, la fable et l'esthétique académique. Hugo n'éprouverait pas le besoin de contester aussi violemment cette vision si elle ne gardait pas sur lui une très forte emprise. Le poète, fait significatif, se désigne comme l'un des écoliers qui torturent le crapaud. Ici encore, il est à la fois la victime et le bourreau.

Le poème du crapaud ne pouvait pas se terminer sans une intervention de l'âne, l'élu-maudit suprême du monde animal, qui se détourne de son chemin pour ne pas achever l'insectivore agonisant. En cet instant sublime, l'enthousiasme de Hugo ne connaît plus de bornes :

> Cet âne abject, souillé, meurtri sous le bâton
> Est plus saint que Socrate et plus grand que Platon.

Incapable d'*incarner* l'animal, Hugo est plus incapable encore d'incarner l'homme, sauf, peut-être dans des œuvres comme *Les Misérables* où s'affaiblit le dualisme des monstres et des demi-dieux. Mais ce n'est pas dans l'affaiblissement, c'est dans l'exaspération de ce dualisme que se situe le génie véritable de Hugo. Seuls subsistent alors le noir et le blanc, l'abîme et le sommet, l'obscurité profonde et l'éblouissement. Les monstres eux-mêmes ne survivent pas dans cette atmosphère raréfiée. Au niveau des seules images élémentaires, l'échec relatif du « Crapaud » se transforme en réussite absolue. La matière charbonneuse, purifiée de ce qui reste en elle de vie, se métamorphose en diamant.

L'inversion des images, ici comme ailleurs, reste hantée par les valeurs qu'elle conteste. L'obscurité n'est pas exaltée en tant que telle mais en tant que lumière ; l'éloge de la cécité se fait en termes de vision et la passion de la laideur constitue toujours un secret hommage à la beauté classique. Les ténèbres qui s'épaississent au fond de l'abîme sont une autre clarté et elles émanent d'un autre soleil, de ce soleil noir nervalien qui brille sur tout le XIXe siècle poétique et qui surgit, dans « Ce que dit la bouche d'ombre », au terme d'une plongée vers l'abîme dont les trois derniers vers résument tout notre propos :

Et l'on voit tout au fond quand l'œil ose y descendre,
Au-delà de la vie et du souffle et du bruit
Un affreux soleil noir d'où rayonne la nuit.

SYSTÈME DU DÉLIRE*

DELEUZE et Guattari font passer l'Œdipe psychanalytique du côté du refoulant dont il serait le représentant déplacé : « Les désirs œdipiens... sont le leurre, l'image défigurée par laquelle le refoulement prend le désir au piège. » La famille devient alors un simple « agent délégué au refoulement », délégué par la société, bien entendu, qui voit dans ce refoulement un moyen d'assurer sa « répression ». Les familles « jouent » à l'Œdipe selon des règles que la psychanalyse leur apprend mais qui relèvent, en dernière analyse, de toutes les médiations sociales dans lesquelles s'emprisonne le désir.

Voilà l'Œdipe ravalé au rang de « résistance ». Et c'est au désir « vrai » qu'il résiste, force multivalente et polyvoque, étrangère aux exigences de la représentation comme à l'emprisonnement dans les structures, désir défini en termes de flux qui recoupent d'autres flux, délimitant ainsi des « objets partiels », improprement nommés, d'ailleurs, car ils ne sont pas prélevés sur des « personnes totales », ils précèdent celles-ci. Le « vrai » désir est inconscient. Ce que nous percevons comme tel, au niveau des « personnes totales », est le résultat d'opérations complexes, frayages et codages qui changent son régime et dressent de plus en plus le désir contre

* A propos de *l'Anti-Œdipe* de Gilles Deleuze et Félix Guattari (Paris, 1972).

lui-même, l'inscrivant d'abord sur le corps de la terre — les sociétés primitives — puis sur le corps du *despote* et enfin sur le capital dans la société moderne. Cette dernière inscription débouche sur un immense décodage que la société cherche perpétuellement à contrecarrer par des « recodages archaïques » tel l'Œdipe psychanalytique. C'est pour « domestiquer » un désir de moins en moins codé que les psychanalystes le ramènent inlassablement au « sempiternel triangle » et qu'ils font passer tous nos rêves et désirs à « la moulinette œdipienne ».

Si le vrai désir est inconscient, encore écrasé sous les codages répressifs, même dans le capitalisme, comment les deux auteurs savent-ils qu'il existe ? Ce sont surtout les formes délirantes de la schizophrénie qui les instruisent car elles font éclater la répression pour libérer ce vrai désir. Dans ce délire, toutes les attitudes affectives, toutes les positions structurales, toutes les identifications concevables et inconcevables paraissent juxtaposées, sans exclusion ni totalisation d'aucune sorte, dans une ouverture et disponibilité parfaites à des formes toujours nouvelles. Le délire peut donc servir de machine de guerre contre le formalisme analytique. Il ne s'agit pas d'*exclure* l'Œdipe, au moins dans un certain moment de la critique, mais au contraire de l'inclure au même titre que tout et que n'importe quoi, de lui ôter toute portée par inclusion excessive, en quelque sorte. Le schizophrène est complaisant ; il est prêt, quand ça lui chante, à délirer l'Œdipe tout comme il délire autre chose, mais sans s'y arrêter durablement, sans se fixer à jamais sur les appellations parentales comme l'exige la psychanalyse : « Dans le délire, je sens que je deviens Dieu, je deviens femme, j'étais Jeanne d'Arc je suis Héliogabale et le grand Mongol, un Chinois, un Peau-Rouge, un Templier, j'ai été mon père et j'ai été mon fils. Et tous les criminels... »

Noyer l'Œdipe sous la multiplicité du délire : il fallait y penser. Rien ne sert, pour récuser cette logique, de la qualifier de démente, c'est ainsi qu'elle-même se qualifie. Il est impossible, certes, de toujours mettre Héliogabale et Assurbanipal sur le même plan que papa et maman.

Deleuze et Guattari ne nient pas que les non-délirants en soient incapables ; il leur semble que papa est toujours là, à proximité, alors qu'Assurbanipal n'y est jamais. Toujours grâce au délire, Deleuze et Guattari font jouer cette constatation à l'avantage d'Assurbanipal, aux dépens du bon sens et de la psychanalyse, tout étonnés et tout inquiets, sans doute, l'un et l'autre, de se retrouver constamment du même côté de la barricade.

Le désir, on l'a vu, n'a rien à voir avec les personnes. Côté inconscient, il n'y a que des pièces dans des « machines désirantes ». C'est là le niveau qu'on peut dire infra-individuel, ici défini comme « moléculaire ». A l'autre extrême, il y a l'ultra-collectif, « l'historico-mondial », également défini comme « molaire ». Et rien ou presque entre les deux. Deleuze et Guattari mettent un talent considérable et une rhétorique étourdissante au service d'une cause qui leur paraît méritoire, la destruction de tout l'entre-deux, l'escamotage de toute problématique concrète du désir.

On va me dire qu'il s'agit là non d'un escamotage mais d'une fidélité rigoureuse au principe de l'ouvrage, à sa revendication délirante. Et c'est certainement exact. Le schizophrène arrive d'un seul coup, sans analyses complexes ni savantes, au même résultat que *L'Anti-Œdipe*, à la perte de cet espace au sein duquel nous communiquons et dont nous autres, non-délirants, croyons disposer en commun avec nos proches. On passe sans transition d'un « extrême » à l'autre, du néant à Dieu, de l'infiniment petit à l'infiniment grand.

Il faut déplorer, à mon sens, non l'attaque contre la psychanalyse mais les positions de principe qui la justifient et qui rendent impossible tout affrontement véritable avec le Freud essentiel, toute critique approfondie du mythe psychanalytique fondamental, le complexe d'Œdipe. La vraie bataille ne peut se situer que sur le terrain abandonné sans coup férir par Deleuze et Guattari, qui lui préfèrent leur double problématique, « molaire » et « moléculaire ». On comprend d'ailleurs sans peine le pourquoi de cet abandon et de cette préférence, au moins à un premier niveau. Le terrain de Freud, c'est

Freud lui-même qui l'a choisi et il l'occupe avec puissance. A lui en disputer la possession, on court évidemment de grands risques, on fait même preuve de témérité. Deleuze et Guattari ne veulent pas mettre le doigt dans un engrenage qu'ils supposent fatal. L'Œdipe est une trappe ubuesque dont il vaut mieux se tenir loin ; ses capacités d'engloutissement sont extraordinaires. On croit d'abord que Deleuze et Guattari manquent de respect pour le génie de Freud mais on est vite détrompé.

L'Anti-Œdipe renonce donc à toute attaque frontale en faveur d'une tactique de guérilla, nécessairement modelée sur le va-et-vient schizophrénique. On s'efforce de déborder Œdipe sur ses flancs, de courir plus vite que lui et de le laisser derrière soi. Il y a mille façons de procéder. On a déjà vu la « noyade » dans le bain acide de la schizophrénie, il y a aussi la tactique de la « terre brûlée ». On fait le vide devant Œdipe, on le prive de toutes ressources, on s'efforce de l'affamer. Si le sempiternel complexe résiste à tous ces mauvais traitements, on peut encore essayer de le casser en petits morceaux :

« Les personnages du triangle n'existent qu'en morceaux... éclatent en fragments qui côtoient les agents de la collectivité. Le père, la mère et le moi sont aux prises, et en prise directe avec les éléments de la situation historique et politique... qui brisent à chaque instant toute triangulation... »

Deleuze et Guattari sont toujours sur la brèche, leurs attaques sont souvent percutantes, leurs moqueries accablantes, mais les projectiles sont hétéroclites et ils arrivent en ordre dispersé. *L'Anti-Œdipe* affiche, par exemple, le dédain le plus complet à l'égard du mythe et de la tragédie, n'offre aucune lecture d'ensemble, mais n'hésite pas à se tourner vers eux chaque fois qu'il semble possible d'en faire des alliés.

Je suis bien d'accord avec Deleuze et Guattari pour ne pas voir dans la petite enfance le lieu essentiel d'une pathologie de la société, d'un débat sur « le malaise dans la civilisation ». Mais puisque c'est d'abord de ce malaise qu'il s'agit, pourquoi ne pas laisser l'enfance à ses petites autos ? Nous sommes tous si bien conditionnés par la psychanalyse que nous retenons encore ses cadres formels même quand nous avons cessé de croire en elle.

Les excursions dans les flux ne sont qu'un coup pour rien. Le chant du désir ne peut jamais être qu'une ouverture lyrique. Une fois plaqué le dernier accord, il faut bien revenir aux problèmes qui nous obsèdent, aux « refoulements », aux « répressions » et aux conflits. Ou bien on mettra l'accent sur le refoulement primaire qui précède, dans *L'Anti-Œdipe,* toute formation « molaire » et on jettera à nouveau le vieux soupçon sur cette merveille d'innocence, d'ignorance et de spontanéité qui définissait jusqu'alors l'inconscient et toute sa « production moléculaire », ou bien on mettra l'accent sur les formations molaires et on se retrouve au milieu des personnes totales et de leurs malentendus. Dans les deux cas, on retombe, soit un peu plus tôt soit un peu plus tard, dans la problématique que l'on voulait court-circuiter.

Vive l'inconscient deleuzien ! Mais cet inconscient ne nous fait ni chaud ni froid si le « bon » désir des petits enfants a la mauvaise habitude de se transformer en passion répressive chez les adultes, si nous sommes destinés à nous œdipianiser et à nous castrer les uns les autres jusqu'à la fin des temps. C'est cette transformation qu'il importe de considérer. C'est son mystère qu'il s'agit de pénétrer. Deleuze et Guattari le voient parfaitement. La logique du sujet les renvoie peu à peu aux régions maléfiques dont ils voulaient se détourner. Ils mettent le doigt dans l'engrenage ; la trappe ubuesque va se refermer sur eux.

Au début du livre, on dirait que l'Œdipe n'est qu'un faux problème : il n'y a pas de nœud gordien à dénouer. Ce nœud est au contraire une réalité, au moins dans le présent contexte culturel ; Deleuze et Guattari ne peuvent pas retomber sur la scène de l'Œdipe, qu'ils s'étaient promis de ne jamais visiter, sans y retrouver ce même nœud, intact, toujours à sa place sur cette même scène où il n'a pas cessé une seconde de régner.

On assiste donc à une réaffirmation sournoise de l'Œdipe. Les concessions se multiplient à mesure que les vrais problèmes se précisent. Le lecteur se souvient des négations triomphantes du début, il s'attend donc à les voir pleinement confirmées et démontrées. Qu'on juge plutôt de sa déception : *Nous ne nions pas qu'il y ait une sexualité œdipienne, une hétérosexualité et une homosexualité œdipiennes, une castration œdipienne — des objets complets, des images globales et des mois spécifiques.* Que reste-t-il donc à nier ? L'essentiel, affirment Deleuze et Guattari : ce ne sont pas là des productions de l'inconscient.

Œdipe n'est rien dans l'ordre de la production désirante, toujours écrasée par les forces refoulantes et répressives. Œdipe est partout, au contraire, dans l'entreprise de domestiquer l'inconscient. Comme cette entreprise a pleinement réussi, il suffit de dire qu'Œdipe est partout, un point c'est tout. Peu importe si la production désirante n'est pas justifiable *en droit* des plus hautes formations qui l'intègrent puisqu'elle l'est toujours *en fait.* Nous sommes heureux d'apprendre que l'inconscient sauvage ne mange pas de ce pain-là mais il ressemble un peu au dieu supérieur de certaines religions, si supérieur et si lointain qu'il n'est pas besoin d'en tenir compte. Deleuze et Guattari pourchassent férocement toute sorte de *piété* mais leur production inconsciente ressemble fort à une nouvelle forme de piété, particulièrement éthérée, en dépit des apparences. Est-ce qu'ils ne se bornent pas, en fin de compte, à placer au-dessous de l'édifice freudien, secoué mais intact, une nouvelle couche inconsciente, tout en bas ou tout en haut si l'on préfère, et dont les répercussions sur nos petites affaires sont à peu près aussi concrètes que le serait la découverte d'une nouvelle couche de gaz sur l'atmosphère de Vénus ?

A certains moments, Deleuze et Guattari vont plus loin encore dans la reconversion œdipienne. Après avoir pris vigoureusement parti pour les anti-freudiens dans le débat ethnologique sur l'universalité de l'Œdipe, ils en arrivent plus ou moins à se dédire, par une évolution inexorable, semble-t-il. L'Œdipe universel pourrait bien hanter toutes les sociétés, « mais exactement comme le capitalisme les hante, c'est-à-dire comme le cauchemar ou le pressentiment angoissé de ce que serait le décodage des flux ». Comme le décodage des flux, suscité par le capitalisme, ne fait qu'un avec la vérité absolue de l'histoire — à quelques précautions oratoires près, rendues nécessaires par les circonstances intellectuelles —, on ne peut certainement pas se permettre de traiter à la légère ce « cauchemar » et ce « pressentiment ».

On en vient à se demander si Deleuze et Guattari ne jouent pas ici le rôle du type contraint d'assister passivement au viol de son épouse et qui sort de là fort satisfait sous prétexte qu'il s'est permis, une ou deux fois, de transgresser le cercle de craie que le malandrin a tracé autour de lui, avec ordre de n'en jamais sortir. Il y a lieu, même, de se demander si *L'Anti-Œdipe* conserve jusqu'au bout ce maigre prix de consolation. Il y a les serments solennels de protéger la « production désirante » de toute contamination œdipienne, mais il y a aussi d'autres passages qui paraissent plonger l'Œdipe derechef dans une espèce d'inconscient, ou tout au moins de le soustraire à la conscience :

« Les usages œdipiens de synthèse, d'œdipianisation, la triangulation, la castration, tout cela renvoie à des forces un peu plus puissantes, *un peu plus souterraines que la psychanalyse, que la famille, que l'idéologie, même réunies.* (C'est moi qui souligne.) »

De telles formules laissent rêveur. On voit parfaitement, d'ailleurs, ce qui les rend nécessaires. Libre à nous de dire que l'Œdipe n'est qu'une chimère conjuguée par la psychanalyse. Dès qu'on pousse un peu la chose, toutefois, on voit ressurgir les phénomènes de « triangulation » qu'on a l'habitude de lire dans la clef de l'Œdipe et qu'on ne sait lire dans aucune autre clef, dont on n'imagine même pas qu'on pourrait les lire dans aucune autre clef. La psychanalyse a bon dos mais on ne peut quand même pas dire qu'elle a inventé ou suscité tous ces triangles. Dès l'époque des troubadours, par exemple, il n'est bruit que de cela dans la littérature occidentale. Écoutons donc le claquement sec et définitif de la trappe œdipienne qui se referme sur ses victimes : *Ce n'est pas la psychanalyse qui a inventé ces opérations auxquelles elle prête seulement les ressources et les procédés de son génie.*

*
* *

Mais il y a le délire, dira-t-on, il y a la bonne nouvelle du délire que Deleuze et Guattari se chargent d'annoncer. Si le délire est vraiment la nouvelle Arcadie, l'Utopie véridique, que nous importe l'engrenage œdipien et tout ce vieux théâtre grec qui n'est même pas d'avant-garde, comme le soulignent les deux auteurs.

Ni Freud ni ses successeurs, c'est un fait, n'ont réussi à circonscrire le délire, à rendre compte du délire. On peut déduire de cet échec que le délire est inépuisable et infini. Puisqu'il échappe à la psychanalyse, on peut sans doute s'échapper avec lui, chevaucher le délire vers des horizons inexplorés. Une fois de plus, il convient de noter le prestige de la psychanalyse, l'emprise qu'elle conserve alors même qu'on la croit répudiée. Là où Freud a échoué, nul ne saurait réussir.

Qui sait si l'échec est définitif du côté du délire, qui sait s'il n'est pas déjà surmonté, en partie, par certaines œuvres littéraires que la psychanalyse et les autres prétentions scientifiques de notre époque nous interdisent, littéralement, de déchiffrer ? Toutes nos disciplines culturelles sont trop incertaines de leur propre statut, par rapport à la science, pour traiter les œuvres littéraires d'égales à égales, pour accepter de les entendre.

Les grandes œuvres à considérer vont du théâtre grec et de Platon à Dostoïevski et à Proust, en passant par Cervantès et par Shakespeare. Je suis persuadé qu'on peut extraire de ces œuvres une théorie d'ensemble du désir dont il suffit de développer les conséquences pour déboucher sur une systématisation du délire, par un processus essentiellement logique dont l'enchaînement des œuvres vérifie la réalité[1].

1. R. Girard, *Mensonge romantique et Vérité romanesque*, Grasset, 1961.

Au départ, il faut poser le principe d'un désir mimétique, d'une *mimesis* désirante située en deçà de toute représentation et de tout choix d'objet. Pour appuyer ce principe, on pourrait se référer à l'observation directe aussi bien qu'aux œuvres juste mentionnées, et à bien d'autres, mais on peut se contenter simplement d'y voir un postulat, capable d'engendrer non pas une théorie linéaire du désir mais un développement logique, qui est en même temps un processus historique d'une puissance explicative remarquable dans les domaines les plus divers et parfois les plus inattendus.

Ce que le désir « imite », ce qu'il emprunte à un « modèle », en deçà des gestes, des attitudes, des manières de tout ce à quoi on réduit toujours la *mimesis* en ne l'appréhendant jamais qu'au niveau de la représentation, c'est le désir lui-même, sur un mode d'une immédiateté quasi osmotique, forcément trahie et perdue dans toutes les dualités des problématiques modernes du désir, y compris celle du conscient et de l'inconscient.

Ce désir du désir de l'autre n'a rien à voir avec le désir hégelien de la « reconnaissance ». Et il existe en sa faveur des témoignages culturels d'une richesse extraordinaire mais plus rares, plus fragmentaires à mesure qu'on se rapproche de l'époque actuelle et que triomphe, en même temps que le dogme de l'originalité, la réalité universelle de la *mode*. Les grands écrivains en question ont fait la quasi-théorie du désir mimétique, absente chez Platon et dans le monde antique, de nouveau effacée à l'époque moderne. Ce sont presque toujours les mêmes, et la coïncidence est significative, que la théorie esthétique moderne réduira à la perspective de l'imitation réaliste, occultant, une fois de plus, la *mimesis* proprement désirante et non représentationnelle. On pourrait montrer que le traitement « esthétique », « réaliste » d'abord, « formaliste » et « structuraliste » par la suite, constitue la ressource d'une méconnaissance, l'instrument d'un véritable refoulement.

Ces mêmes écrivains sont en vérité « démodés », au moins dans ce qui touche à leur préoccupation essentielle. Le seul qui joue un rôle dans *L'Anti-Œdipe* est

Marcel Proust, Deleuze croit possible d'attirer Proust dans l'orbite de son désir « moléculaire », en s'appuyant surtout sur une scène unique, celle du baiser donné à Albertine. La façon dont il s'y prend me paraît justifier une protestation :

« Enfin, dans la proximité exagérée, tout se défait comme une vision sur le sable, le visage d'Albertine éclate en objets partiels, moléculaires, tandis que ceux du visage du narrateur rejoignent le corps sans organes, yeux fermés, nez pincé, bouche emplie (p. 82). »

Il n'y aurait rien à reprendre à cette description si elle n'était pas présentée, au moins implicitement, comme une apothéose du désir. Il s'agit en vérité du contraire, très exactement. C'est la retombée du désir que Proust veut décrire, c'est l'extinction, la mort et la faillite du désir. Deleuze évoquait déjà cette même scène à une époque où il était moins lancé dans l'objet partiel et il reproduisait en note une phrase qui contredit formellement la lecture de *L'Anti-Œdipe* : « J'appris à ces détestables signes qu'enfin j'étais en train d'embrasser la joue d'Albertine » (*Proust et les signes*, p. 134, note 4).

Affirmer la nature mimétique du désir, c'est lui refuser tout objet privilégié, qu'il s'agisse d'un objet unique et bien déterminé, tel la mère dans le complexe d'Œdipe ou au contraire d'une classe d'objets, si étroite ou si vaste qu'on la suppose. Il faut également renoncer à tous les enracinements psychiques ou biologiques, et cela comprend, bien entendu, le pansexualisme de la psychanalyse. Il faut renoncer à l'enracinement dans le besoin. Ce n'est pas là minimiser la sexualité ou les besoins, bien au contraire ; tout cela est presque toujours mêlé à l'affaire et peut toujours jouer, entre autres rôles, celui de cache-*mimesis*. Le désir mimétique est parfois si inextricablement mêlé à autre chose qu'aucune analyse, sans doute, ne saurait l'isoler ; il n'en faut pas moins poser à l'autre extrême du besoin, des appétits, etc., un pôle du désir lui-même, à la fois évident et mystérieux qui n'est pas *libido* mais *mimesis*.

La *mimesis* désirante précède le surgissement de son objet et elle survit, on le verra plus loin, à la disparition de tout objet. A la limite, c'est elle qui engendre son objet mais elle n'en apparaît pas moins toujours, à quiconque l'observe du dehors, comme une configuration triangulaire dont les trois sommets sont occupés respectivement par les deux rivaux et leur objet commun. L'objet passe toujours au premier plan et la *mimesis* se dissimule derrière lui, aux yeux mêmes des sujets désirants. C'est la convergence des désirs qui définit l'objet. La *mimesis* constitue une source inépuisable de rivalité dont il n'est jamais vraiment possible de fixer l'origine et la responsabilité. La *mimesis* ne peut pas se diffuser sans devenir réciproque, chacun cumulant à chaque instant les rôles de modèle et de disciple. C'est toujours sur une première *mimesis* que portera la *mimesis* ; les désirs s'attirent, se singent et s'agglutinent, suscitant des rapports dont l'antagonisme cherchera toujours à se définir en termes de différence, d'un côté comme de l'autre, alors qu'en réalité le rapport est indifférencié. A tout instant, en effet, la *mimesis* engendre de nouvelles réciprocités, dans un redoublement constant des mêmes ruses, des mêmes stratégies, des mêmes effets de miroir.

La définition proposée ici permet d'échapper à tous les désirs marqués, à tous les partages qui empoisonnent toute problématique du désir, de la théorie platonicienne de la *mimesis* à la conception double de Nietzsche.

Le conflit des désirs résulte automatiquement de leur caractère mimétique. C'est ce mécanisme, forcément, qui détermine les caractères de ce que Nietzsche appelle *ressentiment*. Le re- du ressentiment, c'est le ressac du désir qui se heurte à l'obstacle du désir modèle ; forcément contrarié par le modèle, le désir disciple reflue vers sa source pour l'empoisonner. Le ressentiment n'est vraiment intelligible qu'à partir de la *mimesis* désirante.

A la différence de Freud qui reste empêtré dans ses père et ses mère, Nietzsche est le premier à détacher le désir de tout objet. En dépit, et à cause de ce progrès extraordinaire qui lui permet de déboucher sur une problématique du conflit mimétique et de ses conséquences psychiques, Nietzsche ne renonce pas à marquer les désirs des hommes de signes tantôt positifs, tantôt négatifs. Le partage nietzschéen a même connu un succès extraordinaire ; il sert de modèle, parfois en combinaison avec la psychanalyse, comme dans *L'Anti-Œdipe*, à la plupart des anti-morales contemporaines.

Face au ressentiment, Nietzsche pose un désir originel et spontané, un désir *causa sui* qu'il nomme volonté de puissance. Si le désir n'a pas d'objet qui lui soit propre, sur quoi peut s'exercer la volonté de puissance ? A moins de se ramener à des exercices d'haltérophilie mystique, elle s'exercera nécessairement sur des objets valorisés par les désirs des autres. C'est dans la rivalité avec l'autre que la puissance se révèle, dans une concurrence volontairement assumée cette fois-ci. Ou bien la volonté de puissance n'est rien ou bien elle choisit les objets en fonction du désir rival, pour les lui arracher. C'est dire que la volonté de puissance et le ressentiment n'ont qu'une seule et même définition. L'une et l'autre se ramènent à la *mimesis* désirante. Une notion telle que la volonté de puissance ne peut surgir qu'à partir du moment où le désir ne pouvant plus se la dissimuler revendique ouvertement sa nature mimétique afin de perpétuer son illusion de maîtrise. Le désir se précipite avec panache, en somme, dans les désastres qui l'attendent.

N'y a-t-il pas des désirs qui s'affirment plus puissamment que d'autres ? Sans doute, mais la différence est toujours secondaire, temporaire, relative aux résultats. Tant qu'un désir émerge triomphant des rivalités où il s'engage, il peut croire qu'il ne doit rien à l'autre, qu'il est vraiment originel et spontané. Il ne peut pas rencontrer la défaite, par contre, sans se révéler à lui-même comme ressentiment, d'autant plus humiliant qu'il a cru d'abord monter plus haut comme volonté de puissance. Il n'est de volonté de puissance que victorieuse.

Et la victoire n'est elle-même qu'un mythe. Plus le désir est ardent plus il se voue à la défaite. La question n'a rien à voir avec sa qualité propre, son aptitude objective à triompher des désirs rivaux. Le désir le plus « puissant » est celui qui trouvera le plus vite son maître dans la rivalité qui se refuse. La volonté de puissance est un géant wagnérien, un colosse aux pieds d'argile qui s'écroule lamentablement devant l'adversaire qui se dérobe, celui que Proust nommera « l'être en fuite ». Il y a des dérobades tactiques, bien sûr, que le désir n'a pas de peine à repérer et qui le réconfortent, mais il y a aussi l'indifférence sincère, absolue, des autres êtres, pas même invulnérables, simplement fascinés par *autre chose*. La volonté de puissance mettra toujours au centre du monde tout ce qui ne reconnaît pas en elle le centre du monde, et elle lui portera un culte secret. Elle ne manquera jamais, en somme, de virer au ressentiment. C'est là le thème par excellence de la dramaturgie moderne : Néron terrassé par Junie, la froide beauté baudelairienne, l'impuissance du génie que la stupidité obsède ; Flaubert, Nietzsche. Le mouvement vers la folie, chez Nietzsche, se confond avec une métamorphose perpétuelle de la volonté de puissance en ressentiment et *vice versa*, métamorphose qui informe l'oscillation schizophrénique des « extrêmes », l'alternance terrible d'exaltation et de dépression. La volonté de puissance est une *mimesis* exaspérée par l'obstacle du désir modèle ; elle ne reconnaît sa propre essence que pour se confirmer à elle-même sous une apparence à la fois spontanée et délibérée.

Dans son livre sur Nietzsche, Deleuze a traduit volonté de puissance et ressentiment par forces actives et forces réactives. Ces deux expressions presque symétriques suggèrent au lecteur la bonne direction critique et il faudrait creuser les restes de dissymétrie pour constater qu'ils se désagrègent sous le regard, que toute différence s'évanouit et que la symétrie doit l'emporter absolument. Deleuze fait de grands efforts au contraire pour prouver qu'il n'en est rien. La folie de Nietzsche ne fait qu'un avec la volonté toujours plus délirante de soutenir une différence mythique qui succombe de plus en plus sous la réciprocité ennemie.

Dans *L'Anti-Œdipe*, la volonté de puissance devient le désir inconscient, la « production désirante ». Tous les désirs réels, toutes les activités de caractère relationnel et social — y compris, je présume, celle qui consiste à écrire *L'Anti-Œdipe* — relèvent des forces réactives, du ressentiment. L'entreprise de Deleuze peut se définir comme un nouvel effort pour différencier la volonté de puissance du ressentiment, pour isoler les forces actives de toute contamination par les forces réactives, en enfouissant celles-là très profondément au-dessous de celles-ci, en abandonnant au ressentiment toutes les activités que Nietzsche était encore trop concret, pas assez *moderne*, pour jeter par-dessus bord. Le procédé est très efficace mais à la façon dont l'est également celui de l'avare qui enterre si bien son trésor qu'il ne peut plus le retrouver. La toute-puissance de la production désirante ne se distingue absolument pas, dans la pratique, d'une castration radicale. On nous dit que le désir est prodigieusement révolutionnaire, mais on cherche en vain des exemples de volonté de puissance dans le livre. Je ne vois guère que le petit enfant qui s'amuse, tout seul, aux petites autos.

Il faut revenir à ce désir mimétique dont le cas de Nietzsche nous annonce l'évolution fâcheuse. En termes généraux, on peut décrire comme suit cette évolution : le désir finit par constater la métamorphose toujours répétée du modèle en obstacle. Au lieu de tirer les conclusions qui s'imposent, au lieu de reconnaître le caractère mécanique de la rivalité qu'on lui oppose, il choisit la seconde solution, celle qui va lui permettre de survivre au savoir de lui-même qu'il est en train d'acquérir. Il décide de voir dans cet obstacle, qui surgit de façon répétée sous ses pas, la preuve que le désirable est vraiment là. Il choisit le chemin barré, la route interdite, comme devant mener à cela qu'il cherche. Alors se dressent, derrière chaque obstacle, cette totalité fermée, ce jardin clos, cette haute forteresse que décrivent si fréquemment les métaphores du désir. Par un raccourci toujours logique, compte tenu des prémices auxquelles il s'accroche, mais d'une logique assurément désastreuse, le désir mimétique, toujours instruit à rebours par ses expériences successives, vise directement, en fin de compte, les conséquences que son fonctionnement n'entraînait d'abord qu'indirectement. Tout ce qu'on nomme « masochisme », « sadisme », loin de constituer une aberration individuelle, s'inscrit dans la ligne droite de la *mimesis* désirante, figure à l'horizon comme un destin obligé, chaque fois qu'elle s'obstine dans l'impasse où tout de suite elle s'enferme.

La *mimesis* rencontre la violence et la violence redouble la *mimesis.* Fille de la *mimesis,* la violence exerce une fascination mimétique sans égale. Toute violence se modèle sur une première violence et sert de modèle à son tour. Entre la *mimesis* et la violence, il existe des rapports qui restent encore dissimulés. Avec la violence réciproque, on entre dans une phase critique, celle qui débouche sur le délire et la folie, bien sûr, et aussi sur la destruction et sur la mort.

Le meilleur guide au sein de cette phase, est peut-être Dostoïevski. Dans *Le Double,* il divise nettement en deux groupes les séries d'individuations délirantes qui paraissent défier le classement. Le second n'est que l'envers négatif du premier, l'esclave après le maître, le néant après la divinité. Il y a deux moments, l'un d'exaltation, l'autre de dépression et ils ne cessent d'alterner.

On ne délire jamais qu'à deux et le rapport ressemble à une balance qui ne parvient jamais ni à s'équilibrer ni à se déséquilibrer de manière permanente. Quand un des partenaires est en haut l'autre est en bas, et réciproquement. Pourquoi ?

Le désir s'attache à la violence mimétique, c'est-à-dire à un échange de représailles qui peut fort bien être invisible, *souterrain* comme dirait Dostoïevski, imaginaire même, dans ses modalités, mais qui n'en est pas moins réel dans son principe. Celui qui a frappé le dernier coup emporte avec lui la différence sacrée. Il conservera l'enjeu mythique du conflit aussi longtemps qu'il pourra croire au caractère définitif de son triomphe, aussi longtemps que son adversaire ne le lui enlèvera pas, aussi longtemps, en somme, qu'il ne sera pas l'objet d'une nouvelle représaille. Les *doubles* dostoïevskiens vivent dans un univers qui ressemble déjà au nôtre, univers de bureaucrates et d'intellectuels, intensément et arbitrairement concurrentiel, presque totalement dépourvu d'éléments décisoires, de signes objectifs du triomphe ou de l'échec, la violence physique par exemple, ou les règles de la compétition sportive.

Parmi les phénomènes typiques du délire, figure la perception de *doubles* ou *sosies*. Freud, la psychiatrie en général, presque tous les écrivains, et aussi *L'Anti-Œdipe*, ne voient jamais dans le *double* qu'une figure délirante parmi d'autres. Dostoïevski y voit tout autre chose. Implicitement au moins, Dostoïevski structure et explique le délire en fonction des *doubles*. C'est le délire lui-même qui tient à faire des *doubles* une fantasmagorie sans importance. Les deux partenaires vivent trop passionnément l'exaltation, c'est-à-dire la possession divine puis la dépression, c'est-à-dire la dépossession, pour s'attacher au schéma d'ensemble, pour constater qu'ils occupent tour à tour les mêmes positions dans un même système de rapports. L'illusion de la non-réciprocité est à son comble, mais il s'agit d'une non-réciprocité tournante qui se ramène, en fin de compte, à la réciprocité ; à mesure que le mouvement s'accélère, les moments tendent à se juxtaposer et la réciprocité transparaît. L'expérience du *double* a un caractère hallucinatoire renforcé et pourtant c'est la vérité fondamentale du rapport qu'elle incarne, c'est la réciprocité qui s'affirme au sein de la fantasmagorie délirante.

On retrouve l'oscillation de l'enjeu schizophrénique dans le rapport entre Nerval et son *double*, où c'est une supériorité sexuelle qui est sacralisée. On la retrouve aussi chez Hölderlin et là, en fin de compte, peut-être parce que les rapports sexuels *ne sont pas déficients*, l'enjeu est de nature exclusivement littéraire et intellectuelle, dans le rapport du *double* avec Schiller notamment. Le fait ne devrait pas peu intéresser ceux qui écrivent sur Hölderlin, eux-mêmes toujours des littéraires et des intellectuels mais, chose bizarre, ou peut-être pas si bizarre que cela, ce fait est toujours occulté, aussi bien par les histoires d'Œdipe, même de carence, que par les fétichismes littéraires.

On retrouve cette même oscillation — mégalomanie et infériorité délirante — dans le rapport entre le Président Schreber et son *double* asilaire, le médecin Flechsig sur qui s'opère visiblement le transfert des *doubles* antérieurs. La théorie des connexions « nerveuses » entre Dieu et les hommes fournit une justification « théorique » à la circulation de l'enjeu entre les *doubles,* Dieu lui-même, bon quand il est avec Schreber, mauvais et persécuteur quand il se laisse accaparer par Flechsig. Freud a reconnu en Flechsig le rival mais, comme toujours, il n'a rien fait du *double.* Personne ne s'intéresse au *double.*

Loin de dégager la violence mimétique, matrice des *doubles, L'Anti-Œdipe* nie jusqu'aux souffrances qu'elle cause. La thèse du livre suppose une coexistence paisible entre les extrêmes du délire. Pour affirmer cette possibilité, il faut recourir à des formules pudiques et habiles, telles ces différences d'*intensité* qui seraient seules à séparer les divers éléments du délire et qui fournissent aux deux auteurs juste ce qu'il faut de différence pour ne pas tomber d'un côté dans l'indifférence et de l'autre dans l'exclusion violente. Quand il s'agit de l'Œdipe, on l'a vu, Deleuze et Guattari courent volontiers aux extrêmes. Quand il s'agit du délire, au contraire, ils désirent soudain s'enraciner dans cet entre-deux qui justement ici n'existe plus, pour se convaincre que le délire est habitable ou tout au moins consommable, qu'il constitue un spectacle non seulement gratuit mais tout à fait permanent, ce qui permet de le substituer avantageusement à toute autre réalité.

La vérité est que les moments alternés s'excluent réciproquement, produisant l'angoisse caractéristique du délire. Le processus ne peut se définir ni seulement comme « subjectif », ni comme « objectif », ni comme auto-exclusion, ni comme exclusion réelle, venant d'un autre réel. Des grands schizophrènes de la pensée moderne en particulier, on peut dire, en simplifiant que leur « sensibilité exquise », et leurs ambitions extrêmes les obligent à assumer à l'excès et sous des formes diverses, des types d'exclusion ou d'ostracisme dont l'existence concurrentielle fournit en abondance les éléments premiers.

A travers la *mimesis*, surtout au stade négatif de l'obstacle et de la violence, c'est toujours un projet de différenciation qui cherche à se réaliser. Plus le désir aspire à la différence, plus il engendre d'identité. Le désir mimétique est toujours plus *self-defeating*. Plus il va, plus ses conséquences s'aggravent et cette aggravation ne fait qu'un, à la limite, avec le délire et la folie. C'est pourquoi on retrouve dans le délire les mêmes choses exactement qu'aux stades antérieurs, mais sous une forme outrée, caricaturale. Il y a plus de différence, au moins en apparence, il y a aussi plus d'identité, puisque le *double* ne cesse d'affleurer, il y a enfin plus de mimétisme, et bien visible cette fois puisque les observateurs les moins enclins, sans doute, à nous suivre parleront ici d'un *histrionisme* schizophrénique. Le délire n'est que l'aboutissement obligé d'un désir qui s'enfonce dans l'impasse de l'obstacle-modèle. L'impasse en question est la forme la plus générale de ces *double binds* dans lesquels Gregory Bateson voit la source de la psychose. Tous les désirs, à la limite, se tendent les uns aux autres le piège de la double injonction contradictoire : imite-moi, ne m'imite pas. Quand les effets du *double bind* universel deviennent trop extrêmes pour demeurer cachés, on parle de psychose. Et c'est naturellement l'observation de ces effets extrêmes qui révèle pour la première fois le *double bind* comme rapport de désir.

Loin de se rendre à la réciprocité qui l'assiège, le désir la fuit éperdument dans une quête toujours plus folle de la différence, dans toujours plus de mimétisme, en somme, qui débouche sur toujours plus de réciprocité. On ne peut pas fuir la réciprocité, jusque dans le délire, sans qu'elle revienne sur vous sous la forme ironique des *doubles*.

Contrairement à Deleuze et Guattari, je pense donc que le délire *veut dire* quelque chose. Le vouloir délirer, toutefois, s'oppose au vouloir dire du délire. Le délire veut dire l'identité des *doubles*, la nullité de toutes les différences, il veut dire le mensonge qu'il est lui-même et si on persiste à ne pas entendre, il parlera de plus en plus fort. L'expressivité du délire ne fait qu'un avec l'élément caricatural qu'on vient de signaler. Non seulement le désir mimétique n'est ni inépuisable ni inexplicable mais il devient de plus en plus facile à expliquer à mesure qu'il s'exaspère. Il se systématise lui-même et souligne sa propre contradiction. Plus on se détourne de cette révélation et plus les lignes de force se durcissent, plus elles se simplifient, telles les lettres d'un message vivant dont tout le monde se détourne et qui fait l'impossible pour se faire déchiffrer.

S'il y a vraiment complicité avec le délire, dans *L'Anti-Œdipe*, on doit s'attendre à y trouver, à la fois méconnus et obsédants, des rapports de *doubles*. Il y a en effet beaucoup de *doubles* dans le livre et le plus spectaculaire est évidemment Freud lui-même, l'antagoniste principal.

Freud est partout présent, de façon officielle et légitime, d'abord, dans les aspects de son œuvre qui sont explicitement revendiqués parce qu'ils paraissent susceptibles d'être utilisés contre l'Œdipe ou parce qu'on les juge, pour le moins, détachables de l'Œdipe. Deleuze et Guattari font donc appel à un Freud qui, à leurs yeux, est le bon contre un autre qui serait le mauvais, celui de l'Œdipe. Ils cherchent à diviser le grand homme contre lui-même. Mais l'expulsion de Freud par Freud n'a jamais lieu. L'ouvrage reste imprégné de Freud même et surtout sur les points où Freud est violemment répudié. Le Freud chassé par la porte rentre par la fenêtre, si bien qu'au terme de cette psychomachie freudienne, il est tout entier ou presque de retour, un Freud en miettes, certes, et même moléculaire, un Freud émulsionné et mixerisé, mais Freud tout de même, Freud quand même et toujours.

Le retour insidieux du *double* freudien est quelque chose d'essentiel et qu'il faut saisir au niveau des mécanismes de pensée, plus encore que des thèmes. Deleuze et Guattari font preuve d'une perspicacité qui va loin quand ils reprochent à l'Œdipe psychanalytique son caractère indécidable : « On peut d'autant plus le retrouver partout qu'il est indécidable ; il est juste en ce sens de dire qu'il ne sert strictement à rien. » Les critiques les plus aiguës sont toujours celles qui retombent le plus vite sur la tête de leurs auteurs. *L'Anti-Œdipe* fourmille de concepts indécidables, le capitalisme, notamment, à la fois décodant et recodant, et dont on peut souvent dire les choses les plus contradictoires. On peut reprendre ici certaines formules appliquées à l'Œdipe et les retourner presque mot pour mot contre les notions que Deleuze et Guattari s'efforcent de lui substituer, à commencer, bien entendu, par le désir. On n'inscrit pas tout dans le désir sans que tout, à la limite, ne fuie hors du désir. A côté de la face bénéfique, il y a une face maléfique du désir, terriblement importante elle aussi puisque c'est d'elle que relève la société dans son ensemble. On a toujours l'impression que les deux auteurs nourrissent un double projet, à la fois double et un, celui de supprimer toutes les différences qui servent d'échappatoires à tous leurs adversaires, psychanalytiques et autres, et celui d'échafauder une nouvelle différence, un « vrai désir » jamais encore repéré et qui n'appartiendrait qu'à eux et à leurs amis. Il y a là un *double bind* dans lequel le livre se débat longtemps et avec une extrême vigueur :

« Depuis le début de cette étude, nous maintenons à la fois que la production sociale et la production désirante ne font qu'un, mais qu'elles diffèrent en régime, si bien qu'une forme sociale de production exerce une répression essentielle sur la production désirante, et aussi que la production désirante (un « vrai » désir) a de quoi, potentiellement, faire sauter la forme sociale. Mais qu'est-ce qu'un « vrai » désir, puisque la répression, elle aussi, est désirée ? Comment les distinguer ? Nous réclamons les droits d'une très lente analyse. Car, ne nous y trompons pas, même dans leurs usages opposés, *ce sont les mêmes synthèses.* »

Toujours, en somme, il faut décider l'indécidable, d'abord dans un sens et puis dans l'autre, grâce à une série de va-et-vient qui nous ramènent, bien entendu, à la méthode schizophrénique. On doit pourtant se demander comment ce genre de démonstration peut s'inscrire dans la revendication délirante. Si c'est le délire qui parle, si c'est au nom du délire que l'on parle, pourquoi chercher à fixer la différence d'un côté plutôt que de l'autre, pourquoi ne pas se laisser porter par le mouvement infini ? Si le délire était réellement ce qu'on veut qu'il soit, pourquoi ne pas en jouir sans se soucier de le fonder dans une critique encore logique de tout système non délirant ?

Dans la majeure partie de l'ouvrage, les deux auteurs s'évertuent à fixer les différences vagabondes. Ils ne renoncent jamais, en dépit d'eux-mêmes, aux valorisations et aux exclusions qui d'ailleurs ne parviennent pas à s'achever et font surgir les *doubles* à tous les coins de pages. Pour l'essentiel, donc, l'ouvrage correspond non au contenu avoué de la revendication délirante mais au contenu inavoué ; le délire qui emporte cet ouvrage n'est pas et ne saurait être celui qui est revendiqué. Le rapport au délire n'en est que plus authentique. Il possède la seule authenticité compatible avec la nature délirante qui est de se méconnaître elle-même et d'engendrer des effets toujours plus opposés à ceux que l'on recherche. Pour délirer vraiment, pour s'installer dans le délire effectif, il faut non pas s'abandonner au tournoiement et à la fuite de la différence, comme *L'Anti-Œdipe* prétend le faire, mais bien faire ce que *L'Anti-Œdipe* fait réellement, s'acharner à immobiliser tout le système, dans les circonstances où l'entreprise devient désespérée. C'est cela, on l'a vu et on le vérifie ici, qui provoque le tournoiement et la fuite de la différence. C'est à vouloir stabiliser la différence qu'on la rend toujours plus instable, à la façon du canoteur malhabile qui surcompense les oscillations de son canot et qui finit par chavirer.

Le moment arrive, d'ailleurs, où la pression de l'identique se fait si forte, la présence des *doubles* si obsédante, qu'il n'est plus question de s'y soustraire. Tout ce que j'ai dit jusqu'ici n'est valable que pour une partie, la plus grande d'ailleurs, de *L'Anti-Œdipe.* Il y a d'autres passages qu'il est difficile, assurément, de circonscrire avec exactitude, où les auteurs, renonçant à lutter pour la différence absolue se prêtent au jeu de l'identité envahissante et même s'y complaisent. Parmi les thèses soutenues, il en est qu'il est difficile de ne pas lire comme des variations mimétiques sur les thèses critiquées, celles de la psychanalyse structurale en particulier.

Un exemple seulement, celui du *grand anus transcendant* que les deux auteurs chargent solennellement de surcoder le phallus structuraliste. Nous savons déjà qu'avec le délire, il n'est pas besoin d'*exclure* quoi que ce soit. Pour se débarrasser des gêneurs, il suffit de délirer plus avant, de noyer les résistances dans toujours plus de délire. Il n'est donc pas question de supprimer le phallus symbolique — c'est-à-dire au niveau *molaire*. Cet objet a beaucoup servi, depuis *Bouvard et Pécuchet*, mais il conserve un charme désuet dont il serait nigaud de se priver. Il est plus amusant de réduire la chose à l'insignifiance en élevant au-dessus d'elle un nouvel objet symbolique, en *exhaussant* ce nouvel objet. De quoi s'agit-il ? De l'anus, bien sûr, dont on entend faire une machine surpuissante, véritable formule A de la schizo-analyse, capable de surclasser toutes les formules P du phallo-structuralisme, sur quelque circuit des Vingt-Quatre Heures analytiques :

« Si le phallus a pris dans nos sociétés la position d'un objet détaché distribuant le manque aux personnes des deux sexes et organisant le triangle œdipien, c'est l'anus qui le détache ainsi, c'est lui qui emporte et sublime le pénis dans une sorte de *Aufhebung* constituant le phallus. »

Deleuze et Guattari ont dû pas mal rire en cuisinant le sublime pénis et l'*Aufhebung* anale. Devant l'accueil fervent réservé à ce nouveau dévoilement rituel, l'ancienne observance, qui l'a un peu mérité, il faut l'avouer, est trop consternée ou trop occupée à se reconvertir pour observer que les mauvais plaisants vérifient à leur insu sa théorie structurale de la psychose. On croit s'installer sans coup férir dans le schizophrénique, on fait les farauds et vlan ! c'est comme trou, *illico*, que le symbolique se manifeste !

Après des pages sérieuses, passionnées, il y en a donc d'autres, dans *L'Anti-Œdipe*, qui découragent toute velléité de discussion. On ne sait jamais où finit la pensée vraie et où commence le canulard contestataire. Cette ambiguïté n'est pas sans servir un peu le dessein des deux auteurs, on peut même la croire concertée pour enfermer le lecteur dans une espèce de *double bind*. La thèse défendue ici, par exemple, selon laquelle le livre retombe à chaque instant dans les pensées qu'il dénonce, et ne parvient jamais à se débarrasser ni de Freud ni de Lacan, destiné qu'il est à traîner ces *doubles* après lui, cette thèse trop patiemment élaborée va se révéler d'un seul coup inutile, superflue. On peut toujours me dire que j'ai perdu mon temps et ma peine, que les auteurs savent bien mieux que moi tout ce que je prétends leur démontrer. Et ce n'est pas tout à fait faux. On pourra citer en témoignage l'affaire du grand anus et quelques autres de la même farine. Quoi qu'il fasse, le critique n'en mènera pas large. S'il se laisse prendre aux aspects de l'ouvrage qui lui paraissent les plus fermes, on le plaindra de pontifier sur un texte qui ne se prend pas lui-même au sérieux. A quoi bon disséquer ce qui n'est qu'un brûlot lancé dans les structures vermoulues de l'intellectualité capitaliste ? Qu'il se permette de rire, au contraire, qu'il dise partout : « Elle est bien bonne », et on lui reprochera de méconnaître la seule entreprise encore un peu valable dans la décadence convulsionnaire de notre temps.

Dans un cas comme dans l'autre, on n'aura pas tout à fait tort. Prendre le livre au sérieux, le prendre à la légère, ce sont là deux manières de ne pas voir le stade critique auquel nous sommes parvenus et la façon dont *L'Anti-Œdipe* veut s'insérer dans cette crise. On nous dit qu'au lieu de se raidir contre le mouvement, il faut s'y abandonner. Il faut pousser toujours plus loin l'artifice des pensées actuelles, outrer encore ce qui est déjà caricature. Dans ces conditions, tous les procédés sont légitimes. On appuie tantôt sur ceci pour subvertir cela, tantôt sur cela pour démolir ceci. Penser logiquement contre la logique des autres, voilà qui est de bonne guerre pour Deleuze et Guattari, mais on ne peut pas retourner contre eux l'arme de la logique, on ne peut pas leur demander d'être logiques jusqu'au bout puisque c'est la schizophrénie qui parle par leur bouche, puisqu'ils possèdent le *copyright* du vrai délire. Ah ! la belle invention que cette schizo-analyse-là ! Ça va vous réduire les contradicteurs au silence plus vite encore que toutes ces « résistances » dont les psychanalystes détiennent le secret et qu'ils ont toujours en réserve dans leurs poches !

Aggraver toutes les perversions, appuyer encore sur l'arbitraire des formes culturelles qui nous entourent, en un geste qui ne relève ni exclusivement du délire, bien entendu, ni du jeu, ni de l'engagement, mais qui participe de toutes ces attitudes et d'autres encore, si bien qu'il devient impossible de l'enfermer dans quelque définition critique, voilà la différence infinie du schizophrène réussi ; elle ne fait qu'un avec le programme de *L'Anti-Œdipe,* avec sa stratégie.

Rien ici, donc, qui ne paraisse relever et, jusqu'à un certain point, ne relève du calcul tactique. Il faut noter, toutefois, que la répétition mimétique des *doubles* s'inscrit dans le tableau clinique du délire schizophrénique. Deleuze et Guattari ne mentionnent ce qu'on nomme d'habitude l'*histrionisme* du schizophrène qu'assez brièvement et pour en minimiser le rôle qui pourrait bien être plus important, en fin de compte, et dans ce tableau et dans *L'Anti-Œdipe* lui-même, qu'ils ne le laissent supposer. Il se pourrait, en d'autres termes, que sur le plan de la lutte entre la différence et l'identité, le rapport de *L'Anti-Œdipe* soit plus conforme encore à la réalité du délire que la revendication délirante ne voudra ou ne pourra l'admettre.

Dans la plus grande partie de leur livre, Deleuze et Guattari s'efforcent, on l'a vu, d'établir des points de repère fixes, de décider du haut et du bas, de la droite et de la gauche. C'est très sérieusement qu'ils s'évertuent à séparer le bon inconscient du mauvais désir social, la bonne schizophrénie révolutionnaire de la mauvaise paranoïa réactionnaire, etc. Au niveau des méthodes proposées et des analyses qu'elles permettent, on pourrait discuter sans fin de la réussite ou de l'échec de ce projet, de l'aptitude des « synthèses disjonctives », ou des « différences d'intensité », ou encore des « différences de régime », à jouer le rôle qu'on entend leur faire jouer. Je crois, en vérité, qu'il n'y a plus guère de sens à rejeter sur le social en tant que tel la responsabilité de tout malheur humain. La tentative n'en est pas moins intéressante car elle ne succombe pas entièrement, même vis-à-vis de la psychanalyse, à la facilité qui consisterait à rejeter le mal sur des boucs émissaires bien voyants, sociologiques ou doctrinaux. Mais elle débouche, de ce fait même, sur une véritable paralysie. C'est toujours là où il faut faire passer les différences qu'il importe ainsi de les effacer, sous un autre rapport. C'est de cette paralysie et de la confusion qui en résulte qu'il faut partir pour expliquer les volte-face que nous venons de constater, la conversion soudaine du preux de la différence en bouffon de l'identité. Deleuze et Guattari veulent croire que c'est de leur plein gré qu'ils se transforment en fou de la philosophie et en *trickster* de la psychanalyse, mais il faut y regarder de plus près. Le moment arrive où même la plus extrême mobilité, même la dialectique la plus sensationnelle n'arrive plus à sauver la différence de l'identité qui la pénètre. C'est toujours à ce moment-là, quand ils sont talonnés par les *doubles* et que la différence, localement, semble perdue, que les deux auteurs se jettent dans la cause de l'identité, dans l'entreprise contraire à celle qu'ils poursuivaient toujours avec la même ardeur. Mais l'identité n'est jamais assumée que sur le mode de la parodie. Loin de se tourner franchement vers les *doubles* pour leur demander ce qu'ils *veulent dire*, ils s'interdisent de les prendre au sérieux ; le recours à la parodie contestataire fait tout sombrer dans le ridicule. Au fond, il s'agit de faire croire aux autres et de croire soi-même que le jeu auquel on est voué ici n'est pas réellement celui des *doubles*, que ce ne sont pas les *doubles* qui mènent le jeu mais les deux auteurs qui se proposent de jouer aux *doubles*. La différence ne peut paraître importante qu'à la lumière d'un certain projet qui est justement de maintenir la différence à tout prix et qui se révèle d'autant plus absurde qu'il aboutit au même résultat inévitable, à la destruction de toute différence concrète mais dans un contexte d'histrionisme délirant qui rend cette destruction inefficace, qui transforme inutilement en pire ce qui devrait être le meilleur.

*
* *

Si curieux qu'on puisse juger ces manèges, ils sont quand même moins intéressants que la question fondamentale, celle qui demeure en suspens, la question d'Œdipe et de son complexe. D'un bout à l'autre de leur ouvrage, Deleuze et Guattari emploient le mot Œdipe et les néologismes qui en dérivent, œdipiser, œdipianiser, comme des synonymes parfaits de *triangle* et de ses dérivés. Se faire « trianguler » et se faire « œdipianiser » ne désignent jamais qu'une seule et même opération. Qu'on me corrige si je me trompe.

C'est dire que les deux auteurs rapportent docilement à l'Œdipe psychanalytique, ainsi qu'on le leur a appris, tous les rapports de configurations triangulaires, toutes les rivalités mimétiques, toutes les concurrences de *doubles* qu'il leur arrive d'observer. Ils mentionnent, par exemple, une déclaration qu'aurait faite Stravinski peu avant sa mort et selon laquelle, tout au long de sa vie, le musicien aurait voulu prouver à son père de quoi il était capable... Deleuze et Guattari voient là une confirmation du lavage de cerveau généralisé qui sévit dans la société contemporaine. La psychanalyse n'a pas à inventer l'Œdipe, disent-ils, les sujets se présentent chez leurs psychiatres déjà tout œdipianisés.

Il faut poser ici une question non à la psychanalyse car ce n'est pas la peine, mais à Deleuze et à Guattari qui s'en prétendent libérés. A qui Stravinski aurait-il le droit de vouloir prouver quoi que ce soit sans se faire aussitôt étiqueter comme victime de l'injonction œdipienne ? Avec qui a-t-il la permission de rivaliser sans retomber sous le coup de la psychanalyse ? Avec son frère, sa petite amie, la concierge, les autres musiciens ? Avec personne puisque la rivalité va forcément se présenter, chaque fois, sous la forme d'un triangle et sera automatiquement rapportée à l'éternel Œdipe, abandonnée sans combat à la machine freudo-structuraliste.

Si cet abandon est légitime, si l'Œdipe psychanalytique a un droit de regard sur toutes les activités conflictuelles, la cause est entendue. Le reste n'est guère qu'accrochages d'arrière-garde, broutilles, agaceries contestataires. La production désirante est l'utopie d'un univers sans conflits, vaste nuage d'encre destiné à dissimuler une capitulation sans conditions. La théorie œdipienne sort intacte de *L'Anti-Œdipe* et elle encaisse même au dernier acte une assez jolie prime, et c'est *L'Anti-Œdipe* lui-même, œdipianisé de toute évidence jusqu'au nombril, puisque tout entier structuré sur une rivalité triangulaire avec les théoriciens de la psychanalyse, lesquels fournissent les pères vivants et morts en nombre plus que suffisant pour satisfaire l'analyste le plus pointilleux. Si la déclaration de Stravinski est œdipianisée, elle ne l'est pas de façon plus spectaculaire que les centaines de pages de *L'Anti-Œdipe*. Elle n'est guère encore, sous l'œil du voisin, que cette paille minuscule qui nous dissimule la poutre dans le nôtre, énorme poutre œdipienne que constitue l'ouvrage intitulé *L'Anti-Œdipe*.

Je ne m'érige pas ici en défenseur de la psychanalyse, bien au contraire. Je soutiens que ce sont Deleuze et Guattari qui la défendent malgré eux, qui lui apportent une apparence de confirmation en recourant à une méthode défaitiste. Il y a certainement un lavage de cerveau psychanalytique mais, en le définissant comme ils le font, Deleuze et Guattari ne peuvent que perpétuer le malentendu et même l'aggraver. Cinquante ans de culture psychanalytique ont transformé en un véritable réflexe la référence à l'Œdipe devant toute configuration triangulaire ou para-triangulaire. Ce n'est pas le contenu des conflits qui appartient à la psychanalyse, c'est seulement l'étiquette. Il ne faut pas se laisser impressionner par l'étiquette au point de croire que seul un nouveau mythe solipsiste pourra nous débarrasser de Freud.

Dans bien des cas, certes, la référence à l'Œdipe est irréfléchie, elle ne correspond à aucune pensée réelle. Jamais pourtant il ne s'agit d'une chose sans conséquences. Elle entraîne avec elle tout un monde de préjugés qu'il est désormais impossible ou presque de remettre en question. L'Œdipe est devenu une évidence première, quasi indestructible, une véritable loi de la gravitation psychique. Témoin : *L'Anti-Œdipe.*

La définition mimétique du désir permet d'engendrer la rivalité sans l'aide de l'Œdipe, elle fait surgir en nombre illimité les *doubles* sans référence aucune au mythe ou à la famille nucléaire. On se trouve en présence d'une donnée très générale dont le rapport aux Œdipes mythique, tragique et psychanalytique doit être élucidé. Il est évident que l'Œdipe de crise, tel que Freud le conçoit, comporte des éléments mimétiques indéniables mais variables et jamais vraiment précisés. Le rapport mimétique s'oppose, par contre, à l'Œdipe de structure par ses vertus destructurantes. Le désir mimétique s'inscrit toujours, assurément, dans des structures existantes qu'il tend à subvertir. Cela ne signifie nullement qu'on puisse le définir comme « imaginaire ».

Il faut s'interroger sur le rapport mal défini entre le triangle œdipien, mythique ou psychanalytique, et tous les triangles et pseudo-triangles de la rivalité mimétique. Pour l'anti-œdipisme véritable, il n'y a d'espoir que dans une critique efficace du rapport univoque postulé par la psychanalyse entre l'Œdipe et tous les autres triangles.

Cette critique commence de toute évidence par le mythe. Elle ne fait qu'un avec un nouvel effort pour expliquer le mythe. On repère sans difficultés, dans beaucoup de mythes et dans celui d'Œdipe en particulier, les traces de crises aiguës où se défait, littéralement, la trame culturelle. A la suite de tout le formalisme moderne, Deleuze et Guattari croient que les signes d'indifférenciation et la présence des *doubles,* dans le mythe, ne correspondent à aucune réalité. Cette attitude se situe, bien entendu, dans la même ligne que le refus de systématiser le délire en fonction des *doubles.* Elle aboutit partout aux mêmes impasses. Mais ici encore, on peut reprendre le problème à partir des doubles réels. D'innombrables indices, toujours indirects certes, mais merveilleusement convergents et qui vont de la peste mythique ou des travestis et inversions hiérarchiques de la fête aux mutilations rituelles, aux cérémonies dites « totémiques », aux masques et cultes de possessions, suggèrent que les crises décelables derrière tous ces phénomènes culturels relèvent du désir mimétique et combinent à leur paroxysme la violence physique avec les manifestations de type délirant. Il n'y a aucune raison de ne pas accueillir les témoignages convergents et de ne pas admettre, sous forme d'hypothèse d'abord, que la perte violente du culturel soit la condition nécessaire de sa restauration, que la métamorphose d'une communauté en foule aveugle et démente constitue le préalable obligé de toute création mythique et rituelle. Rien n'est plus banal, à plus d'un titre, que cette supposition. Toute la question est de savoir comment l'interpréter et ce qu'il est possible d'en faire.

Une fois qu'il n'y a plus que des *doubles* affrontés, le moindre hasard, le signe le plus intime peut entraîner la fixation de toutes les haines réciproques sur un seul de ces *doubles*. Ce que la *mimesis* a fragmenté et divisé à l'infini, elle peut d'un seul coup l'unifier à nouveau, dans un transfert collectif que l'indifférenciation générale rend possible et qu'elle nous permet de comprendre comme une opération réelle.

Dans l'homogénéité de la crise qui ne fait qu'un avec l'interminable de la violence, le faux infini de la différence tournoyante, la victime émissaire opère un partage qui fixe la différence et ramène un sens identique pour tous. On s'explique, de ce fait, que tant de mythes d'origine se présentent sous la forme de conflits entre des frères ou jumeaux mythiques dont un seul périt, ou se fait chasser, ou même sous la forme d'un choc créateur entre des entités symétriques, des montagnes, par exemple, d'où jaillissent aussitôt l'ordre, le sens et la fécondité. Le structuralisme ethnologique déchiffre les différences stabilisées par la victime émissaire, garanties par le religieux ; il ne peut pas s'interroger sur la symétrie sous-jacente, sur l'identité conflictuelle des *doubles.*

La victime émissaire fournit à la violence un exutoire en unifiant contre elle la communauté entière. Elle paraît donc emporter avec elle dans la mort une violence qu'elle a polarisée. A la violence réciproque qui empoisonnait la communauté se substitue une non-violence de fait. Parce que violence et non-violence relèvent d'un même processus jamais vraiment compris, elles sont toujours rapportées, l'une et l'autre, à une seule et même entité qui redevient transcendante et bénéfique après une visitation immanente et maléfique. Les métamorphoses du sacré s'effectuent par l'intermédiaire d'un ancêtre divinisé, d'un héros mythique ou d'une divinité ; derrière ceux-ci, c'est toujours le mécanisme de la victime émissaire qui se laisse repérer.

Une fois qu'on dispose de ce fil directeur que constitue la *mimesis* et la victime émissaire, on s'aperçoit très vite que seule notre ignorance peut rapporter les interdits primitifs à la pure superstition ou aux fantasmes. Leur objet est réel, et c'est la *mimesis* désirante elle-même, avec toutes les violences qui l'accompagnent. Ce fait n'est guère niable, assurément, dans le cas des interdits qui portent sur la représentation figurée ou même sur tous les modes de représentation dédoublante, telles que l'énonciation du nom propre. Il en va de même dans les interdits qui frappent les jumeaux ou même les simples ressemblances entre consanguins. De même, les interdits de l'inceste frappent toutes les femmes proches sans distinction de parenté, au moins dans leur principe ; c'est l'enjeu possible d'une rivalité mimétique qu'ils soustraient à ceux qui vivent ensemble. La crainte mal définie qu'inspire à Platon la *mimesis* en général et la *mimesis* incontrôlée en particulier s'inscrit sur le fond de la crise mimétique, de même que l'hostilité de mainte société traditionnelle à l'égard des mimes, des acteurs et de la représentation théâtrale en général.

Beaucoup d'intuitions fonctionnalistes sont exactes, même si elles sont incapables de se justifier. L'efficacité et la perspicacité relative des interdits ne fait qu'un avec leur origine. L'interdit n'est que la violence de la crise soudainement interrompue par le mécanisme de la victime émissaire et retournée en prohibition par une communauté terrifiée à l'idée de retomber dans la violence.

Le rituel jaillit, lui aussi, de la victime émissaire. Il cherche à prévenir toute récurrence de la crise en répétant le mécanisme unificateur et fondateur sous une forme aussi exacte que possible. L'action principale consistera donc presque toujours en une forme d'immolation rituelle, en imitation du meurtre réel, qui n'est pas celui d'un « père », bien entendu, mais de la victime émissaire.

Le rite est donc lui-même *mimesis* qui porte, cette fois, non plus sur le désir de l'autre, avec les conséquences dissolvantes et destructrices que l'on sait, mais sur la violence unificatrice. La *mimesis* rituelle unanime, en combinaison avec les interdits et l'ensemble du religieux, constitue un préventif réel à l'égard de la *mimesis* vagabonde et conflictuelle. Contre la mauvaise *mimesis*, donc, le culturel ne connaît pas d'autre remède qu'une bonne *mimesis*. C'est bien pourquoi la *mimesis* est indécidable, notamment chez Platon, comme l'a bien noté Jacques Derrida. Tout ce qui touche, de près ou de loin, au sacré est en vérité indécidable. C'est le mécanisme de la victime émissaire qui fournit le principe de toute décision, même dans les répétitions rituelles et para-rituelles, si affaiblies et désacralisées qu'elles puissent devenir.

La résolution finale est trop étroitement mêlée à la crise pour que les rites puissent vraiment les distinguer l'une de l'autre. C'est pourquoi les rites, en règle générale, comportent des éléments qui ont un caractère objectif de transgression mais qui constituent d'abord l'imitation religieuse du processus qui a engendré l'interdit, forcément identique à la transgression de celui-ci, surtout quand il est appréhendé à sa lumière. On aura donc des violences réciproques, des crises de possession, c'est-à-dire du mimétisme paroxystique, des formes multiples d'indifférenciation violente, du cannibalisme rituel et, bien entendu, l'inceste. Ces phénomènes ont toujours en eux-mêmes un caractère maléfique ; ils ne deviennent bénéfiques que dans le cadre du rite, en association étroite avec une forme quelconque de sacrifice, c'est-à-dire avec l'élément rituel le plus directement commémorateur de la victime émissaire.

Si le désir mimétique est une réalité universelle, s'il va vers la violence infinie, c'est-à-dire vers la démence et la mort, il faut certainement envisager le problème de la culture en fonction de sa forme la plus développée, et c'est bien ce délire dont se réclament Deleuze et Guattari. *L'Anti-Œdipe* se situe donc en un lieu dont il faut reconnaître le caractère crucial mais c'est pour y faire le contraire de ce qu'il faudrait, c'est pour répudier *in extremis* l'identité des *doubles* en se fondant sur le délire lui-même alors qu'il faut tout fonder sur cette identité. La vraie question n'est pas : comment accéder au délire universel, mais comment se fait-il qu'il n'y ait pas que du délire et de la violence infinie, c'est-à-dire rien du tout ? Cette question ne fait qu'une avec celle de la différence qui paraît osciller entre les *doubles* mais qui, en vérité, n'a de réalité que stabilisée, relativement au fonctionnement effectif d'un ordre culturel déterminé. Dans la violence réciproque et le délire, la différence retourne à son néant originel. Il n'y a plus que des représailles qui s'échangent et il est bien évident qu'aucune volonté générale à la Rousseau ne saurait fonder des systèmes différentiels stables, communs à toute une société. Partout où elle existe, une chose telle que la volonté générale est tributaire d'un système pré-existant. Il y a donc là une question jusqu'ici sans réponse à laquelle l'hypothèse de la victime émissaire apporte une solution trop rationnelle et qui s'imbrique trop parfaitement avec les témoignages mythiques et rituels pour que les disciplines concernées puissent se dérober à l'examen qu'elle appelle[1].

Si on veut considérer la crise mimétique et sa résolution comme une origine absolue, on peut dire que la définition de la victime émissaire comme parricide et

1. R. Girard, *La Violence et le Sacré*, Grasset, 1972.

incestueuse a un caractère rétrospectif : elle ne peut s'effectuer qu'à partir de la loi fondée par la mort de cette victime. C'est d'abord la crise elle-même que le parricide et l'inceste signifient, et le fait que cette crise soit tout entière rapportée à un individu unique.

On doit se demander pourquoi les accusations du type parricide et inceste, la hantise des crimes œdipiens, y compris l'infanticide, reparaissent dans toutes les grandes crises sociales, un fait dont témoignent, entre autres choses, la tragédie grecque et la psychanalyse. Dans toutes les violences collectives du type lynchage, pogrom, etc., qui se motivent de ce type d'accusation, c'est toujours un même type de drame qui se rejoue, à ceci près que nous ne lisons pas le phénomène collectif dans la clef mythique du héros réellement coupable, parce que les phénomènes directement observables comme violence collective ne sont pas producteurs, *par définition*, sur le plan mythique et religieux.

Si la crise est propagation de la rivalité mimétique, on conçoit sans peine qu'à force de s'étendre, elle finira par contaminer même les rapports avec les proches parents ; c'est cette transformation du père et du fils en rivaux mimétiques, en *doubles*, que nous montre perpétuellement la tragédie. On a donc un triangle dont le troisième côté peut être occupé par la mère. A l'horizon de toute crise du type défini plus haut, le parricide et l'inceste doivent surgir non comme fantasmes mais comme les conséquences extrêmes d'une extension de la rivalité mimétique au triangle familial. Il n'est pas nécessaire de se demander si ce passage à l'extrême est effectivement réalisé pour comprendre qu'il n'est jamais définissable comme imaginaire ou fantasmatique.

La psychanalyse ne peut donc pas s'en tirer en affirmant que la genèse proposée ici ne la gêne nullement, qu'elle ne contredit pas sa théorie parce qu'on peut toujours enraciner les accusations dont la victime émissaire fait l'objet dans les désirs inconscients, fantasmes, etc. Le parricide et l'inceste n'ont pas une origine familiale. L'idée est une idée d'adultes et de communauté en crise, comme le remarquent justement Deleuze et Guattari. Elle n'a aucun rapport avec la petite enfance. Elle signifie la destruction de toute loi familiale par la rivalité mimétique.

Œdipe Roi montre la genèse de l'accusation. Elle naît de la querelle des protagonistes, querelle au sujet de la crise et qui ne fait qu'un avec elle. Chacun s'efforce de triompher de son rival mimétique en rejetant sur lui la responsabilité de tous les malheurs publics. Le jeu d'accusations est réciproque. Que ce jeu fasse surgir tour à tour, à mesure qu'il s'aigrit, le régicide d'abord, puis le parricide et l'inceste nous montre bien qu'on a affaire à une intuition réelle, portant sur le caractère mimétique de la crise, en cours de transfert déjà du collectif à l'individuel et de ce fait même grossie et transfigurée. La crise tragique n'est qu'une chasse à la victime émissaire, incapable de se conclure aussi longtemps qu'aucune victime ne parvient à faire contre elle, donc autour d'elle, l'unanimité.

A partir du moment où l'unanimité est acquise, il n'y a plus la violence de chacun contre chacun, il n'y a plus que des innocents face à un unique responsable. La victime émissaire rassemble sur elle tous les aspects maléfiques, ce qui ne laisse aux Thébains que les aspects les plus anodins, la contagion passive de la *peste*. Quand l'oracle ordonne aux Thébains de découvrir le responsable unique de la crise, il leur dit réellement ce qu'ils vont faire pour résoudre cette crise, non pas en vérité parce qu'un tel responsable existe mais parce que seule l'unanimité refaite grâce à l'accord de tous sur un coupable présumé peut apporter la guérison. C'est une chasse à la victime émissaire qu'organise l'oracle. C'est d'ailleurs pourquoi l'arrivée de cet oracle déclenche le paroxysme de la crise ; la dissension doit arriver à son comble pour que survienne la résolution.

Le désir mimétique nous a fourni une source de conflits qui ne s'enracinent ni dans la famille ni dans le mythe œdipien puisqu'ils débouchent sur une explication complète de ce mythe, impossible à la lumière de la psychanalyse. Il faut lire l'Œdipe freudien à la lumière du désir mimétique au lieu de rapporter les triangles mimétiques à l'Œdipe freudien. Le droit de regard tacitement concédé à Freud sur toute configuration triangulaire se fonde sur un rapport réel, mais Freud inverse le sens de ce rapport. La rivalité mimétique ne se rapporte nullement à l'Œdipe comme à sa cause et à son origine, il faut, au contraire, chercher dans la rivalité mimétique la cause de tous les Œdipes, mythique, tragique et psychanalytique.

Si la psychanalyse recouvre les œuvres du désir et de la violence d'un parricide et d'un inceste mythologiques, exactement comme le mythe, ce doit être pour les mêmes raisons. Il n'est pas difficile de montrer que la psychanalyse classique fonctionne comme un rite, le rite de l'Œdipe, selon la formule de Lacan qui aurait voulu qu'elle fût autre chose. Démontrer le caractère proprement rituel de la psychanalyse classique est d'autant plus facile aujourd'hui que les structuralistes n'acceptent pas la conception originelle de Freud selon laquelle tous les petits enfants revivent à leur façon une version modifiée mais réelle du drame œdipien. La psychanalyse structurale ne croit pas à l'Œdipe de crise.

Dans la conception traditionnelle de la cure, il convient de mettre à jour les désirs honteux et de les ventiler pour en dissiper la virulence et permettre aux hommes de les assumer sur un mode constructif. De ces ennemis, donc, la cure fait des alliés. L'Œdipe est le représentant déguisé de la victime émissaire, de la victime sacrificielle que chacun de nous doit tour à tour intérioriser et extérioriser. Il joue un rôle double de mal et de remède.

Il y a là, bien entendu, un passage du collectif à l'individuel qui ne manque pas de précédents. Le chamanisme classique déplace du collectif à l'individuel le thème général de l'expulsion qui constitue l'interprétation fondamentale du mécanisme de la victime émissaire au niveau rituel. L'expulsion devient celle d'un objet matériel qui aurait envahi l'organisme du malade. La psychanalyse, de même, transpose en expulsion psychique le *pharmakos* tour à tour maléfique et bénéfique dont elle trouve le modèle, de façon beaucoup plus précise et littérale qu'elle ne le croit, dans un déguisement mythique de la victime émissaire, exactement comme les anciens rites. Si des termes comme *abréaction* et *catharsis* ne servent plus guère, de nos jours, à décrire les bénéfices de la cure, ce n'est pas parce qu'ils disent mal ce qu'il convient de dire, c'est parce qu'ils le disent trop bien. Le parallélisme des formes rituelles et des formes culturelles modernes cause une gêne indéfinissable.

La psychanalyse c'est toujours l'indécidable qui se décide, d'abord dans un sens puis dans l'autre. On retrouve ce mystère non seulement dans la conception de la cure mais dans l'œuvre de Freud, envisagée chronologiquement, et enfin dans l'histoire de la psychanalyse, qui passe d'abord aux yeux des bien-pensants pour le fléau de Dieu et qui se métamorphose ensuite en pilier de l'ordre social. Freud lui-même, à son arrivée dans le port de New York, croit apporter aux Américains « la peste », mais, dans les dernières années de sa vie, il parle surtout de la sublimation. Ce qui paraît d'abord l'élément le plus destructeur, le parricide et l'inceste, devient très vite le fondement d'un ordre psychanalytique, le *building block* de l'*homo psychanalyticus*. L'indécidable, une fois de plus, a pivoté sur lui-même. Il faut se garder de rejeter ces métamorphoses sur la trahison de quelques lévites, sur les « récupérations » prétendues et autres boucs émissaires de second ordre.

Définir la psychanalyse comme un rite, ce n'est nullement la minimiser, surtout sur le plan du savoir ; plus un rite est efficace, plus il faut qu'il se soit constitué dans la proximité de la victime émissaire. Il y a toujours de la méconnaissance, certes, mais une méconnaissance moindre que celle des formes affaiblies et dérivées. Dans la théorie freudienne, il faut voir la retombée d'une double et puissante attaque en direction de la victime émissaire, problématique œdipienne d'une part, *Totem et tabou* de l'autre. C'est le voisinage du mécanisme vrai qui confère à la théorie sa fécondité proprement mythique dans un grand nombre de domaines, de la médecine à l'esthétique et même à la science puisqu'elle constitue une source d'inspiration pour les recherches ultérieures.

Si Freud ne parvient jamais jusqu'à la victime émissaire, on dirait qu'il reste toujours exactement centré sur elle, autrement dit que ses progrès, ses hésitations et ses reculs, sur les versants opposés qui mènent à elle, restent à peu près équivalents. De là, l'équilibre proprement mythique des grandes notions freudiennes, ou si l'on veut leur caractère indécidable. L'élément critique et violent est toujours exactement compensé par l'élément ordonnateur et stabilisateur. Le « complexe » ne fait accéder les hommes à une vie familiale et sociale régulière, comme les grands rites de passage, que parce qu'il est d'abord passage réel par la violence maléfique, plongée dans le désordre. Freud ne saurait concevoir l'Œdipe sans crise, sans ce fondement qui est d'abord perte de fondement. Il me paraît contraire à l'esprit véritable de Freud de mettre l'accent sur un problème de structures trans-individuelles que *Totem et tabou* permettrait de résoudre par « hérédité phylogénétique ».

Jamais Freud ne confronte directement le problème posé par les deux faces opposées de l'Œdipe, la destructurante et la structurante. Il laisse l'indécidable se décider sans lui et la puissance mythique ne fait qu'un avec ce retrait. La pensée qui se libère peu à peu du rite veut toujours tout décider par elle-même mais tant que la victime émissaire ne dévoile pas son mystère, il vaut mieux pour elle ne pas substituer à l'indécidable un principe de décision qui n'est jamais le bon. Elle tombe ou bien dans le déséquilibre stable des fausses rationnalités, ou bien — ou plutôt ensuite — dans les déséquilibres instables qui préparent le délire.

Dans la psychanalyse structurale, l'équilibre est rompu au profit de la structure. Les pertes du côté de la crise sont compensées en partie par le dégagement d'une notion absente chez Freud, celle d'un ordre symbolique indépendant des objets dans lesquels il s'actualise, résidu de transcendance purement formel et qui détermine les éléments derniers de toute représentation, qui ordonne les positions structurales et distribue les rôles au sein d'une totalité.

Dans la perspective présente, cette notion d'ordre symbolique doit apparaître comme une intuition partielle des effets toujours perpétués de la victime émissaire, même dans un système privé en apparence de tout fondement mythico-rituel, et alors même que toute référence à un principe transcendant a disparu. Il faut donc rejeter la lecture proposée par *L'Anti-Œdipe* qui fait de l'ordre symbolique une simple régression vers le « despotisme archaïque ».

Divers facteurs tendent, toutefois, à limiter la portée du témoignage. Le premier tient à l'enracinement dans la psychanalyse plutôt que dans l'observation directe, sociologique et culturelle. La psychanalyse structurale n'est souvent qu'un structuralisme de la psychanalyse. Le second tient au structuralisme lui-même, qui ne peut se fonder qu'aux dépens de la crise, au prix d'une décision fondamentale qui ampute tous les indécidables de leur face maléfique. Il est excellent, certes, de rejeter les localisations mythiques de la crise auxquelles s'arrête Freud, sur la petite enfance tout particulièrement. La négation de toute crise, néanmoins, la perte de toute intuition au sujet de la crise fausse l'ensemble de la théorie, même au niveau de l'ordre symbolique, qui ne devrait pas faire l'objet d'un traitement séparé, indépendant des oppositions de *doubles*, rejetées, elles aussi, et effectivement neutralisées dans le ghetto de l'*imaginaire*.

Parce qu'ils recouvrent et déguisent toujours le jeu double de la violence, les grands symboles du sacré symbolisent à la fois toute désymbolisation et toute symbolisation. Ils ne deviennent le signifiant que pour avoir d'abord signifié la fin de toute signification. C'est bien pourquoi ils sont toujours indécidables. C'est les méconnaître que de les associer exclusivement à des mécanismes ou plutôt à des postulats de structuration trop arbitraires pour ne pas demeurer improductifs sur le plan des textes culturels. L'inceste, par exemple, ne peut signifier la différence stabilisée, la loi instaurée, la souveraineté intronisée, dans les monarchies sacrées, par exemple, que parce qu'il signifie d'abord la différence perdue et la violence réellement déchaînée. Appréhendé en lui-même, en dehors de tout contexte rituel, l'inceste est exclusivement maléfique et déstructurant. S'il y a inceste rituel, dans certaines sociétés, c'est parce qu'il y a d'abord la victime émissaire dont le meurtre collectif, en punition d'un inceste supposé, a libéré la communauté de la violence qui l'étouffe. On exige que les victimes de rechange vivent et périssent comme la victime originelle passe rétrospectivement pour avoir vécu et comme elle a péri, en vertu du principe : mêmes causes, mêmes effets. On s'efforce de perpétuer et de raviver les effets d'une première mise à mort spontanément unificatrice.

La preuve que l'inceste rituel a la même origine que le trône royal, lequel n'est jamais que la pierre des sacrifices peu à peu transfigurée, on la trouve dans les formules rituelles africaines qui font parfois du roi un véritable bouc émissaire, non pas sans doute de « péchés » au vague sens moderne, mais bel et bien d'une violence qui ne cesse de fermenter et qui risque d'exploser si elle ne trouve pas un exutoire rituel, ici le roi lui-même. Au Ruanda, par exemple, dans une cérémonie où le roi et sa mère paraissent attachés l'un à l'autre comme deux condamnés à mort, l'officiant prononce les paroles suivantes : « Je t'impose la blessure de la framée, du glaive, du vireton, du fusil, de la matraque, de la serpe. Si quelque homme, si quelque femme a péri de la blessure d'une flèche, d'une lance... je mets ces coups sur toi. »

L'inceste rituel ne relève ni du despotisme barbare comme le croient Deleuze et Guattari, ni de quelque empreinte structurelle constitutive de l'esprit humain. L'ordre symbolique n'a rien d'une donnée imprescriptible et inaliénable, analogue aux catégories kantiennes. *L'Anti-Œdipe* a raison de s'insurger contre cette conception mais les ressources d'une critique efficace lui font défaut.

Dans la perspective structuraliste, l'effacement du symbolique est défini comme une espèce de carence, la « forclusion », un peu analogue aux carences organiques. Toutes les identifications réelles sont « imaginaires ».

Rien de ce qui se passe entre les hommes ne réagit sur le destin de l'ordre symbolique. *L'Anti-Œdipe* note bien cette absence de l'histoire mais dans un autre esprit. L'ordre symbolique naît du mécanisme de la victime émissaire, c'est-à-dire d'une violence unanime et toujours à la merci de la violence réciproque.

Loin, par conséquent, d'accéder à des structures immuables, la psychanalyse propose l'hypostase d'un moment historique transitoire. Elle prend l'instantané d'un moment particulier, déformé par l'optique psychanalytique, pour un donné inaliénable de l'esprit humain. Si on l'observe à la lumière des remarques précédentes, on doit conclure que cet instantané appartient à la fin d'un cycle culturel, proche de la désintégration absolue. L'ordre symbolique répartit toujours les rôles entre les personnes réelles, il reste organisateur sur le plan des rapports concrets mais c'est parce qu'il opère comme manque. On croit tenir dans le phallus le signe de cette loi structurale, la puissance phallique dont le désir veut toujours s'emparer et qui ne cesse de l'éluder.

La transcendance n'*est*, en somme, que parce qu'elle sert entre les hommes d'enjeu trompeur. L'ordre symbolique passe pour invulnérable à toutes ces luttes dont il est l'objet, absolument hors de portée. En réalité, c'est un état de déchéance extrême qu'on observe, résultat justement de ce dernier enjeu, de cette mise en jeu dont le structuraliste n'appréhende que les derniers stades. Il est loin de s'attendre à ce qui va suivre. L'exaspération constante de la rivalité dont le symbolique lui-même fait l'objet, dans les polémiques actuelles notamment, doit entraîner une déchéance plus complète encore, un effacement du symbolique en tant que puissance objective, d'une objectivité non pas absolue, bien sûr, mais relative à la culture considérée, aux différences que le symbolique stabilise.

Si l'on peut parler, pour aujourd'hui, hier ou demain, d'un avènement culturel du délire, plutôt que d'aberration pathologique, ou de simples fantaisies d'intellectuels, on doit avoir affaire à cet effacement, plutôt qu'à une « forclusion » accidentelle, ou à une négation abstraite.

C'est de cette nouvelle que Deleuze et Guattari se font les porteurs quand ils nient le symbolique. De cette négation, il faudrait redire ce qu'on a dit plus haut des négations dont Freud lui-même fait l'objet. Il lui arrive de se retourner contre ses auteurs, dans le fourmillement des triangles et des *doubles*. Elle est donc partiellement inefficace, et elle reste an-historique, de même que l'affirmation antérieure mais elle n'en marque pas moins une nouvelle étape au sein d'une même histoire. *L'Anti-Œdipe* est le signe d'une crise culturelle aggravée. Les éléments qui tendaient toujours, auparavant, à se réorganiser en fonction d'un point de fuite méconnu, certes, mais encore réel, tendent de plus en plus, désormais, à la fragmentation et à la dispersion. Jusqu'ici substitut de la présence, l'absence de la divinité est elle-même en train de s'effacer. On dirait, cette fois, que la mort même de Dieu a commencé à mourir.

Et c'est le spectacle des *Bacchantes* qui recommence parmi nous, le retour de la transcendance à une immanence qui risque de se confondre avec la pure réciprocité violente. Au symbolique soliveau qui supportait sans réagir les pires indignités de la part de ses sujets, pourrait bien succéder quelque grue schizophrénique, grande mangeuse de grenouilles qui demandent un roi, ou au contraire les refusent tous, ce qui revient au même.

Le processus d'appropriation réciproque du symbolique, la polémique au sujet de la cité en crise, ne fait qu'un avec la destruction de son objet. On peut le constater, et avec une rigueur merveilleuse, dans le passage du lacanisme à *L'Anti-Œdipe*. Deleuze et Guattari comprennent que le symbolique, dans la psychanalyse structurale, fait l'objet d'une appropriation. La distance de l'imaginaire au symbolique, chez les disciples, est l'équivalent de l'*itinerarium mentis ad Deum* dans la mystique médiévale ; *L'Anti-Œdipe* mime avec humour le mouvement essentiel de l'analyse structurale : « Mais non, mais non, vous êtes encore dans l'imaginaire, il faut accéder au symbolique ! » La volonté d'appropriation parfaitement repérée et dénoncée dans *L'Anti-Œdipe* n'en reste que plus vivante dans *L'Anti-Œdipe* lui-même. Elle constitue la motivation fondamentale du livre qui se manifeste à tout instant, notamment dans le thème de la « vraie différence » que le lacanisme fait passer entre l'imaginaire et le symbolique par une erreur qui est aussi une usurpation et qu'il convient de déplacer, de transporter, presque à la façon dont on transporte les barrières blanches au passage des *autorités*, du côté de la fameuse production désirante et de l'inconscient sacré. C'est au cours de ce dernier transport, bien entendu, que cette arche d'alliance, un peu trop transportée et ballottée, va rendre le dernier soupir, événement dont *L'Anti-Œdipe* tient compte à sa manière, à la manière de sa méconnaissance, en nous affirmant qu'il n'y a jamais eu d'ordre symbolique et que, de toute façon, il faut lui préférer le merveilleux vertige schizophrénique, le feu-follet de la démence.

« Le problème pour nous est de savoir si c'est bien là que la différence passe (entre le symbolique et l'imaginaire). La vraie différence ne serait-elle pas entre Œdipe, structural aussi bien qu'imaginaire, *et* quelque chose d'autre, que tous les Œdipes écrasent et refoulent, c'est-à-dire la production désirante — les machines du désir qui ne se laissent pas plus réduire à la structure qu'aux personnes, et qui constituent le Réel en lui-même, au-delà ou en dessous du symbolique comme de l'imaginaire. »

Ce qui se laisse déchiffrer dans tous les débats théoriques, c'est l'histoire d'une lente désagrégation sacrificielle ou, si l'on préfère, d'une lente réapparition du désir mimétique. La *mimesis* désirante ronge lentement l'ordre symbolique mais reste longtemps structurée par lui. Les concurrences de toutes sortes vont s'exaspérant mais sans se dérégler et se déchaîner complètement. C'est pourquoi on a toujours affaire dans l'histoire à une combinaison et une articulation de ce que la psychanalyse structurale nomme le symbolique et l'imaginaire mais dans des proportions variables et toujours en route vers l'effacement objectif de l'ordre symbolique, vers l'oscillation schizophrénique des *doubles*.

Cette histoire ne commence pas avec la psychanalyse, pas plus qu'elle ne s'achèvera dans ce délire. Pour élargir le cadre de cette histoire, pas autant qu'il ne conviendrait, d'ailleurs, on n'a qu'à se retourner une fois de plus vers *L'Anti-Œdipe*. Une fois qu'on s'est habitué aux nouveautés de vocabulaire, aux « flux » et à la « production désirante », on retrouve avec surprise, dans ce livre, nombre d'attitudes et de thèmes très familiers, plus familiers encore que « l'Œdipe », ceux que les individualismes et subjectivismes des deux derniers siècles ont successivement ou simultanément cultivés.

Sujet unique, étranger à toute loi, orphelin, athée, célibataire, le désir de Deleuze et Guattari « se tient tout entier de lui-même », tel le Moi pur de Paul Valéry. On le dirait volontiers solipsiste s'il était assez nigaud pour appréhender les « personnes totales », ne serait-ce que pour nier leur existence.

Comme beaucoup d'individualismes exaspérés, l'inconscient de Deleuze unit à son impuissance concrète un formidable impérialisme abstrait. Super-Pichrocole, il peut assimiler à peu près n'importe quoi, l'univers entier s'il le faut, tout en rejetant ce qu'il a toujours plu aux solipsismes de rejeter, les personnes totales, bien entendu, vous, moi, le monde entier, mais sans méchanceté aucune. On nous précise toujours qu'il ne s'agit pas d'une *exclusion*. Si cet inconscient fait comme si moi je n'existais pas, je n'ai même plus la ressource de me sentir rejeté, l'ultime réconfort de la délectation morose. C'est bien là une philosophie pour les rapports urbains contemporains.

Comment un inconscient qu'on nous dit impersonnel ou transpersonnel pourrait-il jouer un rôle analogue à celui de la personne, du moi, de la conscience dans les systèmes de naguère ? Sur le plan des essences, la différence est insurmontable. Mais la différence des essences pourrait bien masquer, dans l'ordre du désir, le retour d'un identique auquel on est fermement décidé de rester aveugle.

La constante de tous les systèmes modernes à dominante consciente ou inconsciente, individualiste ou anti-individualiste, c'est le côté initiatique abstrait, la conquête à la fois impossible et obligée de quelque impalpable feu follet. Il est clair que cette constante reparaît dans *L'Anti-Œdipe*. C'est un « grand voyage » que définit le livre, nouvelle quête mystique qu'il faut poursuivre jusqu'au bout pour devenir « un schizophrène réussi ». Personne n'est encore allé jusqu'au bout, mais il y a ceux qui partent et il y a la foule innombrable de ceux qui restent. On a l'impression qu'ils ne sont pas invités. A la liste des *exclus* traditionnels — héritiers, militaires et Chefs de l'État —, il faudrait peut-être dire des *disjonctés*, il faut ajouter désormais les psychanalystes.

Une fois de plus, les « horribles travailleurs » de Rimbaud, vieilles connaissances, sont mis à contribution. Ils sont officiellement chargés de « crever le mur de la schizophrénie ». Il s'agit, en vérité, d'invertir la fameuse formule de Freud : Là où était le Moi, le Çà, ou si l'on veut le flux, doit l'emporter. L'entreprise n'est pas neuve, même traduite dans un langage plus ou moins psychanalytique. Le surréalisme est déjà une inversion de la mystique platonicienne partiellement appliquée à la psychanalyse. Dans tout effort pour situer *L'Anti-Œdipe*, il faut certainement faire entrer le surréalisme en ligne de compte. On peut dire, en effet, que s'il plonge déjà l'un de ses pieds dans la mystique inconsciente, le surréalisme garde l'autre fermement planté dans l'égotisme romantique. Il se propose donc comme forme intermédiaire entre le grand voyage de *L'Anti-Œdipe* et tous les grands voyages antérieurs. Il apporte ce dont on a besoin pour démontrer qu'il n'y a rien d'invraisemblable ni d'impossible, en dépit des apparences, dans la filiation que je viens de suggérer.

Avant l'arrivée de l'individualisme, la théorie de l'imitation est partout présente, dans la littérature, dans l'éducation, dans la vie religieuse. Exceller dans une activité quelconque, c'est toujours suivre un modèle. A l'origine de l'individualisme, il n'y a certainement pas disparition de la *mimesis* mais exaspération. Le mimétisme devenant partout réciproque, le modèle ne fait plus qu'un avec l'obstacle. Le mimétisme s'appréhende comme esclavage et devient inavouable. L'individualisme surgit donc dans le contexte d'un désir déjà évolué, à un certain stade d'une histoire qui est celle de la *mimesis,* c'est-à-dire de la désagrégation des interdits, particulièrement lente dans notre société et féconde en créations culturelles de toutes sortes. A mesure que le désir évolue, c'est-à-dire qu'il s'enfonce dans le piège du *double bind,* il cherche à se justifier et ces justifications ne reflètent jamais que négativement l'évolution réelle du processus, le processus même que nous avons dégagé plus haut et qui se reproduit dans notre société, de façon à la fois très analogue à ce qu'il était dans toutes les sociétés primitives et très différente. Dans le monde primitif, il y a lieu de le croire, et ceci pour des raisons qu'on ne peut pas exposer ici, les crises mimétiques sont extrêmement rapides et violentes, elles retombent donc très vite sur le mécanisme de la victime émissaire et sur la restauration d'un système fortement différencié.

C'est à cette même *mimesis,* de moins en moins réglée par les interdits, mais jamais complètement déréglée, réglée dans son dérèglement même, comme si la vertu sacrificielle présente dans notre société était quasi inépuisable, qu'il faut attribuer tous les phénomènes de « décodage » dont notre monde est le produit. La rivalité mimétique envahit l'existence sous des formes qui seraient radicalement destructrices dans les sociétés primitives et qui sont formidablement productrices, au contraire, dans la nôtre, bien qu'elles s'accompagnent de tensions toujours plus extrêmes. Le capitalisme est lui-même d'essence mimétique, inconcevable dans une société fortement différenciée.

L'histoire des doctrines modernes fait partie de cette histoire, de cette lente évolution du désir vers le délire. C'est pourquoi on retrouve chez Deleuze bien des survivances des formes culturelles antérieures, réinterprétées et radicalisées en fonction de la revendication délirante. Ces formes ne sont jamais qu'une série de masques. Quand l'une d'elles réussit à s'imposer, quand elle triomphe partout et que la mode s'empare d'elle, elle est forcément percée à jour ; elle fait l'objet d'une critique démystifiante. Cette critique est en même temps une reprise du même projet sur une base forcément rétrécie du fait qu'elle doit tenir compte de sa propre contribution critique. L'histoire des doctrines en question se présente donc comme une série de replis stratégiques, sous l'effet d'un *double bind* qui va toujours se resserrant car chacune ne cherche à répudier la précédente que pour en proposer elle-même une variante plus implacable. L'individualisme et le subjectivisme se chassent eux-mêmes, en quelque sorte, de la scène culturelle. Ils se réfugient dans des couches toujours plus raréfiées de l'atmosphère culturelle ou ils se plongent, au contraire, dans des régions souterraines et c'est alors l'« inconscient » qui fait son apparition sous une forme critique, d'abord, dans la psychanalyse, et qui fait ensuite l'objet d'une idéalisation, comme seul lieu possible d'une revendication ultra-individualiste, dans *L'Anti-Œdipe* notamment.

Il faut inclure la psychanalyse au sein du processus qui a pour moteur la rivalité mimétique toujours critiquée dans la personne du rival, toujours méconnue au niveau de l'observateur lui-même. La polémique est toujours un effort pour accaparer ce qui subsiste du sacré, pour s'approprier la vertu sacrificielle qui paraît toujours appartenir à l'autre. La polémique suscite des déplacements réels de la vertu sacrificielle, et ces déplacements permettent à la psychanalyse, par exemple, et aussi à d'autres formes, de jouer un rôle para-rituel, toujours plus éphémère et précaire, sans doute, mais jamais nul.

L'Anti-Œdipe s'inscrit visiblement dans cette suite. Il flotte, autour de l'inconscient machinique, le même parfum d'intolérance moralisante et de terrorisme qui fut vague mais qui semble aujourd'hui se préciser, caractéristique depuis toujours de ce genre d'entreprise. *Qui oserait appeler loi le fait que le désir pose et développe sa puissance ?* Il y a des âmes assez viles pour prétendre que le désir pourrait manquer de quelque chose. *Ils osent injecter de la religion dans l'inconscient.* C'est à Freud lui-même que ce discours doit s'adresser, à Freud qui a pourtant inventé la chose et qui se voit intenter un procès en diffamation de l'inconscient.

Quand ils franchissent une passe dangereuse, les deux auteurs semblent hausser le ton. On dirait qu'ils parlent à la cantonade, pour prévenir quelque formidable garde rouge qui doit bivouaquer à proximité, aveuglément dévoué à la cause de « l'inconscient moléculaire ». Tout ce côté farouche et fracassant fait dire qu'on tient enfin l'*irrécupérable* et qu'on ne le lâchera plus. On ne voit pas que l'*irrécupérable,* ici comme ailleurs, ne fait qu'un avec le principe de toute récupération, c'est-à-dire de toute ritualisation. Le délire serait le volcan d'Empédocle lui-même, le défi suprême à toutes les tentatives d'« exploitation culturelle ». En réalité, il n'y a jamais d'autre exploitation culturelle, dans ce genre d'affaires, que celle des fidèles. Et les hommes n'ont pas attendu *L'Anti-Œdipe* pour faire du délire un produit de consommation. Qu'on regarde plutôt du côté des cultes de possession, ceux que décrit, par exemple, Michel Leiris dans son petit ouvrage sur les Éthiopiens de Gondar. C'est là, ce n'est pas chez les Ndembu de Victor Turner qu'il faut chercher les véritables répondants rituels des séries d'individuation schizophréniques deleuziennes.

Tout cela ne permet pas de conclure que la surenchère est purement rhétorique et qu'*il ne se passe pas quelque chose.* La vertu sacrificielle s'épuise peu à peu et, comme elle ne fait qu'un avec la méconnaissance, il y a réellement progrès, mais aussi, et simultanément, une montée de la violence et du délire. On doit se demander lequel des deux progrès l'emportera sur l'autre. Le savoir en question porte sur la violence et le jeu des formes sacrificielles ; il n'a rien à voir avec un savoir *absolu* de type hégélien.

Chaque forme culturelle se fonde sur la répudiation d'une forme antérieure, sur l'élimination d'une certaine « positivité », c'est-à-dire d'une méconnaissance. Les masques se font toujours plus livides, les rites plus terrifiants. Seul subsiste, enfin, le mouvement infini de la différence privée de toute stabilité, le mouvement même de la polémique délirante.

Il y a aujourd'hui une pensée de la différence dont le livre de Deleuze, *Différence et répétition*, fournit un exposé typique. La « différence » pourrait bien constituer l'élément fondamental de toutes les formes culturelles présentes et passées, qui se dégage aujourd'hui, au terme du long processus d'épuration qui l'a peu à peu isolée. Et elle remplit encore parmi nous, au niveau de la revendication délirante, la fonction naguère dévolue à des formes plus substantielles.

La pensée de la différence pure, sans identité, prétend se dégager et effectivement elle se dégage de certaines identités mythiques, identité à soi du sujet, de la divinité, de l'esprit hégélien. Mais cette pensée épuise très vite sa puissance de démystification. Elle est elle-même le fruit du processus que nous venons d'ébaucher ; elle ne constitue pas une véritable rupture avec le passé ; l'apport critique authentique protège, ici encore, et abrite une forme ultime de méconnaissance. En rejetant toute identité, le principe d'identité lui-même, Deleuze prétend se libérer de la « métaphysique occidentale ». Il y a toujours eu, sans doute, des usages métaphysiques de l'identité. Peut-on conclure que le fondement de la métaphysique et le principe d'identité ne font qu'un ? Est-ce le principe lui-même qui est métaphysique ou est-ce l'usage qu'on en fait ? Est-ce que la logique est intérieure à la métaphysique ou est-ce que la métaphysique essaie de se perpétuer en répudiant toute logique ? Il y a peut-être deux faces au dogme de la différence, la première, critique, dirigée contre les identités métaphysiques, la seconde plus métaphysique que jamais puisqu'elle est dirigée contre le nouvel usage de l'identité que la désintégration symbolique rend possible, identité à l'autre et non plus identité à soi, identité des *doubles*. La pensée de la différence c'est le vouloir délirer qui repousse de toutes ses forces le vouloir dire du délire, le vouloir dire cette nouvelle identité.

Loin de rompre avec la tradition culturelle, la pensée de la différence constitue sa forme extrême et quintessencielle. S'il y a un trait commun à toute culture, en effet, des religions primitives à la *counter-culture* contemporaine, c'est bien la primauté de la différence au sens d'une négation des réciprocités. Pour Deleuze et Guattari, il y a toujours une « différence vraie ». Il faut la situer désormais en dehors de tout codage culturel, dans le délire de la folie, parce qu'on ne peut plus faire autrement, parce qu'il n'y a plus rien d'autre à épouser, parce que toutes les différences sont en train de se dissoudre, de révéler leur nullité. Le mourant ne peut plus guère se réclamer que des derniers signes de sa propre vie, c'est-à-dire des convulsions qui démentent encore la mort mais qui, par leur violence même, hâtent sa venue. Ce qui va mourir ici c'est l'ensemble de ce que nous nommons le *moderne*.

L'enracinement schizophrénique de *L'Anti-Œdipe* ne cesse donc de se révéler à nous comme toujours plus vrai au sens de la non-vérité du délire. De même qu'on repère dans l'inconscient deleuzien la présence d'éléments empruntés au surréalisme, au romantisme allemand, français, etc., on découvrira sans peine, dans les formes culturelles des derniers siècles, des éléments caractéristiques déjà du délire aujourd'hui épousé. Pour bien appréhender ceci, il convient de se tourner, une fois encore, non sans doute vers les données thématiques, les divers éloges de la folie qui s'énoncent parfois dans la proximité gênante de vrais fous, Nerval à côté de Gautier, Artaud à côté de Breton — et nul ne peut être assuré de ne pas répéter cette mésaventure —, mais plutôt vers des données structurales, vers les traits pré-schizophréniques des personnalités exemplaires et des portraits-modèles, vers tous les traits visiblement communs à toutes les formes successives qui polarisent la *mimesis* délirante.

Invariablement original et spontané, le héros romantique est seul à échapper à une uniformité toujours plus pesante autour de lui ; il est toujours le héros de la différence ; tantôt il éprouve un ennui mortel dans un univers où l'on s'amuse bassement, vulgairement, tantôt, au contraire, il connaît les exaltations les plus rares dans un monde où règne une apathie et une monotonie désespérantes. Il est toujours un peu l'homme de l'aventure prévisible, de l'imprévu encore un peu codé, des hauts et des bas extraordinaires mais qui donnent une impression de déjà vu. Jamais pourtant, l'annulation effective des différences toujours inversées ne lui donne à réfléchir. Jamais on ne s'interroge sur l'aptitude étrange du créateur moderne à faire surgir des symboles d'aliénation et de division qui deviennent communs à un grand nombre, dans les mini-rites de la mode.

De même que le délire récapitule tout le jeu mimétique dont il est l'aboutissement, *L'Anti-Œdipe* est la récapitulation grossissante des formes culturelles antérieures. Il faut donc voir dans la référence au délire non une aberration individuelle mais celle de la culture elle-même. C'est le destin de la culture moderne, de la fin moderne de toute culture au sens historique, de vivre ses moments successifs, y compris le délire, dans une lucidité relative, pour déboucher sur une véritable mort du culturel, qui devrait nous révéler la vérité entière du culturel si notre pensée ne meurt pas avec lui.

Un livre tel que *L'Anti-Œdipe* ne serait pas concevable sans l'impasse où s'enfoncent les disciplines de la culture quand elles croient s'unifier autour de la psychanalyse, sans le défaitisme du savoir qui résulte de cet échec. Cet état de choses devrait être temporaire. Une fois dissipé le mirage de *l'Œdipe*, une fois effacée toute illusion de différence, l'identité des *doubles* deviendra manifeste et la pensée se dirigera vers les nouvelles formes de totalisation qui déjà s'offrent à elle. Dans le mouvement du savoir moderne, jamais la séduction de l'incohérence ne l'a encore emporté sur la séduction, forcément supérieure, d'une nouvelle cohérence.

Deleuze et Guattari font tout pour affoler un jeu qui donne, depuis pas mal de temps, des signes d'accélération morbide. Mais la volonté d'épuiser ce jeu, de le tourner en dérision, s'inscrit encore dans ce même jeu ; elle en constitue peut-être la quintessence, jusque dans le mépris qu'elle lui porte et dans les risques qu'elle prend de décourager les patiences nécessaires. Dans la pensée actuelle, il y a autre chose que de la mode et du capitalisme décadent. Pour voir ceci, peut-être faut-il d'abord rejeter le mythe de la différence vraie qui nous rattache au pire de cette pensée sur le mode du *double bind.* Nos fétiches intellectuels ne conservent un semblant de réalité qu'en fonction d'un ordre symbolique stabilisé, aussi longtemps, en somme, qu'il reste des autres pour respecter les interdits que soi-même on transgresse, et des non-délirants pour s'effarer des belles audaces du délire. La lutte pour la « différence vraie » repose encore sur le prestige de la transgression, lequel repose lui-même sur cet ancien respect. La différence qu'on s'arrache et qu'on fait passer tantôt ici et tantôt là, c'est le joyau qui ne brille de ses feux que sur la vierge innocente, la Cendrillon oubliée à qui l'a donnée la bonne fée. Le beau trésor se transforme en feuilles mortes dès que les sœurs rivales cherchent à se l'approprier, dès qu'intervient le désir mimétique et la réciprocité conflictuelle.

Seul l'interdit vraiment respecté peut définir un au-delà sacré de la communauté réglée. Héritière du mythico-rituel, la pensée actuelle perpétue cet au-delà. Toute la « révolte » moderne reste métaphysique puisqu'elle reste fondée sur la transgression valorisante, c'est-à-dire sur la réalité de l'interdit. « Bêtise de la transgression », écrivent admirablement Deleuze et Guattari, mais comment n'y retomberait-on pas dans cette bêtise, quand on recommence à prêcher la différence vraie, au niveau, cette fois, d'un délire sacralisé et qu'on recherche à s'approprier ?

Comment survivre sans interdits, sans méconnaissance sacrificielle, sans boucs émissaires ? Là est le vrai problème et c'est pour *ne pas* le confronter qu'on perpétue les rites de l'infraction. S'accrocher à la différence vraie, c'est jouer une fois de plus au grand transgresseur, c'est retomber dans les fausses audaces, c'est sacrifier la percée essentielle à une ultime intronisation incestueuse et sacrée. On a peine à croire que la vieille machine puisse continuer longtemps à fonctionner.

Il faut se convaincre que les interdits sont toujours là.

Il faut se convaincre qu'autour d'eux veille une armée puissante de psychanalystes et de curés, alors qu'il n'y a partout que des hommes désemparés. Derrière les rancunes gâteuses contre les vieilles lunes d'interdits se dissimule le véritable obstacle, celui qu'on a juré de ne jamais avouer, le rival mimétique, le *double* schizophrénique.

Tout cela est déjà visible chez Nietzsche. A la fin d'un de ses livres sur Nietzsche (*Nietzsche,* P.U.F., 1965), Deleuze reproduit un texte extraordinaire d'*Aurore* où l'auteur veut faire jouer à l'interdit un rôle qu'il ne saurait jouer. Il nous dit qu'il a tué la loi et c'est à elle comme si elle était toujours là qu'il rapporte les oscillations schizophréniques. La loi est bien morte et c'est justement parce qu'elle est morte, c'est parce qu'il n'y a plus de loi qu'il y a les oscillations schizophréniques. On s'accroche au cadavre de la loi pour ne pas voir, derrière elle, le *double* qui s'avance. Il faut mettre ce texte, avec le commentaire qu'il appelle, en exergue à toute la volonté moderne de délirer :

« Hélas ! accordez-moi donc la folie, puissances divines ! la folie pour que je finisse enfin par croire en moi-même ! Donnez-moi des délires et des convulsions, des heures de clarté et d'obscurité soudaines, effrayez-moi avec des frissons et des ardeurs que jamais mortel n'éprouva, entourez-moi de fracas et de fantômes ! laissez-moi hurler et gémir et ramper comme une bête : pourvu que j'obtienne la foi en moi-même ! Le doute me dévore, j'ai tué la loi et j'ai pour la loi l'horreur des vivants pour un cadavre ; à moins d'être au-dessus de la loi, je suis le plus réprouvé d'entre les réprouvés. L'esprit nouveau qui est en moi, d'où me vient-il s'il ne vient pas de vous ? Prouvez-moi donc que je vous appartiens ! — La folie seule me le démontre. »

ORIGINE DES TEXTES

Dostoïevski, du double à l'unité, Plon, Paris, 1963 (collection *La Recherche de l'Absolu*).

Pour un nouveau procès de l'Étranger, paru dans PMLA, LXXIX, December 1964. Première version française in *Albert Camus. 1. Autour de l'Étranger.* La revue des Lettres modernes. Paris, 1968.

De la Divine Comédie à la sociologie du Roman, Revue de l'Institut de Sociologie (Université libre de Bruxelles, Institut de Sociologie), 1963, nº 2.

Monstres et demi-dieux dans l'œuvre de Hugo. Symposium, vol. XIX, nº 1. Printemps 1965 (publié par Syracuse University, Syracuse. New York).

Système du Délire. Critique, Paris, novembre 1972 (directeur Jean Piel), Éd. de Minuit.

TABLE DES MATIÈRES

Présentation 5

Dostoïevski — du double à l'unité 41

Pour un nouveau procès de *L'Étranger* 137

De *La Divine Comédie* à la sociologie du roman .. 177

Monstres et demi-dieux dans l'œuvre de Hugo ... 187

Système du délire — à propos de *L'Anti-Œdipe* ... 199

Origine des textes 251

Composition réalisée par C.M.L., Montrouge

IMPRIMÉ EN FRANCE PAR BRODARD ET TAUPIN
7, bd Romain-Rolland - Montrouge - Usine de La Flèche.
LIBRAIRIE GÉNÉRALE FRANÇAISE - 14, rue de l'Ancienne-Comédie - Paris.
ISBN : 2 - 253 - 03298 - 0

42/4009/9